KB201838

오 헨리 단편선

클래식 보물창고 11

오 헨리 단편선

초판 1쇄 2012년 11월 15일 | 초판 3쇄 2018년 6월 25일
지은이 오 헨리 | **옮긴이** 전하림
펴낸이 신형건 | **펴낸곳** (주)푸른책들 | **등록** 제321-2008-00155호
주소 서울특별시 서초구 양재천로7길 16 푸르니빌딩 (우)06754
전화 02-581-0334~5 | **팩스** 02-582-0648
이메일 prooni@prooni.com | **홈페이지** www.prooni.com
카페 cafe.naver.com/prbm | **블로그** blog.naver.com/proonibook

ISBN 978-89-6170-300-0 04840

* 잘못된 책은 구입한 곳에서 바꾸어 드립니다.

이 도서의 국립중앙도서관 출판시도서목록(CIP)은 e-CIP홈페이지(http://www.nl.go.kr/ecip)와
국가자료공동목록시스템(http://www.nl.go.kr/kolisnet)에서 이용하실 수 있습니다.
(CIP제어번호:CIP2012004509)

표지 그림 | 르누아르 作 '큰 가로수길'(1875)

보물창고는 (주)푸른책들의 유아, 어린이, 청소년, 문학 도서 임프린트입니다.

The Selected Stories of O. Henry

오 헨리 단편선

오 헨리 지음 | **전하림** 옮김

보물창고

차례

마지막 잎새

워싱턴 광장 서쪽의 한 조그마한 구역은 길이 이리저리 복잡하게 나 있는 데다 중간중간 '플레이스'라고 불리는 작은 골목길들로 이어져 있다. 이 '플레이스'는 하도 여기저기 꺾이고 미로처럼 돌아 나 있어서, 길을 따라 걷다 보면 아까 왔던 길이 한두 번 겹치는 것은 예사인 곳이었다. 일찍이 한 화가가 이 길에 들어섰다가 매우 기똥찬 사실을 하나 발견했다. 수금원이 물감이나 종이, 캔버스의 외상값을 받으러 이곳에 왔다고 치자. 이런 길에서 한참 헤매다 보면, 결국 돈 한 푼 받지 못하고 다시 밖으로 돌아 나가기 십상이지 않겠는가?

그래서인지 이 특이하고 예스러운 그리니치빌리지*에는 차

*그리니치빌리지 : 미국 뉴욕 시 워싱턴 광장 일대에 있는 한 지역. 20세기 들어 예술가들이 모여 살기 시작하면서 자유롭고 예술적인 분위기를 갖게 됨. '아메리카의 보헤미아'라고 부르기도 함.

츰 예술을 하는 사람들이 북향 창문, 18세기풍 담벼락, 네덜란드식 다락방, 그리고 값싼 월세를 찾아 하나둘씩 모여들기 시작했다. 그리고 6번가에서 백랍 컵이나 식탁용 풍로 같은 것들을 사들이기 시작했다. 그렇게 해서 그곳은 점차 '예술인촌'이 되어 갔다.

수와 존시도 한 나지막한 3층 벽돌 건물의 꼭대기에 화실을 꾸몄다. '존시'는 조안나의 애칭이었다. 수는 메인 주 출신이었고 존시는 캘리포니아 주 출신이었다. 둘은 8번가에 있는 '델모니코'라는 식당에서 밥을 먹다 우연히 처음 만나서, 예술이나 치커리 샐러드, 비숍슬리브* 등 공통된 취향에 대한 이야기를 나누다 결국은 공동 화실까지 열기에 이르렀다.

그때가 지난 5월이었고, 시간이 흘러 어느덧 11월이 되었다. 찬바람이 불자 (의사들이 폐렴이라고 부르는)눈에 보이지 않는 불청객이 찾아와 그 얼음처럼 차가운 손가락으로 예술인촌을 여기저기 들쑤시고 다녔다. 이 악당은 이미 건너편 동쪽 구역에서 가차 없이 돌아다니며 희생자들을 수십 명씩 내고 다녔지만, 여기 이 '플레이스'의 이끼 끼고 비좁은 미로에 들어와서는 걸음걸이가 한결 느려졌다.

폐렴 씨는 기사도를 갖춘 점잖은 노신사라고 할 수 없었다. 그 싸늘한 숨결을 거침없이 내뿜고 다니는 이 거친 악당은 캘리

---

*비숍슬리브 : 소매 모양의 하나로 주교들이 입는 예복의 소매와 비슷함. 긴 소매에 손목을 향해 감에 따라 부풀게 되고 소매 끝에 주름을 잡아 밴드나 커프스로 조이게 한 것.

포니아의 따뜻한 미풍 속에서 곱게 자라온 가냘픈 숙녀로서는 도저히 감당할 수 없는 상대였다. 결국 그의 공격을 받은 존시는 페인트칠 된 철제 침대에 꼼짝없이 누워 조그만 네덜란드식 창문 너머로 옆집의 밋밋한 벽돌 담벼락만을 물끄러미 바라보고 있어야 하는 처지가 되었다. 어느 날 아침, 바쁜 의사가 숱이 많은 반백의 눈썹으로 눈짓을 해 수를 복도로 불러냈다.

"저 아가씨가 살 확률은…… 어디 보자, 열에 하나라고 할 수 있습니다."

의사가 체온계를 흔들어 수은주를 떨어뜨리며 말했다.

"그리고 그 확률은 저 아가씨가 살고자 하는 의지를 보일 때에나 소용이 있어요. 지금처럼 저세상으로 갈 날만 기다리고 있는 사람들한테는 그 어떤 약도 무용지물이거든요. 아가씨의 친구는 이미 자신이 낫지 못할 거라고 체념한 상태네요. 혹시 저 아가씨가 마음속에 꿈꾸고 있는 것이라든가 할 만한 게 있나요?"

"존시는…… 존시는 언젠가 나폴리 만을 그려 보고 싶다고 했어요."

수가 답했다.

"그림이라고요? 저런, 말도 안 돼! 저 아가씨가 마음에 두고 있는, 예를 들어 남자 친구라든지 나쁜 생각을 고쳐먹게 만들 만큼 중요한 것이 하나도 없다는 말인가요?"

"남자 친구요?"

수는 유대인의 하프 소리 같은 콧소리로 되물었다.

"남자 친구가 중요하다면…… 아니요, 없어요, 선생님. 제가 알기론 전혀 없어요."

"그래요. 그렇다면 바로 그게 문제였군요."

의사가 말했다.

"나는 나대로 힘이 닿는 한 최선을 다해 치료해 보도록 하지요. 그러나 어떤 경우라도 환자가 자기 장례 행렬에 따라올 마차 수를 세기 시작하면, 그 순간 의학이 병을 치료할 가망은 반을 접고 들어가야 합니다. 행여나 아가씨가 저 아가씨를 잘 구슬려서 겨울에 유행할 새로운 소매 스타일이 무엇이라든가 하는 질문을 하게 만들면, 그때는 회복 가망성이 열에 하나가 아니라 다섯에 하나로 배가 늘어난다고 보면 돼요."

의사가 돌아간 뒤 수는 작업실로 들어가서 종이 냅킨이 흠뻑 젖도록 혼자 펑펑 울어 댔다. 그리고 나서는 일부러 더욱 씩씩하게 기분 좋은 표정으로 휘파람까지 불며 화판을 들고 존시의 방으로 갔다.

존시는 아무런 기척 없이 이불을 푹 덮어 쓰고 얼굴을 창문 쪽으로 향한 채 누워 있었다. 수는 존시가 잔다고 생각하고는 휘파람을 멈추고 조용히 들어갔다. 그리고 방 안에 화판을 세워 놓고 잡지 기사에 삽화로 들어갈 펜화를 그리기 시작했다. 젊은 작가들이 문학의 길로 들어서기 위해 잡지에 소설을 기고하듯, 젊은 화가들이 예술의 길에 들어서려면 으레 그런 소설에 함께 들어가는 삽화를 그려야 했다.

수가 한참 말 위에 올라탄 아이다호 주 카우보이에게 멋들어진 승마 바지와 외알 안경을 그려 주고 있는데, 어디선가 나지막한 소리가 반복해서 들려왔다. 수는 곧바로 자리에서 일어나 침대로 다가갔다.

존시가 눈을 크게 뜨고 창문 밖을 바라보며 숫자를 거꾸로 하나씩 세고 있었다.

"열둘." 그러고는 잠시 후 "열하나."를 세었다.

다시 조금 더 있다가 "열.", 그리고 "아홉."을 세더니 이번에는 거의 동시에 두 숫자를 말하는 것이었다.

"여덟, 일곱."

수가 걱정스런 눈길로 창밖을 내다보았다. 대체 밖에 뭐가 있기에 저렇게 숫자를 세고 있는 거지? 수의 눈에 비치는 거라곤 그저 아무것도 없는 황량하고 쓸쓸한 뜰과 6미터쯤 떨어진 곳에 있는 벽돌집의 텅 빈 벽뿐이었다. 벽 중간쯤에는 뿌리가 비틀리고 썩어가는 해묵은 담쟁이덩굴이 벽을 타고 올라가 붙어 있었다. 싸늘한 가을의 입김에 잎사귀가 얼마 남지 않은 앙상한 나뭇가지들만이 허물어져 가는 벽돌담에 매달려 있었다.

"존시, 뭐야?"

수가 물었다.

"여섯."

존시가 거의 들릴락 말락 한 소리로 속삭이듯 말했다.

"이제는 떨어지는 속도가 훨씬 더 빨라졌어. 사흘 전만 해도 잎이 거의 백 개나 돼서 세고 있으려면 머리가 지끈거리고 아팠는데. 그렇지만 이제는 쉬워. 어, 저기 또 하나 떨어진다. 이제 딱 다섯 개 남았어."

"뭐가 다섯 개란 말이야? 나한테도 좀 말해 줘."

"잎 말이야. 담쟁이덩굴에 달려 있는 잎. 마지막 잎이 떨어지면 나도 가는 거야. 나는 벌써 사흘 전부터 알고 있었는데, 의사 선생님이 말해 주시지 않던?"

"뭐야. 그런 말도 안 되는 소리는 처음 들어 봐."

수가 깜짝 놀라며 나무라듯 투덜댔다.

"오래된 담쟁이덩굴 잎사귀하고 네가 병에서 낫는 것하고 무슨 관계가 있다는 거야? 그리고 넌 저 담쟁이덩굴을 무척 좋아했잖니, 이 못난 녀석! 바보 같은 소리하지 마. 있지, 오늘 아침에 의사 선생님께서 그러셨는데 네가 조금 있으면 회복될 거라고 하셨어. 그게 말이지, 정확히 뭐라고 하셨냐 하면 열에 하나랬어! 그건 있지, 뉴욕에 살면서 전차를 타거나 새로 지은 건물을 지나면서도 괜찮을 확률만큼이나 확실한 거잖아, 알지? 자, 이제 수프를 좀 먹어 봐. 나는 다시 가서 그림을 좀 그릴게. 그래야 그걸 잡지사에 팔아서 아픈 어린아이 같은 널 위해 포도주도 사고, 너무 잘 먹어 탈인 내가 먹을 고기도 살 것 아니야."

"포도주는 더 이상 안 사도 돼."

존시가 여전히 창밖만 뚫어져라 바라보며 말했다.

"저기 또 하나 떨어진다. 아니, 수프도 필요 없어. 이제 딱 네잎 남았네. 어두워지기 전에 마지막 잎새가 떨어지는 걸 보고 싶어. 그러면 나도 가는 거야."

"존시, 애야."

수가 존시를 향해 몸을 굽히고 말했다.

"약속해 줘. 잠시 눈을 감고 있겠다고. 그리고 내가 일을 마칠 때까지 바깥을 보지 않겠다고. 나 저 그림 내일까지 보내야 한단 말이야. 그것만 아니면 커튼을 닫겠는데, 그림을 그리려면 빛이 필요해서 그럴 수 없거든."

"다른 방에서 그리면 안 돼?"

존시가 차가운 말투로 물었다.

"네 곁에 있고 싶어. 그리고 그게 아니라도 나는 네가 저 망할 담쟁이덩굴만 쳐다보고 있는 게 정말 맘에 안 들어."

"그럼, 그림을 다 그리는 대로 알려 줘."

존시가 쓰러진 조각상처럼 미동도 없이 창백하게 누워 눈을 감으며 말했다.

"나는 정말로 저 마지막 잎이 떨어지는 걸 보고 싶거든. 이제는 기다리는 데 지쳤어. 생각하는 것도 지쳤어. 모든 걸 내려놓고 저 가엾고 고달픈 잎들처럼 저 밑으로, 저 아래로 떨어지고 싶어."

"잠을 좀 자도록 해 봐, 존시. 나는 베어먼 할아버지를 모시고 와서 세상을 등진 늙은 광부 모델을 서 달라고 부탁 좀 해야겠어. 금방이면 돼. 그러니까 내가 돌아올 때까지 꼼짝 말고 가만히 있어."

베어먼 씨는 같은 건물 1층에 사는 화가였다. 나이는 족히 예순이 넘었고, 땅딸막한 꼬마 도깨비 같이 뭉툭한 몸에, 사티로스 같은 얼굴에는 미켈란젤로가 그린 모세의 수염 같은 곱슬곱슬한 수염이 덥수룩하게 나 있었다. 베어먼은 실패한 예술가였다. 40년 동안이나 그림을 그렸지만 한 번도 예술가라 불릴 만한 작품을 내놓은 적이 없었다. 그러면서 겉으로는 늘 걸작을 그리겠다고 호언장담해 왔다. 하지만 그런 그림은 시작조차 못 하고 있었다. 지난 몇 년 동안은 광고지에 이따금씩 서투른 그림을 그리는 것이 작품 활동의 전부였다. 아니면 전문 모델을 쓸 돈이 없는 젊은 화가들의 모델을 서 주고 돈을 약간씩 벌기도 했다. 툭하면 과하게 진을 마셔 댔고, 머지않아 걸작을 그릴 거라는 말도 여전히 멈추지 않고 해 댔다. 그는 왜소하지만 성격이 거칠고 불같은 노인으로 누구든 나약한 모습을 보이면 사정없이 비웃어 댔다. 그러나 위층 화실에 사는 두 명의 젊은 화가들에겐 그들을 지키는 감시견 노릇을 자처하고 다녔다.

아래층에 내려가니 베어먼이 어두컴컴한 방에서 술 냄새를 진하게 풍기며 앉아 있었다. 한쪽 구석에는 걸작이 되기 위한 첫 붓놀림을 25년 동안 기다려온 텅 빈 캔버스가 이젤 위에 놓여 있었다. 수는 그에게 존시가 가지고 있는 망상에 대해 이야기하면서, 존시가 세상을 향해 잡고 있는 끈이 느슨해지면 정말로 나뭇가지에 달려 있는 잎사귀처럼 가볍게 날아가 버릴 것 같아 너무도 두렵고 걱정된다고 말했다.

베어먼은 벌겋게 충혈된 눈에 눈물을 글썽이며 어디서 그런 바보 같은 생각을 하냐고 고래고래 소리를 지르고 조롱과 조소의 말을 마구 퍼부었다.

"쳇!"

그가 소리쳤다.

"이 세상에 담쟁이덩굴에서 이파리가 떨어진다고 자기도 죽을 거라고 생각하는 바보 같은 녀석이 어디 있담? 그런 말도 안 되는 얘긴 생전 처음 들어 보는구먼. 아가씨들 같은 바보 머저리들을 위해서는 모델을 서지 않겠어. 어째서 아가씨는 존시 양이 그런 어리석은 소리를 하게 그냥 내버려 둔 거야? 어이쿠, 가엾은 존시 양 같으니라고."

"걔는 많이 아프고 나서 부쩍 약해졌어요. 거기다 열이 많이 나다 보니 자꾸만 더 이상하고 불길한 생각을 하는 것 같아요. 알겠어요, 할아버지. 제 모델을 서 주기 싫다면 하지 마세요! 전 할아버지를 아주 못되고 못된 변덕쟁이라고 생각할 거예요!"

수가 말했다.

"아가씨도 별수 없는 여자로구먼, 그래."

베어먼이 외쳤다.

"누가 모델 안 서 준대? 우선 올라가 있어. 나도 곧 따라갈 테니까. 나는 벌써 30분 전부터 모델 설 준비를 하고 있었단 말이지. 허, 이것 참! 여기는 존시 양 같이 착한 아가씨가 아파서 누워 있을 곳이 못 되는데. 언젠가는 내가 꼭 걸작을 그리고 말겠어. 그러면 우리 모두 다 같이 이곳을 떠나는 거야. 허, 참! 정말이라니까."

둘이 위층으로 올라갔을 때 존시는 잠들어 있었다. 수는 커튼을 창 끝까지 내리고, 베어먼에게 다른 방으로 가자고 손짓했다. 그 방에서 둘은 두려운 마음으로 창문 밖의 담쟁이덩굴을 바라보았다. 그러고는 잠시 동안 서로를 말없이 바라보았다. 하늘에선 눈발 섞인 차가운 빗줄기가 끈질기게 내렸다. 베어먼은 낡은 파란색 셔츠를 입고서 바위 대신 엎어 놓은 커다란 솥 위에 올라가 세상을 등지고 사는 늙은 광부의 포즈를 취했다.

다음 날 아침, 수가 한 시간쯤 눈을 붙이고 일어나 보니 존시가 닫혀 있는 초록 커튼을 멍하니 바라보고 있었다.

"커튼을 열어 줘. 보고 싶어."

존시가 작은 목소리로 명령했다.

수는 마지못해 그 말에 따랐다.

그러나 보라! 밤새도록 쉬지 않고 몰아친 강풍과 세찬 빗줄기에도 불구하고 벽에는 아직 하나의 잎이 또렷이 살아서 붙어 있었다. 담쟁이덩굴의 마지막 잎새였다. 비록 가장자리는 거센 비바람 때문에 울퉁불퉁한 톱니 모양으로 헤어지고 색도 누렇게 바랬지만, 아직도 줄기 부근엔 푸른색이 짙게 남아 있는 틀림없는 잎이었다. 그 잎은 지상 6미터 높이의 가지에 꿋꿋하게 매달려 있었다.

"마지막 잎새네."

존시가 말했다.

"밤새 틀림없이 다 떨어질 줄 알았는데…… 바람 소리를 들었거든. 오늘은 떨어지겠지. 그러면 나도 따라 죽는 거야."

"얘, 얘!"

수가 수심 가득한 얼굴을 베개에 파묻으며 말했다.

"네 자신을 생각하지 않을 거라면 내 생각이라도 좀 해 줘.

나는 대체 어떡하라고?"

그러나 존시는 대답하지 않았다. 무릇 세상에서 가장 고독한 존재는 곧 알 수 없는 곳으로 머나먼 여행을 떠날 채비를 하고 있는 영혼인 법이다. 죽음에 대한 환상은 이 세상과 우정에 묶여 있는 끈이 조금씩 느슨해져 갈수록, 존시를 더욱더 강하게 사로잡고 있는 듯했다.

날이 저물었다. 그리고 석양이 찾아올 때까지도 외로이 남은 마지막 담쟁이 잎은 꿋꿋하게 벽 위의 가지에 매달려 있었다. 그러고 나서 밤이 되자 북풍이 몰아쳤다. 오늘도 빗방울은 사정없이 창문을 두들기며 나지막한 처마를 따라 뚝뚝 흘러내렸다.

날이 밝자 존시는 냉정하게 수에게 커튼을 올려 달라고 주문했다.

잎은 그 자리에 그대로 있었다.

존시는 한참 동안 그 잎사귀를 바라보며 누워 있었다. 그리고 얼마 후 가스레인지 위의 닭고기 수프를 젓고 있던 수를 불러 말했다.

"수, 그동안 내가 나빴어. 저 마지막 잎새도 저렇게 끝까지 살려고 애쓰는데…… 그걸 보고 내가 얼마나 못됐었는지 깨달았어. 죽고 싶어 하는 건 죄를 짓는 거나 마찬가지인데 말이야. 수, 나한테도 수프를 조금 가져다줄래? 포도주를 조금 탄 우유도 주고. 아, 아니다. 먼저 손거울을 좀 가져다줘. 그리고 뒤에 베개 좀 몇 개 받쳐 줘. 일어나 앉아서 네가 요리하는 걸 보고 싶어."

한 시간 후에 존시가 다시 말을 꺼냈다.

"수, 나 언젠가는 나폴리 만을 꼭 그려 보고 싶어."

오후에 의사가 다녀갔다. 수가 방에서 나가는 의사를 따라 복도로 나갔다.

"살아날 희망이 반반으로 늘었습니다."

떨고 있는 수의 가냘픈 손을 부여잡고 의사가 말했다.

"간호만 잘해 주면 충분히 나을 수 있어요. 자, 이제 전 아래층 환자를 보러 가야겠군요. 이름이 베어먼이라고 무슨 예술가라고 하던데, 아마. 그 사람도 폐렴이더군요. 그런데 워낙 나이가 많고 몸이 약한 데다 급성이라 나을 가망이 없어요. 그렇지만 가는 길이라도 조금 편할 수 있도록 오늘 병원으로 옮길 예정이에요."

다음 날 의사가 수에게 말했다.

"고비는 넘겼어요. 이겨 낸 거예요. 이제 잘 먹고 푹 쉬기만 하면 돼요."

그리고 그날 오후, 수가 존시의 침대로 다가갔다. 존시는 흐뭇한 표정으로 별로 필요도 없을 것 같은 파란색 털목도리를 뜨고 있었다. 수가 다가가 존시를 품에 꼭 안으며 말했다.

"존시, 너한테 할 말이 있어. 베어먼 할아버지가 오늘 병원에서 폐렴으로 돌아가셨대. 병에 걸린 지는 이틀밖에 안 되었는데. 그저께 아침에 수위 아저씨가 발견했을 때 글쎄 방에서 끙끙 앓고 계셨다지 뭐야. 신발이랑 옷이 흠뻑 젖은 데다 몸이 완전 얼음장이셨대. 날씨가 그렇게 험한 밤에 대체 어디를 갔다 오신 건지 알 수가 없었지. 그런데 할아버지 옆에 아직도 불이 켜져 있는 램프하고 원래 있던 자리에서 끌어 내린 사다리랑 붓 몇 자루, 그리고 초록색 물감하고 노란색 물감이 섞여 있는 팔레트가 있었대. 자, 존시, 저기 창밖을 봐. 저 벽에 붙어 있는 마지막 잎새 말이야. 너, 바람이 부는데도 저게 왜 한 번도 펄럭이거나 움직이지 않는지 이상하지 않아? 아아, 존시, 저게 바로 베어먼 할아버지의 걸작이야. 원래 있던 마지막 잎새가 떨어지던 날 밤, 할아버지가 바로 저기에 그려 놓으신 거야."

크리스마스 선물

1달러 87센트, 그것이 전부였다. 그나마도 그중 60센트는 모두 1센트짜리 동전이었다. 이 동전은 식료품 가게나 채소 가게, 정육점에서 얼굴이 붉어질 때까지 물건 값을 악착같이 깎고 깎다 젊은 여자가 정말 지독하다는 따가운 눈살을 감수하며 한 푼, 두 푼 모아온 돈이었다. 델라는 세 번이나 돈을 세고 또 셌다. 여전히 1달러 87센트였다. 그리고 당장 크리스마스가 내일이었다.

낡아 빠진 조그만 소파에 주저앉아 펑펑 우는 일 말고는 이 상황에서 달리 할 수 있는 일이 없었다. 그래서 델라는 그렇게 했다. 인생은 흐느낌과 훌쩍거림과 미소로 이루어져 있는데, 그 중 가장 큰 부분을 차지하는 건 훌쩍거림인 법이다.

이 집 여주인이 첫 번째 단계에서 두 번째 단계로 점차 마음을 진정시키는 동안, 잠시 집 안을 한번 살펴보자. 가구가 딸린 주당 8달러짜리 아파트에, 딱히 무일푼 거지 수준이라고까지는 할 수 없는 살림살이이다. 그러나 거지나 노숙인들을 단속하는 경찰관들이 가히 요주의 대상으로 점찍을 만했다.

아래층 현관에는 편지가 들어갈 것 같지 않은 우체통이 덩그러니 달려 있고, 아무리 눌러도 울리지 않는 고장 난 초인종이 있다. 그 옆에는 '제임스 딜링햄 영'이라는 이름이 적힌 명패가 달려 있다.

'딜링햄'이라는 멋진 이름은 일찍이 이 집 주인의 주급이 30달러로 살림이 풍족했던 시절에는 자랑스럽게 바람에 휘날렸다. 그러나 수입이 주당 20달러로 줄어든 지금, '딜링햄'이라는 단어를 구성하고 있는 문자는 모두 희미해 보였다. 마치 이제는 '딜링햄'에서 한결 평범하고 겸손해 보이는 이니셜 'D'로 바뀌어야 하는 게 아닌지 심각하게 고려하고 있는 듯 말이다. 그래도 제임스 딜링햄 영 부인은 언제나 제임스 딜링햄 영 씨가 퇴근하여 아파트 위층 집에 올라오면, 단숨에 달려가 '짐'이라는 애칭으로 그를 부르며 따뜻한 포옹으로 맞아 주었다. 이 부인은 이미 앞에서 '델라'라는 이름으로 소개한 바 있다. 어찌됐든 아직까지는 그래도 좋았다.

델라는 울음을 멈추고 볼에 파우더를 두드려 발랐다. 그리고 창가에 기대서서 우중충한 잿빛 마당의 잿빛 담장 위로 잿빛 고양이가 어슬렁거리며 걸어가는 모습을 멍하니 바라보았다. 내일이 당장 크리스마스인데 짐에게 선물을 사 줄 수 있는 돈이 고작 1달러 87센트뿐이었다. 몇 달째 한 푼도 허투루 쓰지 않고 모으고 모은 돈이었는데, 그 결과가 고작 이것뿐이라니. 20달러로 일주일을 나는 일은 매우 빠듯했다. 지출은 예상을 한참 웃돌았다. 정말이지 항상 그랬다. 짐에게 선물을 사 줄 돈이 고작 1달러 87센트밖에 없다니. 사랑하는 짐에게……. 짐에게 어떤 좋은 걸 사 줄 수 있을까 행복한 궁리를 하면서 얼마나 오랜 시간을 기다려 왔던가. 진귀하고 값진 무언가를, 짐의 소유가 되는 큰 영광을 누릴 만한 가치 있는 무언가를 사 주고 싶어서.

집 안의 창문과 창문 사이 좁은 벽에는 기다란 거울이 있었다. 어쩌면 여러분은 집세 8달러짜리 아파트에 달려 있는 전신 거울을 본 적이 있을 것이다. 아주 마르고 민첩한 사람만이 그 가느다랗고 세로줄무늬 같은 거울에 재빨리 자기 모습을 얼추 비춰 볼 수 있다. 다행히 가녀린 몸매의 델라는 그 방법을 제대로 터득하고 있었다.

창가에 앉아 있던 델라는 돌연 일어나 거울 앞으로 가서 섰다. 눈빛은 살아서 반짝였지만 이십 초도 안 되어 얼굴은 핏기를 잃고 창백해졌다. 델라는 재빠른 손놀림으로 긴 머리를 풀어 내리고 거울 속의 자기 모습을 바라보았다.

제임스 딜링햄 부부에게는 두 사람 모두 매우 자랑스럽게 여기는 소유물이 두 가지 있었다. 하나는 할아버지대부터 대대로 내려온 짐의 금시계였다. 다른 하나는 델라의 머리카락이었다. 혹시라도 시바의 여왕이 옆집에 살았다면, 델라가 잠시 창문을 열어 머리를 내밀고 말리는 것만으로도 여왕의 미모와 찬란한 보석을 모두 무색하게 만들 수 있을 터였다. 또한 솔로몬 왕이

지하에 모든 값진 보물을 쌓아 놓고서 그 건물의 관리인 노릇을 했다면, 짐이 지나가면서 그 시계를 꺼내는 것을 보고 부러움에 못 이겨 자신도 모르게 수염을 쥐어뜯었을 것이다.

그처럼 아름다운 델라의 머리카락이 광채를 발하며 마치 갈색 물결이 넘실대듯 찰랑거리면서 흘러내렸다. 머리카락의 길이는 무릎 밑까지 올 정도로, 그것만으로도 거의 옷을 걸친 것처럼 풍성했다. 델라는 초조한 듯 빠른 몸짓으로 머리를 다시 묶어 감아올렸다. 그러고는 잠시 비틀거리다가 바로 섰다. 낡아서 헤진 붉은 카펫 위로 눈물 한두 방울이 뚝뚝 떨어졌다.

델라는 낡은 갈색 재킷을 걸치고, 낡은 갈색 모자를 찾아 썼다. 여전히 두 눈에 반짝이는 빛을 담고서 치마를 펄럭이며 문을 열고 계단을 내려가 거리로 나섰다.

델라의 걸음이 멈춘 곳에는 '마담 소프로니 상점 – 모든 미용 제품 취급'이라는 간판이 걸려 있었다. 단숨에 층계를 뛰어올라간 델라는 숨을 고르고 마음을 진정시켰다. 가게 주인은 '소프로니'라는 이름이 주는 느낌과는 도무지 어울리지 않게 몸집이 컸고, 피부는 지나치게 하얀 편에 인상은 쌀쌀맞았다.

"제 머리를 사지 않으시겠어요?"

델라가 물었다.

"머리카락을 사기는 합니다만, 우선 모자를 벗어 봐요. 어디 한번 봅시다."

마담이 답했다.

갈색 물결이 넘실거리며 아래로 흘러내렸다.

"20달러를 드리지요."

마담이 익숙한 솜씨로 가위를 들며 말했다.

"빨리 해 주세요."

델라가 말했다.

아, 그리고 그 다음 두 시간은 장밋빛 날개를 달고 흘러갔다. 아니, 쓸데없는 비유는 잠시 접어 두도록 하자. 델라는 짐의 선물을 찾아 시내 상점이란 상점은 다 뒤지고 다녔다.

그리고 마침내 마땅한 선물을 발견했다. 정말이지 다른 누구도 아닌 오로지 짐을 위해서 만들어진 물건 같았다. 다른 상점도 모두 샅샅이 뒤졌지만, 그 어디에서도 그만한 물건은 보지 못했다. 그것은 백금으로 만든 시곗줄로, 디자인이 단순하면서도 고상했다. 진정으로 좋은 물건은 요란한 장식 따위로 멋을 내지 않아도 품질만으로 빛이 나는 법이다. 그리고 그 시곗줄은 '짐의 시계'에 달아도 손색이 없을 만큼 가치가 있어 보였다. 그 시곗줄을 보자마자 델라는 그것이 짐의 것이 될 운명이라는 걸 알았다. 딱 짐과 같은 물건이었다. 수수하고 값진 것, 바로 시계와 짐 둘 모두에게 들어맞는 표현이었다. 델라는 21달러를 내고 그 시곗줄을 샀다. 그리고 나머지 87센트를 가지고 서둘러 집으로 돌아왔다. 이제 그 시곗줄만 달면 짐은 옆에 누가 있다 해도 당당하게 시계를 꺼내 볼 수 있을 터였다. 지금까지는 시계가 아무리 훌륭해도 시곗줄 대신 낡은 가죽 끈을 달아 놓은 탓에, 가끔씩만 남몰래 시계를 꺼내 보곤 했던 것이다.

집에 돌아오자 조금 전까지는 마냥 황홀하기만 했던 델라의 기분이 조금씩 분별과 이성을 찾기 시작했다. 델라는 머리 인두기를 꺼내서 불에 달구고, 사랑에 더해진 관대함과 아량의 결과로 깡총해진 머리를 정리하기 시작했다. 혹시 여러분이 모를까 해서 하는 이야기지만, 이는 힘과 기술이 엄청나게 소요되는 거대한 공사나 다름없는 일이다.

델라의 머리가 곧이어 말썽꾸러기 남학생 같이 짧고 자잘한 곱슬머리로 탈바꿈하는 데는 40분이 채 걸리지 않았다. 델라는 한참 동안 수심이 가득 찬 눈으로 거울에 비친 자신의 모습을 찬찬히 바라보았다.

"짐이 보자마자 날 죽이지 않고, 다시 한 번 바라봐 준다면……."

델라가 혼잣말을 중얼거렸다.

"아마도 내 이런 모습을 보고 코니아일랜드의 합창단 소녀 같다고 말하겠지. 그렇지만 아아! 나도 어쩔 수 없었잖아! 1달러 87센트를 가지고 내가 뭘 할 수 있었겠어?"

저녁 일곱 시가 되었다. 커피가 보글보글 끓고 가스레인지 위의 프라이팬은 고기 요리를 위해 뜨겁게 달구어졌다.

짐은 절대 늦는 법이 없었다. 델라는 시곗줄을 잘 접어 손에 꼭 쥐고 짐이 늘 들어오는 현관문 옆 구석의 탁자 의자에 가 앉았다. 곧이어 밑에서 짐이 계단을 올라오는 소리가 들렸다. 순간 델라의 얼굴이 하얗게 질렸다. 델라는 늘 별것 아니어도 무슨 일만 생기면 속으로 기도하는 습관이 있었는데, 지금 이 순간에도 그렇게 속으로 나지막하게 중얼거렸다.

"제발 하느님, 그이가 아직도 나를 예쁘다고 생각하게 해 주세요."

문이 열리더니 짐이 들어와 문을 닫았다. 짐은 부쩍 야위어 보였고 표정도 매우 심각했다. 가엾은 친구, 고작 스물두 살에 벌써부터 가족을 부양하는 짐을 안고 살아가야 하다니! 짐은 새 외투가 필요했고, 손에는 장갑도 없었다.

집 안에 들어선 짐은 메추라기 냄새를 맡은 사냥개처럼 자리에 뚝 멈춰 섰다. 곧 그의 눈이 델라에게 가서 멎었고, 도무지 뭐라고 읽을 수 없는 표정으로 델라를 바라보았다. 그 눈빛은 델라를 두려움에 떨게 했다. 그것은 노여움도, 놀람도, 꾸지람도, 공포도, 그 밖에 델라가 마음속으로 각오하고 있던 그 어떤 종류의 감정도 아니었다. 짐은 뭐라고 형언할 수 없는 특이한 표정을 하고 델라를 뚫어져라 쳐다보았다.

델라가 가까스로 자리에서 일어나 짐에게 다가갔다.

"여보."

델라가 외쳤다.

"날 그렇게 보지 말아요. 네, 머리를 잘라서 팔았어요. 크리스마스인데 당신한테 선물 하나 주지 못하고 넘어갈 수는 없거든요. 머리는 다시 자랄 거예요. 당신 괜찮은 거죠, 그렇죠? 저, 그럴 수밖에 없었어요. 내 머리는 엄청 빨리 자라요. 짐, 이제 '메리 크리스마스'라고 말해 줘요. 그리고 우리 즐거운 시간을 보내면 안 되나요? 내가 당신을 위해 얼마나…… 정말이지 얼마나 아름답고 멋진 선물을 준비했는지 모르죠?"

"머리를 잘랐다고요?"

아무리 노력해도 도무지 그 명백한 상황을 받아들일 수 없다는 표정으로 짐이 물었다.

"네, 잘라서 팔았어요. 그렇다 해도 당신, 나를 전처럼 좋아해 줄 거죠? 머리채가 없다 해도 내가 나라는 사실에는 변함이 없잖아요."

델라가 대답했다.

"머리카락이 다 없어졌단 말이에요?"

짐이 멍하게 물으며 아직도 영 갈피를 못 잡겠다는 표정으로 방 안을 살폈다.

"찾으려 애쓸 필요 없어요, 여보. 아까 말했듯이 머리카락은 이미 팔았거든요. 팔아서 이제 없어요. 여보, 오늘은 크리스마스이브예요. 상냥하게 대해 줘요. 당신을 위해서 그런 거니까요. 비록 내 머리카락은 셀 수 있을지 몰라도요."

갑자기 말을 멈춘 델라가 진지하고 애정 어린 목소리로 이어서 말했다.

"그러나 당신에 대한 내 사랑은 누구도 셀 수 없을 거예요. 자, 짐, 이제 그만하고 고기 요리를 데워도 될까요?"

짐은 갑자기 정신이 번뜩 돌아온 듯 델라를 덥석 끌어안았다. 자, 이제 한 10초 동안만 별로 중요하지는 않지만 다른 각도에서 다른 문제 하나를 신중하게 생각해 보자. 주당 8달러와 연간 백만 달러…… 이 둘의 차이점이 무엇인지 아는가? 이에 대해 수학자나 현자가 내놓는 대답은 정답이 아닐 것이다. 또한 동방 박사는 아기 예수를 위해 값진 선물을 가지고 왔을지 모르지만, 이에 대한 답은 가져오지 않았다. 이 주제에 대해서는 이후에 좀 더 자세히 살펴보기로 하겠다.

짐이 외투 주머니에서 선물 꾸러미를 꺼내 탁자 위에 올려놓았다.

"오해하지 말아요, 델라."

짐이 입을 열었다.

"나는 말이죠, 당신이 머리를 어떻게 자르든, 아예 박박 밀어버리든, 머리를 감든 안 감든 어떻게 해도 상관없어요. 그 어떤 것도 당신에 대한 내 사랑은 어떻게 하지 못하거든요. 다만 당신이 이 선물을 열어 보면, 내가 처음에 왜 그렇게 한참을 당황했는지 알게 될 거예요."

델라의 하얀 손이 재빨리 포장을 풀었다. 그러고 나서 곧 황홀함에 도취된 탄성이 터져 나왔다. 그런데 이게 웬일인가! 어머나! 기쁨의 탄성은 이내 갑자기 터진 눈물과 흐느끼는 울음으로 바뀌었다. 그 바람에 짐은 있는 힘을 다해 델라를 달래야 했다.

탁자 위에 놓인 건 머리빗이었다. 델라가 오래전부터 브로드웨이에 있는 진열장에서 보고는 너무도 갖고 싶어 하던 바로 그 머리빗 세트였다. 거북딱지 몸체에 모서리에는 보석이 촘촘히 박혀 있는, 지금은 흔적만 남았지만 델라의 아름다운 머리에 완벽히 어울렸을 그야말로 아름다운 머리빗이었다. 그게 매우 값비싼 물건이라는 걸 델라는 잘 알고 있었다. 그래서 실제로 가져 볼 엄두조차 내지 못하고 속으로만 안타깝게 바라고 또 바랐다.

그런데 이제 그렇게 원하던 값진 머리빗이 자신의 것이 되었는데, 그것이 아름답게 장식해 주어야 할 머리카락은 사라져 버린 것이다.

그러나 델라는 그 선물을 가슴에 꼭 껴안았다. 그리고 한참 후에 눈물이 글썽이는 눈을 들어 짐에게 미소를 지으며 말했다.

"짐, 내 머리는 무척이나 빨리 자라요."

그러더니 불에 털이 그슬린 새끼 고양이처럼 자리에서 벌떡 일어나 외쳤다.

"아! 맞다!"

짐이 아직 자기 몫의 멋진 선물을 보지 못했던 것이다. 델라는 긴장되는 마음으로 선물을 손바닥 위에 놓고 앞으로 내밀었다. 그 선물은 그녀의 절실하고 찬란한 영혼의 빛에 반사되어 더욱더 아름답게 반짝였다.

"정말 멋지지 않아요, 여보? 이걸 찾느라 온 시내를 다 뒤졌어요. 당신, 이제는 하루에 시계를 한 백 번은 봐야 해요, 알겠죠? 시계 좀 이리 줘 보세요. 줄에 채운 모습이 어떤지 보고 싶어요."

그러나 짐은 시계를 꺼내 주는 대신 소파에 털썩 주저앉아 양손으로 뒤통수를 받치고 미소를 지었다.

"델라, 당분간 우리 크리스마스 선물은 그냥 잘 보관해 두기로 해요. 지금 당장 쓰기에는 우리 둘 다에게 너무 좋은 물건들인 것 같으니까. 당신의 머리빗을 살 돈이 필요해서 나는 시계를 팔았거든요. 자, 이제 그만 요리를 데우는 게 어때요?"

여러분도 알다시피 동방 박사들은 구유에 누운 아기 예수에게 선물을 가져다준 정말로 현명한 이들이었다. 그들이 바로 크리스마스 선물을 주는 관습을 만들었다. 현명한 이들이었기에 그들의 선물도 틀림없이 현명한 것일 수밖에 없었다. 또한 그들에게는 혹시라도 선물이 겹치는 경우에 즉시 다른 것으로 바꿀 수 있는 특권도 있었으리라. 나는 이 자리를 빌려 서로를 위해 자신의 가장 값진 보물을 어리석게 희생시킨 바보 같은 두 사람의 특별할 것 없는 이야기를 소개했다. 그러나 오늘날의 현명한 이들에게 마지막으로 이 말을 하려고 한다. 선물을 주는 모든 사람들 중에서, 이 둘은 가장 현명한 사람들이었다. 선물을 주고받는 모든 이들 중, 이들만큼 현명한 사람은 없었다. 어느 곳을 둘러보아도 이들만큼 현명한 사람은 없다. 이들이야말로 바로 동방 박사들이다.

경찰관과 찬송가

매디슨 광장 벤치에 앉아 소피는 안절부절못하며 몸을 움직였다. 밤하늘을 가로질러 기러기가 끼루룩 울며 날아가고, 아직 물개 가죽 코트를 장만하지 못한 여자들이 남편에게 살갑게 굴기 시작할 때 그리고 소피가 공원 벤치에 앉아 불안하게 몸을 움직일 때면, 겨울이 코앞에 다가왔음을 알 수 있다.

낙엽 하나가 소피의 무릎에 떨어졌다. 그것은 추운 날씨를 알리는 잭 프로스트*의 명함이었다. 친절하게도 잭 프로스트는 매디슨 광장을 자주 찾는 시민들에게 해마다 어김없이 찾아올 추위를 예고해 준다. 그렇게 공원 사거리 모퉁이에 서서 야외 활동에 작별 인사를 고하게 해 주는 문지기 북풍에게 자신의 명함을 건네줌으로써 시민들이 월동 준비를 할 수 있게 도와주는 것이

---

*잭 프로스트 : 겨울을 의인화한 표현.

다.

소피는 다가오는 고달픈 나날을 대비하기 위해 자신도 곧 월동 준비에 돌입해야 함을 직감했다. 그래서 그렇게 벤치에 앉아 몸을 가만히 놔두지 못하는 것이었다.

소피가 나고자 하는 겨울의 꿈은 그다지 거창하지 않았다. 지중해를 떠다니는 유람선 여행은 일절 생각해 본 적도 없었고, 베수비오 만 위 남쪽 하늘을 한가로이 떠다니기를 바란 적도 없었다. 다만 섬에서 3개월을 지내는 것이 그의 영혼이 갈망하는 유일한 소망이었다. 북풍의 신 보레아스나 경찰의 손이 닿지 않는 곳에서 3개월 동안 잠자리와 식사, 그리고 마음 맞는 말동무만 보장된다면 그야말로 소피에게는 더 이상 바랄 것이 없었다.

지난 몇 년 동안은 인심 좋은 블랙웰스 섬*이 그의 겨울철 안식처였다. 주머니 형편이 나은 뉴욕 시민들이 매해 겨울에 팜 비치나 리베라로 가는 탑승권을 구입하는 동안, 소피는 늘 블랙웰스 섬으로 떠날 소박한 계획을 세웠다. 그리고 올해도 어김없이 그럴 시기가 왔다. 어젯밤 소피는 코트 밑 무릎과 발목에 일요일판 신문지 세 부를 겹쳐 덮고 잠을 잤다. 그러나 그 정도로는 차가운 물이 뿜어져 나오는 공원 분수 옆 벤치에 전해져 오는 추위를 막을 수 없었다. 그랬기 때문에 교도소 섬에 대한 생각은 소피의 마음속에서 더욱더 간절하게 커졌다.

---

*블랙웰스 섬 : 미국 뉴욕시 이스트 강에 있는 섬으로 교도소와 병원이 있음. 현재는 구스벨트 섬으로 불림.

그는 시에서 극빈자에게 자선이라는 이름으로 배급해 주는 식량을 경멸했다. '박애'보다는 '법'이 훨씬 더 떳떳하다는 것이 소피의 견해였다. 시립 단체든 자선 단체든 단순하게 별 생각 없이 잠잘 곳과 연명할 음식을 원했다면, 그런대로 갈 수 있는 시설이야 충분히 많았다. 그러나 자존심 강한 소피는 자선 단체에서 쓰는 선심이 그리 달갑지 않았다. 모름지기 박애나 자비의 손길로 받는 선의는, 꼭 돈이 아니더라도 정신적 굴욕이라는 형태로 반드시 갚아야 하는 빚인 것이다. 카이사르에게는 브루투스가 있었던 것처럼, 자선 침대의 신세를 진다면 마땅히 목욕을 해야 하는 수고를 감수해야 했고, 빵을 한 조각 얻어먹는다면 기어이 사사로운 개인사를 꼬치꼬치 드러내야 하는 법이었다. 그렇기 때문에 규칙에 따라 움직여야 하더라도, 신사의 사생활을 함부로 건드리지 않는 법의 신세를 지는 편이 한결 나았다.

섬으로 가겠다는 결심을 굳힌 소피는 즉시 그 목표를 달성하기 위한 행동에 나섰다. 어렵지 않은 방법이 얼마든지 있었다. 그중에서도 가장 유쾌한 방법은 고급 식당을 하나 찾아서 사치스런 식사를 하는 것이었다. 그런 다음에 땡전 한 푼도 없다고 선언을 하면 커다란 소동을 치르지 않고도 조용히 경찰관에게 인도될 것이었다. 그러면 별 문제 없이 뒷일은 담당 판사가 알아서 처리해 줄 것이다.

소피는 벤치에서 일어나 공원 밖의 잘 포장된 아스팔트 길로 나섰다. 브로드웨이와 5번가가 교차하는 지점이었다. 소피는 브로드웨이를 따라 조금 더 올라가다 옆길로 돌아서 화려한 빛을 내뿜는 한 식당 앞에 섰다. 밤마다 상류층 사람들이 좋은 옷을 빼입고 최고급 포도주와 음식을 찾아 몰려드는 곳이었다.

소피는 조끼의 맨 아래 단추부터 그 위로는 옷차림에 나름 자신이 있었다. 면도도 말끔히 했고, 겉에 입고 있는 코트도 꽤 멀쩡했다. 거기다가 추수 감사절에 전도회의 한 부인에게서 받은 깔끔한 검정 넥타이까지 메고 있었다. 식당 안으로 들어가 의심받지 않고 테이블까지만 무사히 갈 수 있다면 성공은 보장된 것이나 마찬가지였다. 테이블 위로 보이는 옷차림으로는 충분히 웨이터의 의심을 사지 않을 자신이 있었다.

'오리 구이를 시켜야지.'

소피는 생각에 잠겼다.

'거기다 샤블리 포도주 한 병을 마시자. 그리고 나선 카망베르 치즈하고 데미타스 커피 그리고 시가 한 개비를 피우는 거야. 시가는 1달러짜리 정도면 충분할 거야.'

이 정도면 총 금액이 좀 나간다고 해도 식당 주인한테 큰 화를 당할 만큼 지나치진 않으면서 적당할 듯싶었다. 그리고 무엇보다도 그날 소피의 배를 든든하게 채워 줄 고기는 겨울을 날 피난처로 향하는 길 내내 그를 기분 좋게 해 줄 것이었다.

그러나 소피가 식당 문에 막 발을 들여놓는 순간, 총 지배인의 눈이 곧바로 소피의 헤진 바지와 너덜너덜한 구두에 가 닿았다. 지배인은 기다렸다는 듯이 억센 손길로 우악스럽게 소피의 몸을 홱 틀어서 신속하고 조용한 동작으로 그를 보도로 내몰며, 하마터면 목숨을 잃을 뻔한 불쌍한 오리의 운명을 구했다.

소피는 다시 브로드웨이로 들어섰다. 대망의 섬으로 떠나기 위해 거쳐야 하는 길이 식도락의 길은 아닌 듯싶었다. 동면의 안식처로 들어가는 길을 위해 다른 방법을 찾아야 했다.

6번가 코너에 이르자 쇼윈도 통유리 뒤로 화려하게 전시된 물건들이 이목을 끄는, 전등불이 환하게 들어와 있는 가게 하나가 눈에 띄었다. 소피는 돌멩이를 하나 주워 들고 있는 힘껏 유리를 향해 냅다 던졌다. 경찰관을 앞세우고 많은 사람들이 모퉁이를 돌아 달려왔다. 소피는 주머니에 손을 푹 찔러 넣고 그 자리에 그대로 서서는 경찰 제복에 달린 단추를 바라보면서 싱글거리며 웃었다.

"이런 짓을 한 놈은 어디로 갔습니까?"

경찰관이 격앙된 목소리로 물었다.

"내가 그랬을지도 모른다는 생각은 안 드시오?"

소피는 마침내 큰 행운을 얻게 되어 기쁜 사람처럼 장난기 어린 말투로 친절하게 답했다.

그런데 그 경찰관은 소피가 범인이라는 생각은 조금도 하려 들지 않았다. 창문을 깨부순 범인이라면 그 자리에 남아서 공무 집행자들과 한가하게 얘기할 틈이 없을 거라고 생각했기 때문이다. 보통 진짜 범인이라면 꽁지가 빠져라 달아났을 것이다. 그때 경찰관의 눈에 저만치 앞에서 전차를 잡으러 뛰어가는 남자가 들어왔다. 경찰관은 경찰봉을 뽑아 들고는 그 남자를 쫓아 뛰었다. 소피는 두 번이나 실패한 것에 실망하며 다시 길을 걷기 시작했다.

길 건너편에 그리 화려하지 않고 수수해 보이는 식당이 하나 있었다. 싼 가격에 마음껏 배불리 먹을 수 있는 그런 식당이었다. 식당의 분위기나 식기는 그런대로 괜찮았으나 수프 맛이나 식탁보에서는 역시 싼 티가 났다. 소피는 조금 전 걸려서 못 들어갔던 바지와 신발을 내세우며 여봐란듯이 당당하게 식당 안으로 들어갔다. 그러고는 자리를 잡고 앉아 스테이크와 두툼한 비스킷, 도넛, 파이를 주문해 배불리 먹었다. 식사를 다 마치고는 웨이터를 불러서 자기가 땡전 한 푼 없는 알거지 신세라고 고백했다.

"자, 어서 경찰을 부르지 그래요. 신사 분을 오래 기다리게 해서는 안 되잖소."

소피가 말했다.

"너 따위한테는 경찰을 부르고 싶지도 않아."

버터케이크 같은 목소리를 가진 웨이터가 맨해튼 칵테일에 꽂힌 체리 같은 눈을 부릅뜨며 말했다.

"어이, 콘! 이리 좀 나와 봐!"

웨이터 두 명이 나와서 소피를 식당 밖으로 내던졌다. 소피는 차가운 길바닥에 왼쪽 귀가 박히며 내동댕이쳐졌다. 소피는 마치 목수가 접자를 한 칸 한 칸 차례대로 펴듯이 서서히 몸을 추스르며 일어서서 옷에 묻은 흙을 털어 냈다. 체포되는 일이 점점 머나먼 장밋빛 환상처럼 느껴졌다. 섬이 까마득히 먼 곳으로 달아나고 있는 것 같았다. 보도 저편 약국 옆에 있던 한 경찰관이 소피를 보고서도 그냥 껄껄 웃으며 앞으로 걸어갔다.

소피는 다섯 블록은 더 걸어가서야 다시금 체포당할 일을 시도할 용기가 생겼다. 이번에야말로 정황상 의심의 여지없는 확실한 기회가 앞에 놓였다는 예감이 들었다. 예쁘장하고 정숙한 차림의 어떤 젊은 여자가 쇼윈도 앞에 서서 진열된 면도용 컵이며 잉크스탠드 등을 정신없이 들여다보고 있었는데, 그로부터 일 미터도 채 떨어지지 않은 곳에 우람한 체격의 경찰관이 무서운 표정을 하고 소화전에 기대 서 있었다.

소피의 속셈은 그 여자에게 다가가 추잡하고 더러운 '호색가' 역할을 하는 것이었다. 곧 자신의 희생양이 될 여자의 외모가 정숙하고 우아하다는 점, 또 양심적으로 보이는 경찰이 그토록 가까이 있다는 점을 들어, 소피는 이제 자신이 머지않아 그 경찰관에게 붙잡혀 작고 앙증맞은 섬으로 유쾌한 겨우살이를 떠날 수 있을 거라고 확신했다.

소피는 전도회의 한 부인에게서 받은 넥타이를 고쳐 메고, 양복 안으로 말려 들어가는 셔츠 소매를 밖으로 잡아 뺐다. 그리고 모자를 유행하는 스타일로 삐딱하게 고쳐 쓴 다음, 젊은 여자 곁으로 조금씩 다가갔다. 소피는 능글맞은 미소로 여자에게 추파의 눈길을 던지고 '에헴' 하고 공연히 헛기침도 하면서, 몰염치하고 뻔뻔하며 가증스러운 '호색가'의 역할을 거뜬히 해냈다. 그러면서 곁눈질로 아까 그 경찰관이 자신을 예의 주시하고 있다는 사실을 거듭 확인했다. 젊은 여자는 몇 발자국 옆으로 비켜서더니, 별 이렇다 할 반응을 보이지 않으며 다시 면도용 컵이며 다른 진열품들을 구경했다. 소피는 다시 대담하게 여자 옆으로 성큼 다가가 모자를 살짝 들어 올리고 말했다.

"어이, 베델리아 아냐? 우리 집에 가서 같이 놀까?"

경찰관은 아직도 이쪽을 주시하고 있었다. 지금 곤란에 처해 있는 여자가 경찰관을 향해 손가락 하나만 까닥하면, 안전한 섬의 쉼터로 향하는 길은 보장된 것이나 다름없었다. 벌써부터 소피는 교도소 안의 따뜻하고 안락한 온기가 느껴지는 듯했다. 젊은 여자가 몸을 돌려 그를 바라보았다. 그리고 손을 뻗어 소피의 코트 소매를 잡고는 기쁜 표정으로 말했다.

"좋아요, 마이크. 맥주만 한 잔 사 준다면 말이에요. 안 그래도 내가 먼저 말을 걸까 했는데, 저기서 경찰이 계속 지켜보고 있지 뭐예요."

소피는 떡갈나무에 붙은 담쟁이덩굴처럼 자기 옆에 착 달라붙은 여자를 끼고 우울한 표정으로 경찰관을 지나쳤다. 그는 자유인으로 살아가도록 저주받은 것만 같았다.

다음 길모퉁이에 이르렀을 때 소피는 여자의 손을 뿌리치고 있는 힘껏 내달렸다. 그런 다음 발길을 멈춘 곳은 밤이 되면 더 환하게 불을 밝히고 북적거리는 사람들로 더욱 활기차지는 거리였다. 모피 코트를 입은 여자들과 근사한 코트를 빼입은 남자들이 차가운 겨울 공기를 맞으며 들뜬 표정으로 길을 거닐고 있었다. 불현듯 소피의 마음속에 자신이 무슨 끔찍한 마술에라도 걸려서 체포당하지 못하는 운명이 된 건 아닌가 하는 불안감이 밀려왔다. 그런 생각이 들자 그는 덜컥 겁이 났다. 그때 일류 극장 앞에서 어떤 경찰관이 거들먹거리며 어슬렁거리는 광경이 눈에 들어왔다. 소피는 지푸라기라도 잡는 심정으로 즉시 풍기 문란 행위를 해야겠다고 생각했다.

소피는 보도에서 소리를 고래고래 지르고 말도 안 되는 얘기를 쉼 없이 지껄이며 술 취한 주정뱅이 행세를 하기 시작했다. 춤도 추고 고함도 지르고 미친 척 악을 써 보기도 하면서 주변을 온통 시끄럽게 만들었다.

그러자 소피를 등지고 경찰봉을 휘두르던 경찰관은 지나가는 시민에게 이렇게 말했다.

"아마 예일대 학생 중 하나일 겁니다. 오늘 하버드에 완승을 거두었다고 축하연을 한다면서 저 난리지 뭡니까? 좀 시끄럽긴 하지만 해를 끼치는 일은 없을 겁니다. 오늘은 그냥 놔두라는 상부의 지시를 받았습니다."

그 말에 암담한 기분이 된 소피는 즉각 별 이득도 없는 소동을 그만두었다. 정녕 그 어떤 경찰관도 자기를 체포하러 오지 않을 것인가? 이제는 교도소가 도저히 갈 수 없는 환상 속의 낙원처럼 느껴지기까지 했다. 그는 싸늘한 겨울바람에 맞서 얇은 코트의 단추를 채웠다.

담배 가게 앞에서 잘 차려입은 한 남자가 라이터로 시가에 불을 붙이고 있었다. 그가 들어가면서 문 옆에 세워 둔 실크 우산이 보였다. 소피는 살짝 안으로 들어가서 그 우산을 집어 들고 느긋하게 밖으로 걸어 나왔다. 시가에 불을 붙이던 남자가 서둘러 그를 따라왔다.

"어, 그거 내 우산이오."

남자가 정색을 하고 말했다.

"아, 그런가요?"

절도죄에 모욕죄까지 덧붙이려는 듯 소피가 한껏 빈정대며 되물었다.

"그럼 경찰을 부르지 그래? 당신 우산이라며! 내가 훔쳤다고 어디 경찰을 불러 보시지? 안 그래도 마침 저 모퉁이에 한 명 있는데."

우산 주인의 걸음이 느려졌다. 소피도 따라 걸음을 늦추었다. 왠지 이번에도 운이 따라 주지 않을 것 같은 불길한 예감이 들었다. 경찰관이 그 둘을 예의 주시하며 바라보고 있었다.

"그게 말이에요, 저기⋯⋯ 그러니까 이런 실수는 얼마든지 일어나는 것 아닙니까. 저, 이게 선생님 우산이었다면 죄송하게 됐습니다. 사실 오늘 아침에 어떤 식당에서 주은 거예요. 그게 선생님 것이었다면, 저⋯⋯ 부디 너무 언짢게 여기지 말아 주⋯⋯."

"당연히 내 거지! 내 거라고!"

소피가 신경질적으로 쏘아붙였다.

우산의 예전 주인이 뒤로 물러났다. 앞에 서 있던 경찰관은 맞은편 도로에서 야회복을 입은 키 큰 금발 여자가 앞에서 전차가 오고 있는 것을 보지 못하고 길을 건너자, 서둘러 그 여자를 도와주러 뛰어갔다.

소피는 보수 공사를 하느라 여기저기 패인 길을 따라 동쪽 방향으로 걸어갔다. 우산은 홧김에 구덩이에 내던져 버렸다. 헬멧을 쓰고 경찰봉을 들고 다니는 남자들 쪽을 보며 대놓고 투덜대 보기도 했다. 자신은 그토록 체포되기만을 바라고 또 바라는데, 경찰들은 자신을 어떤 죄도 지을 턱이 없는 무슨 왕이나 되는 듯이 대하는 것만 같았다.

한참 후, 소피는 도시의 불빛도 소용돌이도 모두 희미하게 느껴지는 동쪽의 한 거리에 다다랐다. 그리고 자기도 모르게 매디슨 광장 쪽으로 방향을 틀었다. 집이 공원 벤치인 사람이라 해도 귀소본능은 생기기 마련인가 보다.

그런데 유난히 조용한 어느 길모퉁이를 지나던 소피가 갑자기 멈추어 섰다. 그곳에 오래된 교회가 하나 있었는데 매우 예스럽고 고즈넉해 보이는 건물이었다. 보랏빛 스테인드글라스 창을 통해 부드러운 빛이 한 줄기 새어 나왔다. 그리고 오르간 연주자가 다가오는 주일에 연주할 찬송가를 연습하고 있는지 노래 선율이 건물 밖으로 흘러나왔다. 아름다운 음악 소리는 마술처럼 단번에 그 자리에 서 있던 소피의 귀를 사로잡았고, 소피는 철책 앞에서 꼼짝없이 얼어붙어 있었다.

달은 은은한 빛을 내며 고요하게 떠 있었고 길에는 자동차도 행인도 거의 없었으며 참새들은 처마 밑에서 한가로이 지저귀고 있었다. 그 순간 소피는 자신이 교회가 있는 한적한 시골 어딘가에 와 있는 것 같은 느낌이 들었다. 오르간 연주자가 연주하는 선율이 소피를 더욱더 철책 가까이로 끌어당겼다. 그 곡은 어머니란 낱말을 비롯해 장미, 야망, 친구, 때 묻지 않은 생각, 깨끗한 옷깃 같은 낱말을 친근하게 느끼던 예전의 소피가 즐겨 듣던

찬송가였다.

감수성이 예민해진 소피의 마음과 오래된 교회에서 풍겨 오는 분위기, 그 두 가지가 합해져 순식간에 소피의 영혼에 아름답고 놀라운 변화를 이끌어 냈다. 소피는 엄습해 오는 두려운 기운에 몸을 떨며 현재 자신이 빠져 버린 구렁텅이와 자신을 둘러싸고 있는 타락한 일상, 헛된 욕망, 사라져 버린 소망, 망가진 재능, 짓눌린 의지 등을 머릿속에 떠올렸다.

그 순간 그의 마음이 이 새로운 감정에 격렬히 반응하기 시작했다. 즉각적이고 강한 충동이 일어나 절망적인 운명에 맞서 싸워 보고자 하는 의지가 생긴 것이다. 이 진흙탕 같은 삶에서 탈출하리라. 다시 한 번 제대로 된 사람이 되어 보리라. 지금까지 자신을 사로잡고 있던 악의 세력에서 벗어나리라. 아직 시간은 충분했다. 소피는 아직 꽤 젊은 편이었으며, 굽히지 않고 다시 한 번 옛날의 야심을 불러내어 힘껏 쫓다 보면 성공하지 못하리란 법도 없었다. 엄숙하고 아름다운 오르간의 선율이 그에게 큰 변화를 일으켰다. 당장 내일이 오면 북적거리는 시내로 나가 일을 찾아보리라. 전에 자신에게 운전기사 일을 제안했던 어느 모피 수입업자가 생각났다. 내일 그를 찾아가 아직도 그 일자리가 남아 있는지 물어보리라. 자신도 이제 세상에 떳떳한 인간이 되어 보리라. 기필코……

그때 문득 누군가의 손이 소피의 팔을 잡았다. 돌아보니 넓적한 얼굴이 인상적인 한 경찰관이었다.

"여기서 뭐하는 겁니까?"

경찰관이 물었다.

"아무것도 안 하는……."

소피가 우물쭈물 답했다.

"그럼 같이 좀 가시죠."

경찰이 다짜고짜 이렇게 말하며 소피를 끌고 갔다.

다음 날 아침, 경범죄를 다루는 즉결 심판소에서 판사가 소피에게 이렇게 선고했다.

"이 자를 섬에서 3개월간 금고형에 처함."

낙원에 들른 손님

뉴욕 브로드웨이에 가면 여름휴가 상품 기획자들이 미처 발견지 못한 한 호텔이 있다. 그곳의 내부는 널찍하고 깊숙하며 시원하다. 방 안의 가구는 서늘한 기운이 도는 짙은 색의 오크나무로 짜여 있다. 그곳은 굳이 애디론댁 산맥*을 찾아가는 수고를 들이지 않아도 시원한 바람과 울창한 푸른 관목의 쾌적함을 느낄 수 있는 곳이다. 금색 단추가 달린 제복을 입은 직원의 안내를 받아 엘리베이터를 타고 위층에 오르거나 널찍한 계단을 걸어 오르다 보면, 알프스를 등반하는 사람들도 겪어 보지 못했을 고요하고 평화로운 기분을 느낄 수 있다. 그곳엔 또한 화이트 마운틴에서 즐길 수 있는 것보다 더 훌륭한 송어 요리, 올드포인

---

*애디론댁 산맥 : 미국 뉴욕 주 북동쪽에 있는 산맥. 빙하 호수가 많고 삼림이 무성하여 경치가 독특함. 스키 등 겨울 스포츠의 중심지와 휴양지로 유명함.

트 컴포트에서도 샘을 낼 정도의 최상급 해산물 요리, 수렵 감시인들의 꽉 막힌 사무적인 마음도 활짝 열어 줄 만한 사슴고기를 요리해 내는 일류 요리사도 있다.

그리 많지는 않지만, 사막처럼 휘휘한 7월의 맨해튼에서 용케 이 오아시스를 찾아내는 사람들이 몇몇 있다. 그렇게 7월에는 얼마 안 되는 손님들이 우아한 분위기의 식당에서 한가롭게 서늘한 석양빛을 받으며 삼삼오오 모여 앉아, 눈처럼 하얀 식탁보가 깔린 테이블 너머 서로를 바라보며 말없이 축하하는 눈빛을 주고받는 광경을 볼 수 있다.

남아돌 정도로 많은 수의 웨이터들은 부지런히 테이블 사이를 누비며 손님들이 부르기도 전에 알고 와서 척척 그들의 시중을 들어준다. 그곳의 온도는 늘 4월의 느낌이다. 천장엔 수채화로 파란 여름 하늘이 그려져 있는데, 그 하늘에 둥둥 떠 있는 구름은 실제 구름처럼 사라져 버리지 않기 때문에 우리를 실망시킬 일도 없다.

기분 좋은 손님들의 행복한 상상 속에서는 멀리 브로드웨이에서 들려오는 와자지껄하고 떠들썩한 소리마저도 깊은 숲 속에서 영롱하게 떨어지는 폭포수 소리처럼 들리곤 한다. 그러다 이따금씩 호텔로 들어오는 낯선 발소리라도 들릴라치면, 다른 극성스런 관광객들에게 발각되어 자기들이 즐기는 평화로운 휴식이 깨질까 염려하며 불안한 마음에 귀를 쫑긋 세우기도 한다.

그렇게 아는 사람만 아는 한적한 그 호텔에서는 소수의 손님들이 무더운 계절을 피해 몸을 숨기고, 인간의 지혜와 기술이 만들어 제공한 산과 바다의 즐거움을 최대한도로 만끽하며 여유로운 시간을 보낸다.

올해 7월, 한 손님이 그 호텔을 찾아 숙박 명부에 '마담 엘루아즈 다르시 보몽'이라는 이름으로 서명을 했다.

마담 보몽은 바로 로터스 호텔에서 환영하는 그런 류의 손님이었다. 마담 보몽에게선 상류 사회의 세련된 기품이 풍겼고, 거기에 다정하고 자애로운 품위가 더해져 호텔 종업원들의 마음을 단숨에 사로잡았다. 벨 보이들은 서로 앞다투어 그녀의 시중들기를 자청했으며, 호텔 직원들은 소유권 문제만 없었다면 그녀에게 호텔을 통째로 넘기기라도 할 태세로 살갑게 대했다. 다른 손님들은 그녀를 최고의 여성성과 아름다움으로 호텔의 분위기를 완벽하게 마무리해 주는 존재로 우러러보았다.

이 매우 특별한 손님은 좀처럼 호텔 밖을 나서는 일이 없었다. 과연 안목 높은 로터스 호텔의 단골손님에 걸맞는 습관이었다. 모름지기 그 매력적인 호텔을 제대로 즐기기 위해선 도시를 멀찌감치에 떨어뜨려 놓고 지내야 하는 법이다. 밤에 잠깐씩 가까운 옥상에 오르는 것 정도면 모를까, 송어가 티 없이 맑은 연못을 벗어나지 못하는 것처럼, 찌는 듯 더운 한낮에는 로터스 호텔이라는 안전하고 그늘진 안식처에서 떠나지 않고 틀어박혀 있는 것이 정석이다.

로터스 호텔에서 홀로 지냈지만 마담 보몽은 결코 여왕다운 기품을 잃지 않았고, 그런 독보적인 위치에서도 전혀 외로워 보이지 않았다. 오전 열 시가 되어 느지감치 아침 식사를 하러 나오는 그녀의 기품 있고 다정하며 섬세하고 여유로운 모습은, 마치 어둠 속에서도 빛을 발하는 재스민 꽃처럼 부드럽게 빛났다.

그러나 마담 보몽의 아름다운 자태가 절정에 달하는 때는 역시 저녁 식사 자리였다. 그녀는 깊은 산 속 눈에 보이지도 않게 흘러내리는 폭포에서 뿜어져 나오는 옅은 물보라를 연상시키는 아름답고 환상적인 드레스를 입고 저녁 식사를 하러 나왔다. 사실 그 드레스를 말로 표현하는 것 자체가 필자의 능력으로는 감히 엄두가 나지 않는 일이다. 우아한 레이스로 장식된 가슴 부분에는 늘 연분홍 장미꽃이 달려 있었다. 호텔의 수석 웨이터는 감탄하는 눈으로 그 드레스를 우러러보며 식당을 들어서는 그녀를 맞이하곤 했다. 그 우아한 드레스는 어떻게 보면 신비로운 백작 부인이나 프랑스 파리를, 혹은 베르사유나 길고 가느다란 양날칼, 혹은 피스크 부인이나 루즈 에 누아르* 카드놀이를 연상시키기도 했다. 언제 어디서부터인지 알 수는 없지만 호텔에는 마담 보몽이 여러 도시를 자유자재로 넘나드는 세계적인 명사로, 그 희고 가느다란 손가락으로 러시아 편에 서서 여러 나라들 사이의 이해관계를 주무르고 다닌다는 소문이 돌았다. 그런 점에서 세계 곳곳을 자기 집처럼 편히 누비는 그녀가 한여름 미국에서 뜨거운 열기를 피하고 휴식을 취하기 위한 가장 바람직한 장소로 로터스 호텔을 택했다는 사실은 별로 놀라운 일이 아니었다.

---

*루즈 에 누아르 : 빨강과 검정 무늬 탁자에서 하는 카드놀이.

마담 보몽이 호텔에 묵은 지 사흘째 되던 날, 한 젊은 남자가 와서 투숙객으로 등록했다. 흔히 사람들이 남을 평가하는 순서대로 말하자면, 그의 옷차림은 유행에 뒤지지도 튀지도 않았고 보통 체격에 미남형 얼굴이었으며, 세상 물정을 잘 아는 듯 지적이고 세련돼 보이는 태도를 지니고 있었다. 그는 호텔 직원에게 자신이 한 사나흘 정도 묵을 예정이라고 말하며, 유럽행 증기선이 언제 출항하는지 등의 질문을 했다. 그러고는 맘에 꼭 드는 호텔을 발견한 여행객처럼 만족한 표정으로 비할 데 없이 훌륭한 그 호텔의 행복한 무기력감 속으로 빠져들었다.

숙박 명부에 적힌 내용이 사실이라면, 그 젊은 남자의 이름은 해럴드 패링턴이었다. 어찌나 조용하고 솜씨 좋게 로터스 호텔의 분위기에 적응해 나갔던지, 그는 로터스 호텔 특유의 고요한 분위기에 작은 파장도 일으키지 않고 휴식을 좇아 온 다른 동료 투숙객들이 이룩해 놓은 사회에 완벽히 스며들었다. 그는 로터스에서 식사를 하며 다른 운 좋은 항해자들과 더불어 마음껏 꿈만 같은 평화를 누렸으며, 하루 만에 자기의 전용 테이블과 웨이터를 갖게 되었다. 그리고 곧이어 브로드웨이를 무덥게 만들며 휴식처를 찾아 헤매는 외부 사람들이 이 멀지 않은 곳에 위치한 은밀한 안식처를 발견하고 쳐들어와 분위기를 망쳐 버리면 어쩌나 하는 걱정까지 하기에 이르렀다.

해럴드 패링턴이 도착한 다음 날, 저녁 식사를 마친 마담 보몽이 지나가다가 그만 손수건을 바닥에 떨어뜨렸다. 패링턴은 정중하게 손수건을 주워 돌려주었다. 결단코 그 일을 빌미 삼아 그녀와 친해져 보겠다거나 하는 다른 의도가 있었던 건 아니었다.

어쩌면 로터스 호텔을 알아보는 안목 있는 투숙객들만 느낄 수 있는 비밀스런 동지애 같은 것이 두 사람 사이에 싹튼 것인지도 몰랐다. 혹은 브로드웨이의 한 호텔에서 최고의 여름 피서지를 발견했다는 특별한 행운을 공유했다는 이유로, 서로 더 각별하게 끌렸는지도 몰랐다. 처음에는 예절을 신경 쓰며 격식을 차려 오고 갔던 말들이 얼마 지나지 않아 부쩍 편해졌다. 그리고 진정한 여름 휴가지 특유의 편한 분위기 때문인지, 둘의 친분 관계는 신비로운 마법사의 식물처럼 매우 빠르게 자라나 금세 꽃을 피우고 열매를 맺었다. 둘은 얼마간 복도 끝에 있는 발코니에 서서 가볍고 유쾌한 대화를 나누었다.

"맨날 똑같은 그런 피서지는 이제 지겨워요. 도시의 소음과 먼지를 피해 산이나 바다로 날아간다 해도 그게 무슨 소용이에요? 그 소음과 먼지를 만드는 주범들이 그곳으로 함께 따라오는 걸요."

보몽 부인이 희미하지만 달콤한 미소를 지으며 말했다. 그러자 패링턴이 슬픈 듯이 말했다.

"바다로 나가도 그래요. 그런 교양 없는 사람들은 어디를 가도 있다니까요. 아무리 최고급에다 호화로운 증기선이라고 해도 요즘은 그냥 보통 여객선 수준보다 낫다고 할 수 없더군요. 사우전드 아일랜드나 맥키노 섬에 가는 것보다 브로드웨이에 있는 이 로터스 호텔에 묵는 편이 오히려 도시에서 더 멀리 떨어져 있는 것처럼 느껴진다는 사실을, 제발 다른 피서객들이 알게 되지 않기를 바랄 뿐이에요."

"어쨌든 앞으로 일주일만이라도 우리의 비밀이 안전했으면 좋겠네요. 다른 사람들이 떼거지로 이 로터스 호텔에 몰아닥치기라도 한다면, 그때는 정말 어디로 가야 할지 모르겠거든요. 딱 한 군데 또 아는 데가 있긴 하지요. 우랄 산맥에 있는 폴린스키 백작의 성인데, 그곳에서만큼은 여기처럼 즐거운 여름을 보낼 수 있어요."

마담 보몽이 미소 띤 얼굴로 한숨을 쉬며 말했다.

"듣기로 올해에는 바덴바덴이나 칸에도 사람들이 많이 몰리지 않았다면서요. 해가 갈수록 전통적인 피서지들이 별로 인기가 없어지나 봐요. 아마 다른 이들도 우리처럼 점점 사람들이 모르는 조용한 곳을 찾아 떠나는 모양이지요."

패링턴이 말했다.

"저는 이 꿈 같은 휴식을 누릴 수 있는 날이 앞으로 딱 사흘 남았네요. 월요일에 세드릭 호가 떠나거든요."

마담 보몽이 말했다.

해럴드 패링턴의 눈에 살짝 실망스러운 빛이 스쳤다.

"저도 월요일에는 떠날 예정이에요. 외국으로 나가지는 않지만요."

패링턴의 얘기에 마담 보몽은 한쪽 어깨를 으쓱하며 말했다.

"아무리 이곳이 좋다 해도 언제까지고 여기 숨어 지낼 수는 없잖아요. 성에서 벌써 한 달이 넘게 저를 기다리고 있답니다.

가서 참석해야 할 파티들을 생각하면 벌써부터…… 너무 성가시지 뭐예요! 그렇지만 여기 로터스 호텔에서 지낸 일주일은 절대 잊지 못할 거예요."

"저도 마찬가지예요."

패링턴이 낮은 목소리로 금세 덧붙여 말했다.

"그리고 저는 세드릭 호를 용서하지 못할 겁니다."

그런 대화가 오고 간 지 사흘이 지난 일요일 저녁, 그 둘은 전처럼 발코니에서 작은 테이블을 사이에 두고 앉았다. 웨이터가 능숙한 동작으로 클라레 컵*이 담긴 작은 잔과 얼음을 가져다주었다.

마담 보몽은 매일 저녁 식사 때마다 입는 우아한 이브닝드레스를 입고 있었으며, 뭔가 깊은 생각에 잠겨 있는 듯 보였다. 탁자 위에 얹은 그녀의 두 손 옆에는 작은 핸드백이 놓여 있었다. 그녀는 잔에 담긴 얼음을 먹고 나서 지갑을 열고 1달러짜리 지폐를 꺼내 들었다.

"패링턴 선생님."

그녀는 로터스 호텔 모든 이의 마음을 사로잡은 미소를 지으며 말했다.

"선생님께 드릴 말씀이 있어요. 저는 내일 아침 식사 전에 이곳을 떠난답니다. 솔직히 말씀드리자면 이제 일터로 돌아가야 하기 때문이에요. 전 케이시 백화점 스타킹 매장에서 일하는데

---

*클라레 컵 : 적포도주에 브랜디, 탄산수, 레몬, 설탕을 섞어 차게 한 음료.

제 휴가는 내일 아침 여덟 시부로 끝난답니다. 그리고 이건 다음 주 토요일 밤에 8달러의 급료를 받기 전까지 저에게 남은 마지막 돈이랍니다. 선생님은 진정한 신사시고 여태껏 저에게 너무 잘해 주셨기 때문에, 떠나기 전에 진실을 꼭 말씀드리고 싶었어요.

전 이번 휴가를 위해 일 년 동안이나 월급의 얼마 정도를 모아 왔답니다. 더도 말고 딱 일주일만이라도 진짜 귀부인처럼 지내보고 싶었거든요. 매일 아침 일곱 시에 힘겹게 일어나는 대신 일어나고 싶을 때 일어나고, 최고로 좋은 곳에서 묵으면서 부자들처럼 종만 울리면 다른 사람들이 와서 시중을 들어주는 그런 삶 말이에요. 이제 저는 그 꿈을 이루었고, 제 인생에서 꿈꿀 수 있는 최고로 행복한 시간을 맛보았답니다. 이제 저는 다시 일을 하러 돌아가야 하고, 앞으로 또 일 년 동안은 콧구멍만큼 작은 제 방에 만족하며 살아야 할 거예요. 패링턴 선생님, 선생님에게만은 사실을 말씀드리고 싶었어요. 왜냐하면…… 그게, 전 선생님께서 절 좋아해 주셨다고 생각했거든요. 그리고 저도…… 선생님이 좋았답니다. 그렇지만 아, 지금까지는 선생님을 이렇게 속일 수밖에 없었어요. 여기서 지낸 시간 동안 저는 정말 동화 속에서 사는 기분이었습니다. 제가 말씀드린 유럽이나 그런 이야기들은 모두 다른 나라들에 대한 책에서 읽은 내용이었어요. 그렇게 모두가 저를 멋진 귀부인이라고 생각하도록 만든 거죠.

제가 입고 있는 이 드레스는 말이지요. 제게 있는 유일한 입을 만한 옷이에요. 원래는 가격이 75달러짜리 맞춤복인데, 사실 '오도드와 레빈스키'에서 할부로 산 거예요. 10달러를 선금으로 내고, 나머지는 다 갚을 때까지 수금원이 일주일에 1달러씩 받아 가기로 했답니다. 패링턴 선생님, 이게 제가 하고 싶었던 얘기예요. 그리고 마지막으로 제 이름은 마담 보몽이 아니라 매미 시비터랍니다. 지금까지 저에게 보여 주신 호의와 관심에 감사드려요. 이 1달러는 바로 내일 드레스 할부 값을 치를 돈이랍니다. 이제 저는 제 방으로 가 볼게요."

해럴드 패링턴은 별로 놀라지 않은 표정으로 담담하게 로터스의 가장 사랑스러운 투숙객이 하는 말을 듣고 있었다. 이윽고 그녀가 말을 끝내자 그는 코트 주머니에서 수표책 같이 생긴 작은 수첩을 하나 꺼냈다. 그리고 연필 토막으로 빈 칸에 뭐라고 쓰더니 그 종이를 찢어서 옆에 있는 여자에게 주고 1달러짜리 지폐를 받아 들었다.

"저도 사실 내일 아침부터는 일하러 가야 한답니다. 하지만 오늘부터 조금 일찍 시작한다 해도 나쁠 건 없겠네요. 자, 여기 1달러 할부금 영수증입니다. 사실 전 오도드와 레빈스키에서 3년 동안 수금원으로 일해 왔답니다. 재미있지 않나요? 당신과 제가 둘 다 똑같은 방식으로 휴가 계획을 세웠다는 거 말입니다. 저도 늘 이렇게 멋진 호텔에서 묵는 게 꿈이었거든요. 그래서 제 일주일 급료 20달러에서 조금씩 계속 저축해 온 겁니다. 그건 그렇고 매미 씨, 이번 토요일 밤에 저와 함께 배를 타고 코니아 일랜드에 가지 않으시겠습니까?"

가짜 마담 엘루아즈 다르시 보몽의 얼굴이 밝게 빛났다.

"어머, 패링턴 씨, 저도 정말 가고 싶어요. 토요일에는 저희 가게가 열두 시에 문을 닫는답니다. 비록 일주일 동안 여기서 호화롭게 지냈지만, 코니아일랜드도 그렇게 나쁘진 않을 것 같아요."

발코니 밑에서는 푹푹 찌는 7월 한여름 밤의 도시가 시끄럽게 북적거렸다. 그럼에도 로터스 호텔에는 여전히 서늘하고 차분한 기운이 내부 공기를 가득 채웠고, 나지막한 창가에서는 친절한 웨이터가 언제라도 마담과 그 호위자의 시중을 들 준비를 하며 서성이고 있었다.

엘리베이터 문에 서서 패링턴이 작별 인사를 했다. 마담 보몽이 엘리베이터를 타고 방으로 올라가는 것도 이번이 마지막일 것이다. 그녀가 그 소리 없는 새장 속으로 막 들어가려는 찰나 패링턴이 말했다.

"저, 해럴드 패링턴이란 이름은 잊어 줘요. 괜찮죠? 제 이름은 맥메이너스예요. 제임스 맥메이너스요. 보통은 지미라고 부르죠."

"잘 자요, 지미."

마담이 말했다.

재물의 신과 사랑의 신

로크월 유레카 비누 회사의 소유주이자 제조업자로 일하다 은퇴한 앤서니 로크월이 5번가에 있는 자택 서재에서 창문 밖을 내다보며 소리 없이 씩 웃었다. 오른쪽 옆집에 사는 이웃인 귀족 출신의 클럽회원 G. 반 셔일라이트 서폭존스가 집 앞에 대기하고 있던 차를 타러 나왔다가, 비누 왕 궁전 앞에 우뚝 서 있는 이탈리아 르네상스풍 조각을 흘끔흘끔 쳐다보며 평소처럼 오만방자한 코를 찌푸리고 있었기 때문이다.

"잘난 척만 심하면서 아무짝에도 쓸모없는 차가운 조각상 같은 늙은이라고! 아무튼 까딱하면 이든 박물관*에서 저 얼음처럼 차가운 귀족 양반을 데려가 버릴걸. 내년 여름에는 이 집을 빨간색, 하얀색, 파란색으로 페인트칠해 볼까나? 두고 보자고, 그러

---

*이든 박물관 : 프랑스 니스에 있는 밀랍 인형 박물관.

고도 저 네덜란드 양반이 콧대를 계속 저렇게 세우고 있을지.”

왕년의 비누 왕이 중얼거렸다.

그러고 나서 평소 벨을 꺼리는 앤서니 로크월은 직접 걸어가서 서재 문을 활짝 열고는 ‘마이크!’ 하고 큰 소리로 외쳤다. 한때 캔자스 대초원의 하늘을 쩌렁쩌렁하게 울리던 우렁찬 목소리였다.

“내 아들한테 가서 나가기 전에 날 좀 보고 가라고 전해 주게.”

부름에 달려온 하인에게 앤서니가 말했다.

젊은 로크월이 서재에 들어서자 늙은 로크월은 읽던 신문을 옆에 치워 놓고는 혈색 좋고 매끄러운 큰 얼굴에 부드러우면서도 엄한 표정을 지으며, 한 손으로 흰 머리를 헝클어뜨리면서 다른 손으로 주머니에 있는 열쇠 꾸러미를 짤랑거렸다.

“리처드, 너는 보통 얼마짜리 비누를 쓰니?”

앤서니 로크월이 말했다.

대학을 졸업한 지 6개월밖에 되지 않은 리처드는 전혀 예상하지 못했던 아버지의 질문에 마치 난생처음 파티에 온 소녀처럼 당황했다. 아직은 아버지가 무슨 이야기를 하려고 하는 건지 도통 감을 잡을 수 없었다.

“열두 개 들이에 6달러였던 것 같습니다, 아버지.”

“그러면 옷은 얼마짜리를 입니?”

“보통은 60달러 정도 하는 옷을 입습니다.”

“너는 그래도 신사구나. 듣기로 요즘 젊은 것들은 열두 개에

24달러나 되는 비누를 쓰고 옷값으로 족히 100달러 이상은 쓴다고 하던데. 너는 누구 못지않게 돈이 많으면서 도를 넘지 않고 품위를 지키는구나. 나도 아직 예전의 유레카를 쓰고 있는데, 그건 단지 감상적인 이유 때문이 아니라 그게 다른 어떤 것보다도 가장 순수한 비누이기 때문이야. 비누 하나에 10센트 이상을 쓴다면 그 돈은 전부 싸구려 향수와 상표에 나가는 값이란다. 그렇지만 50센트 정도라면 너희 세대, 그리고 너 같은 지위와 배경을 가진 젊은이로서 매우 바람직한 태도구나. 좀 전에도 말했지만 너는 신사야. 흔히들 한 가문에 신사는 삼대에 걸쳐 한 번 나온다고 하지만 다 틀린 말이야. 사실 비누 기름처럼 번드르르한 신사를 만드는 건 바로 돈이거든. 너도 돈으로 신사가 된 거나 마찬가지고. 하기야 나도 거의 돈으로 신사가 된 것이나 다름없지. 나란 사람도 원래는 우리 집 양옆에 사는 두 네덜란드 늙은이들처럼 무례하고 깐깐한 데다 매너도 없는데 말이야. 아마 그 둘은 지금 내가 자기들 사이에 끼어들어 집을 사는 바람에 억울해서 밤잠도 제대로 못 잘걸."

앤서니의 말에 리처드 로크월이 조금 우울한 말투로 말했다.

"돈으로 하지 못하는 것들도 있어요, 아버지."

"아니지, 그런 말은 하지 말거라. 누가 그런 내기를 해 오면 나는 항상 '돈이 할 수 있다'에 돈을 걸 거다. 그리고 정말로 돈으로 살 수 없는 게 세상에 있을까 싶어서 백과사전을 샅샅이 뒤져 보았지만 여태껏 하나도 없었단다. 지금 Y까지 살펴보았는데 다음 주에 부록 편을 찾아볼 차례야. 나는 남들이 뭐라 해도 '돈이면 뭐든 다 할 수 있다'에 걸겠어. 돈으로 살 수 없는 게 있다고 생각하면 어디 한번 말해 보거라."

앤서니가 아들의 말에 진짜로 놀란 표정을 지으며 대꾸했다.

"하나를 예로 들자면, 아버지, 상류 사회의 일류 사교계는 돈으로 들어갈 수 있는 곳이 아니잖아요."

리처드는 뭔가 마음에 맺히는 것이 있는 눈치였다.

"오! 정말 그럴 것 같으냐?"

악의 근원을 옹호하는 투사 앤서니가 말했다.

"초대의 거대 재벌인 애스터*가 애당초 미국에 왔을 때 타고 왔던 그 3등실 뱃삯이 없었더라면 네가 말하는 그 일류 사교계가 지금 존재했을 것 같으냐?"

리처드가 한숨을 쉬었다. 앤서니는 리처드가 한숨 쉬는 모습을 보고 목소리 톤을 약간 낮추어 말을 꺼냈다.

"그러니까 내가 하려는 말이 그거다. 그래서 너를 오라고 한 거야. 얘야, 너 무슨 일이 있는 거지? 안 그래도 벌써 두 주일째 뭔가 있는 것 같다고 생각했는데. 말해 보거라. 지금 당장이라도 내가 원하기만 하면 24시간 안에 부동산을 빼고도 1,100만 달러 정도는 손에 쥘 수 있을 테니까. 만약 네 간에 문제가 생긴 거라면, 이틀 후에 떠나려고 연안에서 연료 주입도 끝내 놓고 출항할 준비를 하고 있는 바하마 행 램블러 호를 타거라."

---

*존 애스터(1763~1848) : 독일 출신의 미국 모피상. 푸줏간 집 아들로 태어나 악기공장 직공으로 일하다 뉴욕으로 건너가 모피상이 되어 큰돈을 벌었음.

"잘 맞추셨어요, 아버지. 말씀하신 게 모두 틀린 것은 아니에요."

"아, 그렇다면 그 아가씨 이름이 뭐냐?"

앤서니가 예리하게 물었다.

리처드가 서재 안을 왔다 갔다 하며 서성이기 시작했다. 거리낌 없는 성격의 늙은 아버지에게는 아들의 신뢰를 얻을 만한 동지애와 연민이 충분히 있었다.

결국 앤서니가 먼저 얘기를 꺼냈다.

"직접 청혼을 하는 게 어떠냐? 그러면 그 아가씨가 당장 너에게 달려들 텐데. 너는 돈도 있겠다, 외모도 잘생겼겠다, 게다가 품위도 있고 점잖은 청년이지 않니. 손도 깨끗하고. 유레카 비누 같은 건 손에 안 대니까. 또 너는 대학도 나왔고, 하긴 그런 건 여자들이 별 신경을 안 쓰겠지만 말이다."

"그럴 만한 기회가 없었어요."

리처드가 대답했다.

"그거야 만들면 되지. 공원에서 같이 산책을 하든지, 드라이브를 하든지, 교회에서 오는 길에 바래다주든지. 그런 게 다 기회 아니냐! 쯧쯧."

"아버지가 그 사회를 잘 모르셔서 그러는 거예요. 그 아가씨는 바로 그 사회의 중심에 있는 사람이거든요. 그녀의 시간은 일분일초가 한참 전에 다 짜여 있어요. 아버지, 저는 그녀를 꼭 잡아야 해요. 그러지 못하면 저에게 이 도시는 영원히 캄캄한 늪처럼 느껴질 거예요. 그런데 그렇다고 그녀에게 편지는 차마 못 쓰겠어요. 정말이지, 그건 못 하겠어요."

"쯧쯧! 지금 너는 이 모든 재산을 다 가지고도 그 여자에게 고작 한두 시간을 못 얻어 내겠다고 말하는 거냐?"

앤서니가 혀를 끌끌 차며 말했다.

"시간을 너무 오래 끌어왔어요. 내일모레면 그녀가 배를 타고 유럽으로 떠나거든요. 거기 가면 2년 후에나 돌아올 거래요. 다만 내일 저녁에 몇 분 정도 단둘이 있을 수 있다는 약속을 받았어요. 지금은 그녀가 라치몬트에 있는 숙모 집에 가 있는데 거기까지는 제가 갈 수 없고요. 대신에 내일 저녁 여덟 시 반에 기차로 그랜드센트럴 역에 도착하면, 거기서 마차를 타고 이동하는 동안 같이 가도 된다는 허락을 받았거든요. 거기서 곧바로 브로드웨이에 있는 월랙 극장으로 달려가야 해요. 극장 로비에서 그녀의 어머니와 다른 일행이 기다리기로 했고요.

그렇게 되면 마차에서 6분이나 8분밖에 같이 있을 수 없는데, 그런 상황에서 제가 고백을 한다고 해도 그녀가 들어줄 거라 생각하세요? 아니요. 그리고 극장에 가서나 연극이 끝난 뒤에 저한테 과연 다른 기회가 있을까요? 아니요, 없습니다. 전혀 없어요, 아버지. 이건 아버지의 돈이 해결해 줄 수 있는 문제가 아니에요. 시간은 단 1분도 돈으로 살 수 없어요. 만약 그럴 수 있었다면 부자들은 다른 사람들보다 훨씬 더 오래 살겠죠. 랜트리 양이 배를 타고 여기를 떠나기 전에 제가 그녀와 이야기할 수 있는 희망은 없어요."

"알겠다, 리처드, 내 아들아. 이제 그만 클럽에 가 보거라. 어쨌든 네 간에 문제가 있는 게 아니라니 다행이구나. 하지만 가끔은 위대한 재물의 신께 기도를 드리는 걸 잊지 말도록 해라. 방금 돈으로 시간을 살 수 없다고 했다 이거지? 글쎄, 물론 돈을 주고 영겁이라는 시간을 선물처럼 포장해 집 앞으로 배달 받을 수는 없겠지. 그러나 그 말고 다른 비슷한 건 본 적이 있단다. 시간의 할아버지*가 금광을 지나가다가 돌부리에 걸려 발뒤꿈치에 심한 부상을 당하는 광경을 말이야."

앤서니가 쾌활한 어조로 말했다.

그날 밤 엘런 고모가 석간신문을 읽고 있는 앤서니를 방문했다. 상냥하고 감상적이며 주름이 많고 한숨도 잘 쉬며 가진 부를 주체하지 못해 힘겨워 하는 엘런 고모는 오빠 앤서니와 함께 사랑에 빠진 사람들의 고민에 대한 주제로 대화를 나누기 시작했다.

"그 애가 모든 이야기를 해 주었어. 그래서 내가 은행에 있는 내 돈이 필요하면 마음껏 써도 된다고 했더니 글쎄, 그 애가 뭐라는 줄 알아? 돈에 대해 괜히 트집을 잡으면서 돈으로 도와줄 수 없는 문제라니 이런 말을 해 대는 것 있지. 사교계의 규칙은 백만장자 열 명이 와도 돈으로는 꼼짝 못 하느니 어쩌느니 하면서 말이야."

앤서니가 하품을 하며 말했다.

---

*시간의 할아버지 : 그리스 신화에 나오는 농경과 계절, 시간의 신 크로노스를 가리킴.

"오! 오빠."

엘런 고모가 한숨을 내쉬고 말을 계속 이어갔다.

"난 오빠가 돈을 너무 맹신하지 않았으면 좋겠어. 돈이란 진정한 사랑 앞에서는 아무것도 아닌 거야. 사랑은 무엇보다 더 강력한 거라고. 아, 리처드가 조금만 더 일찍 얘기를 해 줬더라면 좋았을 텐데! 그 아가씨가 우리 리처드를 거절했을 리가 없거든. 그런데 안타깝지만 이제는 너무 늦은 것 같네. 결국 리처드가 그 아가씨한테 고백할 기회가 없을 테니까. 오빠가 가진 그 모든 돈으로도 아들에게 행복을 가져다주지 못하는 거야."

다음 날 저녁 여덟 시, 엘런 고모는 좀이 슨 상자에서 낡고 고상하게 생긴 금반지를 꺼내 리처드에게 건네주었다.

"조카야, 오늘 이걸 끼고 가거라. 이건 네 어머니가 나에게 준 거야. 이 반지가 사랑의 행운을 가져다줄 거라고 하셨단다. 네가 커서 사랑하는 사람을 만나면 전해 주라고 하시면서 내게 맡기셨어."

리처드는 경건하게 그 반지를 받아 새끼손가락에 끼워 보았다. 반지는 손가락 두 번째 마디까지 간신히 들어가고는 더 이상 들어가지지 않았다. 그는 반지를 도로 빼서 남자들의 흔한 습관대로 조끼 주머니에 집어넣었다. 그러고 나서 전화를 해 마차를 불렀다.

여덟 시 삼십이 분, 리처드는 쏟아져 나오는 군중 속에서 랜트리 양을 만났다.

"어머니와 다른 분들을 기다리게 해선 안 돼요."

랜트리 양이 말했다.

"최대한 빨리 월랙 극장으로 갑시다!"

그녀의 말을 충실히 이행하듯 리처드가 외쳤다.

마차는 42번 도로를 따라 브로드웨이로 갔고, 그곳에서부터 하얀 별들이 반짝거리는 길을 따라 부드러운 석양빛이 맴도는 초원에서 힘찬 아침의 바위 언덕을 향해 나아갔다. 32번가에서 리처드가 갑자기 마차 문을 열고 몸을 빼서 마부에게 멈추라고 명령했다.

"반지를 떨어뜨렸거든요. 그건 어머니의 유품이라서 잃어버리면 안 돼요. 절대 오래 걸리지 않을 거예요. 어디에 떨어뜨렸는지 봤거든요."

리처드는 이렇게 사과하며 마차에서 내렸다.

일 분도 채 안 되어서 그가 반지를 가지고 마차로 돌아왔다.

그런데 그 순간, 도시를 가로질러 가던 전차가 마차 바로 앞에서 멈추어 버렸다. 마부가 전차 주위로 돌아가려고 마차를 왼쪽으로 틀었다. 그런데 갑자기 어디선가 대형 화물차가 나타나 길을 막았다. 마부가 이번에는 오른쪽으로 방향을 틀었다. 그런데 뜬금없이 가구 운반차가 나타나 앞을 막는 바람에 뒤로 물러나야 했다. 결국 마부는 뒤로 돌아 빠져나가려 하다가 그만 고삐를 놓치고 말았다. 마부는 마구 욕설을 퍼부었다. 순식간에 사방이 온갖 차량과 마차로 뒤덮인 채로 어지럽게 뒤엉키고 말았다.

뉴욕이라는 큰 도시에서는 그런 식으로 갑자기 길이 꽉 막혀

서 상업이나 소통이 완전히 마비되는 경우가 종종 일어나곤 했다.

"왜 가지 않는 거죠? 이러다 늦겠어요."

랜트리 양이 초조한 듯 물었다.

리처드가 일어나서 주위를 둘러보았다. 그의 눈에 들어온 것은 브로드웨이와 6번가, 34번가 도로가 만나는 광장 사방에 마차와 트럭, 전세 마차, 대형 운반차, 전차가 일제히 몰려 서로 뒤엉켜 있는 광경이었다. 마치 허리둘레가 26인치인 처녀가 22인치 거들을 입으려고 애쓰는 모습 같았다. 거기다가 사방에서 다른 차들이 빠른 속도로 덜컹거리며 다가와 그 지점으로 계속 모여들고 있었다. 그리고 다들 난리 법석인 판에 뛰어들어 옴짝달싹 못 하게 끼고 나서, 안 그래도 소란스러운 마당에 저마다 한마디씩 욕설을 보탰다. 맨해튼에서 움직이는 것이라면 모조리다 그 자리에 와서 밀집해 있는 것 같았다. 길거리에 나와 이 상황을 구경하고 있는 수많은 뉴욕 시민들 중에서 가장 나이가 많은 사람도 일찍이 이렇게까지 길이 꽉 막힌 경우는 한 번도 본적이 없을 정도였다.

"정말 죄송합니다, 랜트리 양. 그게 그만 우리가 여기 길에 갇힌 것 같아요. 이 정도면 한 시간 안에 여기를 빠져나가는 건 아무래도 힘들 것 같습니다. 모든 게 제 잘못입니다. 반지를 떨어뜨리지만 않았다면……."

리처드가 자리에 앉으며 말했다.

"그 반지 좀 보여 주세요. 이렇게 된 이상 이제는 어쩔 수 없으니 신경 써 봐야 무엇하겠어요. 저는 사실 극장에 가는 게 지루하답니다."

랜트리 양이 말했다.

그날 밤 열한 시, 누군가 앤서니 로크월의 방문을 가볍게 두드렸다.

"들어와요!"

앤서니가 붉은 실내복을 입고 해적의 모험담을 다룬 책을 읽고 있다가 외쳤다.

문을 두드린 사람은 이 땅에 내려왔다가 실수로 남겨진 잿빛 머리 천사 같은 모습의 엘런 고모였다.

"둘이 약혼했대, 오빠. 그 아가씨가 우리 리처드와 결혼하기로 약속을 했대. 둘이서 함께 극장에 가는 길에 찻길이 막히는 바람에 두 시간 동안 꼼짝 없이 그 안에 갇혀 있었다나 봐요. 아, 그러니까 오빠. 다시는 돈의 힘을 자랑하지 말아줘요. 진정한 사랑을 보여 주는 작은 상징, 그러니까 물질을 초월한 영원한 사랑을 상징하는 작은 반지가 바로 우리 리처드에게 행복을 찾아 준 열쇠가 된 거니까. 그 애가 그걸 길에 떨어뜨리는 바람에 주우려 잠시 내렸다가, 다시 떠나려 하는 참에 길이 막혀 버렸대. 그래서 마차가 가지 못하고 막혀 있는 동안 그 애가 아가씨에게 사랑을 고백하고 승낙을 얻어 낸 거야. 오빠, 진정한 사랑에 비하면 돈은 정말 아무것도 아닌 거라고."

"그래. 아들이 자신이 원하는 것을 얻게 되었다니 다행이군. 그 애한테도 이야기했지만 필요하다면 이 일에 돈을 아끼지 않겠다고……."

65

앤서니가 말을 끝마치기도 전에 엘런 고모가 물었다.

"그렇지만 오빠, 그렇다고 해서 오빠가 돈으로 무엇을 할 수 있었겠어?"

"엘런, 지금 책에서 내가 좋아하는 해적이 위기에 처해 있단다. 배에 막 구멍이 뚫려서 당장 바다 밑으로 가라앉을지도 모르는 일촉즉발의 상황이야. 그렇지만 내 해적은 돈의 가치를 무척 잘 알고 있기 때문에 배가 그대로 가라앉게 내버려 두진 않을 거거든. 괜찮다면 내가 읽고 있던 책을 마저 읽게 해 주면 좋겠는데."

앤서니 로크월이 말했다.

이 이야기는 여기서 끝이 나야 한다. 이야기를 읽고 있는 독자 여러분과 마찬가지로 나도 간절히 그랬으면 하고 바란다. 그러나 진실을 얻기 위해서는 우물의 밑바닥까지 들여다보아야 하는 법이다.

다음 날 파란색 물방울무늬 넥타이를 맨, 손이 벌건 켈리라는 남자가 앤서니 로크월의 집으로 찾아왔다. 그는 즉시 서재로 안내되었다.

"그래, 일을 꽤 잘 처리했더구먼. 어디 보자, 자네한테 내가 우선 현찰로 5,000달러를 줬었지?"

"네, 그런데 제가 거기에 추가로 300달러를 더 썼어요. 예상했던 것보다 돈이 조금 더 들었거든요. 화물차와 다른 마차는 대부분 5달러로 흥정을 할 수 있었는데, 트럭이랑 말 두 필이 끄는 마차는 10달러는 받아야겠다고 하더군요. 전차 운전기사는

10달러를 요구했고, 다른 화물차 운전기사는 20달러를 요구했답니다. 그렇지만 그중에서도 가장 매수하기 힘들었던 건 경찰관들이었어요. 두 명한테는 50달러씩 주고, 다른 경찰들에게는 20달러와 25달러씩을 주었어요. 그렇지만 일은 정말 예술처럼 풀리지 않았습니까, 로크월 회장님? 다행히 윌리엄 A. 브래디가 그 현장에 나오지 않아서 일이 순조롭게 풀렸어요. 아마도 그 자가 왔으면 질투가 나서 미칠 지경이었을걸요? 그리고 또 이 모든 게 예행연습도 없이 다 맞아떨어졌다는 게 대단하지 않나요? 1초도 늦지 않고 모두 제시간에 와서 잘 움직여 주었어요. 그 거리에서 그릴리* 동상 밑으로 아마 한두 시간 동안은 뱀 한 마리도 지나가지 못했을 거예요."

"1,300달러. 여기 있네, 켈리. 자네 몫으로 1,000달러, 그리고 300달러는 자네가 초과로 지출했다고 말한 돈일세. 자네는 돈을 무시하지 않겠지, 안 그런가, 켈리?"

앤서니가 수표를 뜯어 주며 말하자 켈리가 대답했다.

"저요? 저는 할 수만 있다면 빈곤을 발명한 사람을 찾아가서 깨끗이 해치우고 싶은 심정입니다."

켈리가 문 쪽에 거의 다다랐을 때 앤서니가 물었다.

"혹시 길이 마비되었을 때 그 근처 어디에서 벌거벗은 어떤 통통한 남자애가 활을 들고 화살을 쏘는 것은 보지 못했나?"

---

*호러스 그릴리(1811~1872) : 미국 언론 사상 최고의 논설기자로 평가받는 언론인. 〈뉴요커〉의 편집주간으로 활동했고 〈뉴욕 트리뷴〉을 창간했음.

"아니요, 왜요?"

켈리가 어리둥절한 표정으로 되물었다.

"저는 보지 못했는데요. 선생님께서 말씀하시는 그런 아이가 길에 있었다면 제가 보기도 전에 경찰한테 먼저 체포되지 않았을까요?"

"그렇지. 나도 그 조그만 악동 녀석이 왔을 거라고는 생각하지 않았다네. 잘 가게, 켈리."

앤서니가 만족스러운 듯 킥킥 웃으며 말했다.

메뉴판에 찾아온 봄

3월의 어느 날이었다.

당신이 글을 쓴다면 절대, 절대로 이런 식으로 글을 시작하지 마라. 이보다 더 형편없는 글의 서두는 있을 수 없다. 이러한 서두는 상상력도 지지리 없는 데다 평범하고 건조하며 빈말만 가득하기 쉽다. 그러나 이번 경우에 한해서는 예외이다. 왜냐하면 원래 이 소설의 도입 부분이 되었을 다음 문단이 너무도 엉뚱하고 터무니없게 들려서, 아무런 사전 준비 없이는 도무지 독자들 앞에 내놓을 수가 없기 때문이다.

새라는 메뉴판을 앞에 놓고 울고 있었다.

메뉴판을 앞에 둔 채 눈물을 뚝뚝 흘리고 있는 뉴욕의 한 아가씨를 상상해 보라.

이런 경우를 보고 혹자는 아마도 식당에 바닷가재 요리가 다 떨어져서라든가, 사순절* 기간 동안은 아이스크림을 먹지 않기로 맹세했기 때문이라든가, 양파 요리를 시켜서라든가, 아니면 방금 해킷 극장에서 슬픈 공연을 보고 온 직후라든가 하는 이유를 떠올릴 것이다. 그러나 이런 추측 중 맞는 것은 하나도 없다. 그러니 이야기를 계속해서 진행하는 게 좋겠다.

한 신사**는 세상이 굴 껍데기이며 칼로 그 껍데기를 열 수 있다고 단언했는데, 많은 사람들 말마따나 그 말이 그렇게 대단한 지는 의문이다. 사실 칼로 굴을 따는 것은 별로 어렵지 않기 때문이다. 그러나 타자기로 그런 굴 껍데기를 따겠다고 애쓰는 사람을 본 적이 있는가? 그리고 그런 식으로 여러 개의 굴 껍데기를 까는 데 성공한 이야기를 듣고 싶은가?

새라라는 이름의 아가씨가 자기의 빈약한 도구를 가지고 지금껏 여는 데 성공한 세상이라는 굴 껍데기는, 그 안의 차갑고 축축한 면모를 간신히 맛볼 수 있을 만한 정도로 보잘것없었다. 그녀가 가진 속기 실력은 지금 막 속기 학교를 졸업하고 세상에 나온 초보 속기사보다 조금도 나을 게 없었다. 그런 실력으로는 전문 속기사라고 내세울 수가 없었고, 따라서 사무실 상주 직원으로는 지원하지 못했다. 새라는 프리랜서 타자수로 근근이 살아가며 늘 여기저기 고정적이지 않은 일감을 찾아다녀야 했다.

그나마 새라가 세상과 싸워 이긴 가장 값지고 자랑스러운 승

리라 할 수 있는 일은 슐렌버그 씨가 운영하는 '홈 레스토랑'에서 따 온 일감이었다. 그 레스토랑은 새라가 세 들어 살고 있는 낡은 벽돌 건물 옆에 있었다. 어느 날 저녁, 새라는 슐렌버그 씨네 식당에서 40센트짜리 코스 요리(코스 요리라고는 했지만, 마치 야구공 다섯 개를 연속으로 던지듯 초고속으로 제공된 식사였다.)를 먹고 메뉴판을 집으로 가져갔다. 메뉴는 영어인지 독일어인지 거의 알아보기 힘든 필체로 휘갈기듯 쓰여 있었고, 순서가 하도 뒤죽박죽 뒤엉켜 있는 바람에 조금만 신경 쓰지 않으면 까닥하다 이쑤시개나 라이스푸딩으로 시작해서 수프와 오늘의 요리를 마지막으로 먹게 될 만큼 정신이 없었다.

다음 날 새라는 자신이 타자로 다시 깔끔하게 친 메뉴판을 들고 가서 슐렌버그 씨에게 보여 주었다. '전체 요리'부터 시작해서 마지막으로 '코트나 우산을 보관할 책임은 전적으로 고객에게 있습니다.'에 이르기까지 알맞은 제목을 뽑아 정렬하고, 각각의 항목마다 음식 이름을 적절하게 분류해 보기 좋고 깔끔하게 정리한 메뉴판이었다.

슐렌버그 씨는 처음 본 순간부터 그 메뉴판이 마음에 쏙 들었다. 그래서 기꺼이 새라의 제안대로 그녀와 계약을 맺었다. 즉, 식당 안에 있는 스물한 개의 테이블에 내놓을 메뉴판을 새라가 전담해서 쳐 주기로 한 것이다. 그러면서 저녁 식사용 메뉴는 매일매일 새로, 아침과 점심용은 메뉴가 바뀌거나 메뉴판이 더러워질 때마다 새로 만들어 주기로 했다.

그 대가로 슐렌버그 씨는 (되도록 비위를 잘 맞추는)웨이터를 시켜 새라의 방으로 매일 세끼의 식사를 날라 주기로 했다. 그리고 식당에서 새로 나올 메뉴는 슐렌버그 씨가 미리 연필로 써서 전날 오후에 새라에게 배달해 주기로 했다.

이 계약은 양측 모두를 흡족하게 했다. 슐렌버그 씨 식당의 단골손님들은 비록 요리에 대해선 여전히 그 정체가 궁금할 때가 있었지만, 적어도 이제는 자신들이 먹는 음식의 이름이 무엇인지 제대로 알 수 있게 되었다. 또 새라는 새라대로 큰 걱정거리였던 춥고 긴 겨울 동안 일용할 양식을 해결할 수 있게 되었다.

시간이 흘러 달력 날짜로만 보면 봄이라고 불러야 할 때가 찾아왔다. 그러나 진짜 봄이 언제 오는지는 정작 그것이 와야만 알 수 있는 법이다. 아직도 시내 거리에는 1월에 내린 눈이 꽁꽁 언 채로 남아 있었고, 거리에서 풍금 연주를 하는 사람들은 아직 12월 축제 분위기를 내며 '인 더 굿 올드 서머타임(In the Good Old Summertime)'이란 곡을 연주했다. 반면 사람들은 벌써부터 부활절 휴가에 입을 옷을 사려고 돈을 모으기 시작했고, 건물 관리인들은 일찌감치 겨울철 난방을 꺼 버렸다. 보통 이런 일들이 벌어질 때면 도시가 아직 겨울의 끝자락에 머물러 있구나 하고 느낄 수 있다.

어느 날 오후 새라는 싸늘한 방에서 으스스 떨고 있었다. 아이러니하게도 '난방 완비, 청결 상태 완벽, 각종 편의 시설 완비, 방문 환영'이라는 광고를 보고 구한 집이었다. 그날 새라에게는 슐렌버그 씨네 식당 메뉴를 쓰는 것 말고 다른 일감이 없었다.

그녀는 삐걱거리는 흔들의자에 앉아 창밖을 내다보았다. 벽에 걸린 달력이 그녀에게 소리쳤다.

"새라, 봄이 왔어! 정말이라니까, 봄이 왔다고! 나를 봐 봐, 새라, 여기 달력의 숫자를 보면 알 수 있잖아? 그리고 새라 너는 몸매도 날씬한데…… 새라…… 아…… 이런 봄에 걸맞은 날씬한 몸매잖아…… 그런데 왜 그렇게 슬픈 얼굴로 물끄러미 창밖만 바라보고 있는 거야?"

새라의 방 창문은 건물의 뒤쪽으로 나 있었다. 그래서 창문 밖을 내다봤을 때 보이는 것이라곤 길 건너편에 있는 창문 하나 없는 창고형 공장의 벽면뿐이었다. 그러나 그 벽은 투명한 수정처럼 티끌 하나 없이 매끈했다. 새라는 벚나무와 느릅나무로 그늘이 지고 길가로 산딸기 덤불과 체로키 장미 덤불이 우거져 있는 잔디 길을 내려다보았다.

봄이 오는 조짐은 너무 미묘해서 눈과 귀로 감지하기는 쉽지 않다. 어떤 사람들은 크로커스가 꽃을 피우고 층층나무가 싹을 틔워야만, 그리고 파랑새의 노랫소리가 들려야만 봄이 왔다는 걸 알아챈다. 또 어떤 둔감한 사람들은 철이 지나서 더 이상 메밀이나 굴이 나오지 않는다는 말을 들어야만 비로소 '초록 옷을 입은 숙녀'가 찾아왔다는 사실을 깨닫기도 한다. 그러나 언제가 되었든 새 신부처럼 화사한 봄이 보내는 달콤한 메시지는 어김없이 찾아오기 마련이다.

지난여름 새라는 시골에 내려갔다가 한 농부 청년을 사랑하게 되었다.

(당신이 글을 쓴다면 절대 이런 식으로 뒤돌아가지 마라. 이런 방식의 서툰 기교는 독자의 흥미를 반감시킨다. 자고로 글은 거침없이 앞으로 나아가야 하는 법이다.)

그때 새라는 서니브룩 농장이라는 곳에서 2주일을 보냈다. 거기에서 늙은 농부 프랭클린의 아들 월터를 사랑하게 되었다. 전통적으로 농부들은 원래 다른 사람들보다 더 빠른 속도로 사랑에 빠지고 결혼을 하고 다시 들판으로 돌아간다. 그러나 젊은 월터 프랭클린은 현대적인 농업가였다. 그는 소가 있는 외양간에도 전화를 놓았으며, 내년 캐나다의 밀 수확량이 여기서 한밤중에 심은 감자 농사에 어떤 영향을 미칠지까지 미리 정확하게 내다볼 수 있었다.

월터가 구애에 성공해 새라의 마음을 얻어 낸 곳은 바로 나무 그늘 아래 산딸기 덤불이 무성한 어느 오솔길이었다. 둘은 그곳에 함께 앉아서 새라의 머리에 쓸 민들레 화환을 엮었었다. 완성된 화환을 새라가 머리에 쓰자마자 그는 그 노랗고 풍성한 꽃잎들이 그녀의 갈색 머리에 얼마나 잘 어울리는지 열렬히 찬미하며 온갖 칭찬을 아끼지 않았다. 그래서 그녀는 원래 쓰고 갔던 밀짚모자는 손에 들고 대신 화환을 머리에 쓴 채로 되돌아왔다.

둘은 돌아오는 봄에 결혼을 하기로 약속했다. 봄을 알리는 첫 신호가 보이는 대로 바로 결혼식을 올리자고 월터가 말했었다. 새라는 그 약속을 간직한 채 도시로 돌아와 다시 타자기를 두드려야 했다.

누군가 방문을 두드리는 소리에 새라는 문득 행복했던 지난 날의 추억을 뒤로하고 현실로 돌아왔다. 문 앞에는 슐렌버그 씨가 늙고 여윈 손으로 어설프게 쓴, 다음 날 레스토랑에 내놓을 메뉴 초안을 손에 든 웨이터가 서 있었다.

새라는 타자기 앞에 앉아 롤러 사이에 종이를 끼워 넣었다. 이제 제법 일이 손에 익어 보통 한 시간 반이면 스물한 개의 메뉴판 작업을 모두 끝낼 수 있었다.

그런데 오늘따라 메뉴에 변경 사항이 많았다. 수프 종류는 한결 가벼워졌으며, 돼지고기는 전체 요리에서 빠진 대신 러시아 순무와 곁들여 나오는 구이 요리 종류의 하나로 바뀌었다. 메뉴 전체에 봄기운이 완연하게 퍼져 있었다. 최근까지 푸른 언덕에서 신 나게 뛰놀았을 양은 그 모습을 기념하는 소스로 요리될 예정이었고, 굴의 노래는 아직 끝나지는 않았지만 '디미누엔도 콘 아모레'*가 되어 있었다. 할 일이 부쩍 줄어든 프라이팬은 고기를 굽는 그릴 뒤편으로 퇴장하여 쉬는 듯했다. 파이는 종류가 크게 늘었고 진한 맛의 푸딩은 모습을 감추었으며, 두꺼운 껍데기로 몸을 감싼 소시지는 이제 달달한 메이플 시럽이나 메밀과 더불어 왕성했던 삶을 마감하고 겨울잠에 들어갈 채비를 하고 있었다.

새라의 손가락이 마치 여름철 시냇가에서 뛰노는 난쟁이 요

---

*디미누엔도 콘 아모레 : 악보에서 '애정을 가지고 점점 더 여리게' 연주하라는 뜻의 셈여림말.

정처럼 바쁘게 움직였다. 새라는 정확한 눈썰미로 각각의 메뉴를 적당한 길이로 나누고 적절한 곳에 배치하면서 무사히 코스 요리까지 타이핑을 끝냈다.

이제 후식 바로 전에 나오는 여러 채식 요리 목록을 작성할 차례였다. 당근과 완두콩, 토스트 위에 얹은 아스파라거스, 다년생 토마토와 옥수수 콩 요리, 리마 콩, 양배추…… 그 다음에…….

새라는 메뉴판을 앞에 두고 울기 시작했다. 가슴속 깊은 곳에서 우러나온 신성한 절망감이 새라의 두 눈으로 올라가 눈물이 되어 흘렀다. 새라는 작은 타자기 책상 위로 머리를 떨구었다. 타자기의 키보드는 그녀가 흐느끼는 소리에 장단을 맞추듯 메마르게 덜거덕거렸다.

2주 동안이나 월터에게서는 아무 소식이 없었다. 그런데 바로 메뉴의 다음 항목이 민들레였다. 달걀 어쩌고 한 것에 곁들인 민들레. 아, 달걀은 어떻게 요리하건 무슨 상관이랴! 그러나 민들레는 바로 월터가 그녀를 자기 사랑의 여왕으로 그리고 미래의 신부로 임명하며 씌워 준 황금빛 꽃이자 봄의 전령이며, 새라에겐 가장 행복했던 날들을 떠오르게 하는 슬픔의 왕관이었다.

여성 독자들이여, 지금 이 글을 보면서 피식 웃고 있다면 다음 상황을 머릿속에 그려 보시라. 당신이 퍼시라는 청년에게 마음을 주기로 약속한 날에 그가 준 마레샬니엘 장미꽃이 만약 지금 당신 앞에, 슐렌버그 식당의 식탁 위에, 프렌치드레싱을 얹은 샐러드로 나온다면 기분이 어떻겠는가. 이것은 그냥 해 보는 이야기지만, 만약 줄리엣도 자기 사랑의 정표가 그런 식으로 모욕당하는 것을 보았다면 당장 유능한 약제사에게 달려가서 독약을 지어 달라고 하고도 남았을 것이다.

그러나 봄은 얼마나 영검한 마법사인가! 돌과 강철로만 이루어져 있을 것 같은 차가운 도시에도 봄소식은 어김없이 찾아온다. 그런데 거친 초록 겉옷을 입고 겸손한 분위기를 풍기는 이 작고 씩씩한 들판의 배달부, 민들레 말고 그 어떤 것이 봄이 왔다는 소식을 더욱더 잘 전할 수 있단 말인가. 민들레는 과연 진정한 용사 중의 용사이며, 프랑스 요리사들이 부르는 대로라면 용맹한 '사자의 이빨'*이다. 꽃을 활짝 피운 모습으로는 화환으로서 사랑하는 여인의 밤색 머리를 빛내 주어 사랑이 이루어지도록 도와주고, 아직 꽃이 나기 전 어린잎으로는 냄비 속 끓는 물에 들어가 요리하는 안주인의 마음을 전해 주지 않는가.

새라는 흘러나오는 눈물을 억지로 참았다. 지금은 메뉴 작업을 먼저 끝내야 했다. 그러나 그러고도 한참 동안 새라의 마음과 머릿속은 온통 시골 오솔길을 함께 걷던 젊은 농부에게 가 있었다. 그리고 여전히 희미하게나마 빛나는 황금빛 민들레의 꿈에 젖어 멍한 상태로 타자기의 키를 눌러 댔다. 차츰 그녀는 맨해튼의 차가운 돌길로 돌아왔고, 그제야 타자기는 파업을 막으러 가

---

*사자의 이빨: 민들레dandelion의 영어 발음이 프랑스 어로는 '사자의 이빨dent de lion'로 들림.

는 자동차처럼 다시 덜그럭거리며 속력을 낼 수 있었다.

여섯 시가 되자 웨이터가 새라에게 줄 저녁을 가지고 와서는 그녀가 작업한 메뉴판을 가지고 갔다. 새라는 저녁을 먹기 전에 한숨을 쉬며 달걀 옆에 곁들여 나온 민들레 요리를 옆으로 치웠다. 한때는 사랑의 증표로 그토록 밝게 빛나던 민들레꽃이 이렇게 시커멓고 초라한 채소 덩어리로 변해 버리다니, 한여름 새라의 찬란하던 희망도 이제는 시들어 말라 버린 것처럼 느껴졌다. 셰익스피어는 사랑이 제 몸을 먹고 산다고 하지 않았던가. 그러나 새라는 처음으로 자신의 진정한 사랑을 축하하며 영혼의 향연을 장식해 준 그 민들레꽃을 차마 입에 댈 수 없었다.

일곱 시 반이 되자 옆집에 사는 부부가 말다툼하는 소리가 들려왔고, 위층에 사는 남자는 플루트로 A조를 연습하기 시작했다. 방 안의 온도는 더욱 낮아졌고, 석탄 운반차 세 대가 와서 석탄을 내려놓기 시작했다. 그 소리는 유일하게 축음기 소리보다 더 큰 소리였다. 뒷마당 울타리 위에 앉아 있던 고양이들은 만주로 퇴각하는 군인들처럼 어슬렁거리며 어디론가 사라져 버렸다. 이런 신호들을 보고 새라는 이제 책 읽을 시간이 되었구나 하고 깨달았다. 그녀는 그달의 가장 안 팔리는 최우수 도서로 꼽힌 『수도원과 화롯가』*라는 책을 꺼내어, 발을 트렁크에 올려놓고 주인공 제라드와 함께 정처 없는 방랑길에 올랐다.

그때 1층 현관에서 벨소리가 울렸다. 건물 주인이 나가 문을

---

*수도원과 화롯가 : 영국의 소설가 겸 극작가 찰스 리드의 소설.

열어 주는 소리도 들렸다. 새라는 제라드와 데니스가 곰에 쫓겨 나무에 올라가든 말든 내버려 두고 그 소리에 귀를 쫑긋 세웠다. 누구라도 이런 상황이라면 그렇게 할 수밖에 없을 것이다!

그러자 아래층 복도에서 크고 우렁찬 목소리가 들렸다. 새라는 자리를 박차고 일어나 책을 바닥에 내팽개치고 첫 번째 싸움은 곰에게 양보한 채 현관문으로 달려갔다.

과연 무슨 일인지 짐작하겠는가? 새라가 계단 맨 꼭대기에 다다랐을 때, 그녀의 농부 청년이 밑에서 한 번에 세 계단씩 성큼성큼 위로 올라오고 있었다. 그리고 쭉정이는 하나도 남기지 않고 단번에 모든 곡식을 추수할 기세로 올라와 그녀를 덥석 품에 안았다.

"그동안 왜 연락이 없었던 거예요? 네?"

새라가 물었다.

"뉴욕은 정말 큰 도시더라고요. 나는 벌써 일주일 전에 이곳에 와서 당신이 전에 준 주소로 찾아갔어요. 그런데 거기선 당신이 이미 어느 목요일에 이사를 갔다고 하지 뭐예요. 그래도 조금은 안심이 되었어요. 적어도 금요일의 불운은 피할 수 있을 테니까요. 그건 그렇고 그때부터 당신을 찾으려고 경찰까지 동원해서 여기저기 얼마나 샅샅이 뒤지고 다녔는지 몰라요!"

월터 프랭클린이 말했다.

"그렇지만 제가 편지에 썼는걸요?"

새라가 항의하듯 말했다.

"그래요? 못 받았는데."

"그렇다면 어떻게 저를 찾았어요?"

젊은 농부는 봄처럼 환한 미소를 지으며 말했다.

"오늘 저녁에 우연히 옆 건물에 있는 홈 레스토랑에 갔거든요. 누가 뭐라 하든 난 항상 이맘때가 되면 신선한 채소 요리가 당긴답니다. 그래서 멋지게 타이핑이 된 메뉴판에서 채소 요리 쪽을 우선 훑어보고 있었어요. 그런데 그때, 양배추 밑에 있는 메뉴를 보다가 의자를 박차고 일어서서 식당 주인을 불렀어요. 그 다음에 주인이 당신이 어디 사는지 알려 주었고요."

"저도 기억나요. 양배추 밑에는 민들레가 있었죠."

새라가 행복한 얼굴로 말했다.

"나는 세상 어딜 가도 당신 타자기가 만들어 내는 줄 위로 삐쳐 올라간 대문자 W자는 금방 알아볼 수 있답니다."

월터 프랭클린이 말했다.

"그런데 어떻게요? 민들레dandelion라는 단어엔 W가 안 들어가잖아요?"

새라가 놀라움을 감추지 못하고 물었다.

남자는 주머니에서 메뉴를 꺼내 보여 주며 한곳을 가리켰다.

새라는 그것이 그날 오후에 자신이 처음으로 작업한 메뉴판이라는 것을 알아보았다. 눈물이 떨어지는 바람에 얼룩진 자국이 아직도 종이의 오른쪽 위 귀퉁이에 남아 있었다. 그런데 아뿔싸, 황금빛 꽃망울에 얽힌 잊을 수 없는 기억이 자기도 모르게 손가락을 움직여서 들판에 자라는 푸른 식물 이름이 들어가야 할 자리에 다른 엉뚱한 글자를 쳐 넣은 것이었다.

붉은 양배추와 속을 채워 넣은 파란 피망 사이에 있는 메뉴 이름은 다음과 같았다.

"사랑하는 월터Walter에게, 삶은 달걀과 함께 제공됨."

추수 감사절의 두 신사

우리 미국인의 날이라고 할 수 있는 날이 딱 하루 있다. 그날은 자수성가한 사람이 아니라면 모두 고향집에 돌아가 포슬포슬하게 갓 구운 비스킷을 먹고, 낡은 펌프가 예전보다 훨씬 현관에서 가깝게 보인다는 사실에 놀라는 날이다. 그날을 축복할지어다. 루스벨트 대통령이 우리에게 이날을 주셨다. 가끔은 최초로 추수 감사절을 기린 청교도들에 대한 이야기가 들리기도 하지만, 이제는 그들이 누구였는지조차 기억나지 않는다. 어쨌든 그들이 지금 또 다시 이곳에 상륙하려 한다면, 우리가 그들을 쉽게 해치울 수 있으리라고 장담할 수 있다. 옛날 플리머스록*에 상륙했던 사람들이 그 사람들이라고? 글쎄, 그렇게 말하니 좀 더

---

*플리머스록 : 미국 매사추세츠 주의 플리머스에 있는 바위. 1620년 메이플라워 호를 타고 신대륙에 처음 건너온 필그림 파더스 102명이 상륙한 장소임.

귀에 익숙하게 들리기는 하는데. 칠면조 조합이 결성된 이후로 많은 미국인들이 칠면조 대신 암탉을 먹는 신세가 되었다. 그런데 워싱턴에 사는 누군가가 그들에게 이런 추수 감사절* 선언에 대한 사전 정보를 유출시키고 있는 모양이다.

크랜베리 습지의 동쪽에 있는 대도시 뉴욕은 추수 감사절을 명절로 제정했다. 11월의 마지막 목요일은 영국에서 바다를 건너온 미국을 기리는 연중 단 하루뿐인 날이다. 순수하게 미국식이라고 할 수 있는 유일한 날이기도 하다. 그렇다, 그날은 진실로 미국인에게만 속하는 축하의 날이다.

그리고 지금부터 내가 하려는 이야기는 대서양 이쪽에 살고 있는 우리 미국인에게도 영국보다 훨씬 더 빠른 속도로 정착되어 가고 있는 전통이 있음을 증명하려는 것이다. 그게 다 모두 우리의 패기 있고 진취적인 성향 덕분에 가능한 일이리라.

스터피 피트는 유니언 광장 동편 출입구로 들어가 분수대 맞은편 길 오른쪽에서 세 번째 벤치로 가서 앉았다. 9년 동안이나 매해 추수 감사절이 되면 늘 한 시 정각에 맞춰 와서 앉던 자리였다. 그럴 때마다 그에게는 찰스 디킨즈의 소설에서나 나올 법한 행운이 생겼다. 조끼가 미어질 정도로 배부르게 맘껏 얻어먹을 수 있었던 것이다.

---

*추수 감사절 : 기독교 신자들이 일 년에 한 번씩 가을 곡식을 추수한 뒤 하느님께 감사 예배를 올리는 날. 미국으로 이주한 청교도들이 이듬해 가을, 첫 수확물을 하느님에게 바치며 감사한 일에서 시작됨.

그러나 오늘 스터피 피트가 그 '해마다 찾아오던 밀회 장소'에 나타난 것은, 자선가들이 흔히 생각하는 것처럼 일 년에 한 번 추수 감사절에만 찾아오는 배고픔을 달래기 위해서가 아니었다. 아니, 그보다는 순전히 습관에서 비롯된 결과라고 하는 편이 옳았다.

사실 스터피 피트는 지금 전혀 배가 고프지 않았다. 방금 성대한 만찬을 배불리 먹고 오는 길이었기 때문이다. 그것도 너무나 많이 먹은 나머지, 숨을 쉬고 간신히 몸을 움직일 수 있는 기력밖에 남아 있지 않았다. 그의 두 눈은 마치 개기름이 자르르 흐르는 실리콘 마스크에 콕 박아 놓은 흐리멍덩한 구스베리 두 알 같았다. 스터피 피트는 색색거리며 연신 숨을 가쁘게 몰아쉬었다. 유행을 따른답시고 깃까지 추켜올려 코트를 입었지만, 기름이 좔좔 흐르는 국회 의원의 올챙이배처럼 툭 튀어나온 배 때문에 품세는 영 흉했다. 또 일주일 전에 한 친절한 구세군이 손수 옷에 꿰매어 준 단추들은 팝콘 터지듯 떨어져 나가 근처 땅바닥에 마구 흩어져 있었으며, 너덜너덜한 셔츠는 앞섶이 가슴팍까지 풀어 헤쳐져 있었다. 그런 그에게 눈발이 섞여 날리는 차가운 11월의 바람은 고마울 정도로 시원하게 느껴졌다. 진수성찬을 무턱 대고 먹어 치우다 보니 과다 열량 섭취로 인해 몸에서 마구 열이 났기 때문이었다. 굴 요리로 시작해서 건포도 푸딩으로 마무리하기까지 그는 칠면조 구이, 구운 감자, 닭고기 샐러드, 호박 파이, 아이스크림 등 세상에서 먹을 수 있는 음식이란 음식은 다 먹어 치운 것 같았다. 그리고 이제는 의자에 앉아 배부른 한탄을 하며 세상을 바라보고 있었다.

그런 융숭한 식사 대접을 받다니 정말이지 전혀 예상치도 못한 일이었다. 좀 전에 스터피 피트는 평소처럼 별 생각 없이 5번가 입구를 지나 붉은 벽돌집 앞을 지나고 있었다. 그런데 그 집에는 전통을 매우 중시하는 오래된 가문 출신의 할머니 두 분이 살고 있었다. 당신들이 뉴욕에서 살고 있다는 사실에도 아랑곳없이, 추수 감사절이란 오로지 워싱턴 광장만을 위해 선포된 것으로 믿고 살던 분들이었다. 그런 그분들에게 오래도록 전통처럼 지켜온 관습이 있었다. 바로 추수 감사절 날 정오가 지나면 하인 한 명을 뒷문 밖 길로 보내 처음으로 지나가는 굶주린 행인을 집 안으로 초대하고 미리 차려 놓은 성대한 만찬을 대접하는 일이었다. 그런데 그때 마침 공원에 가느라 그 길을 우연히 지나던 스터피 피트가 그 집 집사의 눈에 띄어 가문의 전통에 기꺼이 부응하게 된 것이다.

한 10분 정도 멍하니 앞을 바라보고 있던 스터피 피트는 문득 고개를 옆쪽으로 돌리고 싶어졌다. 그러기 위해서는 무진 애를 써서 천천히 고개를 왼편으로 돌려야 했다. 그 순간, 스터피 피트의 두 눈은 겁에 질린 듯 툭 튀어나오고 숨이 턱 막혀 왔다. 짧은 다리 끄트머리에 달려 있는 두 발은 초조한 듯 자갈밭 위에서 꿈틀거렸다.

한 노신사가 4번가를 지나 스터피 피트가 앉아 있는 벤치로 걸어오고 있었다.

9년 전부터 매해 추수 감사절이면 그 노신사는 늘 스터피 피트가 앉아 있는 벤치에 와서 그를 만났다. 노신사는 그것을 전통으로 삼고 지켜오는 중이었다. 9년 동안 그는 으레 추수 감사절이 되면 그곳으로 찾아와, 스터피 피트를 식당으로 데려가 그가 배불리 먹는 모습을 흐뭇하게 지켜보곤 했다. 영국에서는 이런 일을 무의식적으로 한다고 하지만, 미국은 아직 생긴 지 얼마 안 되는 나라이니 9년이란 시간도 그리 짧다고는 할 수 없다. 지조 있는 미국의 애국자였던 노신사는 스스로 미국의 전통을 개척해 나가는 선구자를 자처하였다. 아름다운 전통을 세우기 위해서라면 모름지기 같은 일을 거르지 않고 오랫동안 꾸준히 해 나가야 하는 법이다. 산업 보험 회사에서 매주 10센트씩 보험료를 걷는 일이나 청소부들이 거리를 청소하는 일처럼 말이다.

노신사는 그가 세우고 있는 '관습'을 향해 꼿꼿하고 위엄 있는 모습으로 걸어왔다. 사실 해마다 스터피 피트를 배불리 먹이는 일은 영국의 대헌장이나 아침 식사로 잼을 먹는 풍습처럼 국가적인 성격을 띠는 것은 아니었다. 그러나 그것은 첫걸음이었으며, 거의 봉건적인 성격을 띠고 있다 해도 과언이 아니었다. 또한 적어도 관습을 만든다는 것이 뉴욕, 아니 미국에서도 불가능하지 않다는 것을 보여 주는 행동이었다.

예순 살인 노신사는 키가 크고 마른 편이었다. 위아래를 모두 검은색으로 차려입었고, 콧등에는 고정되지 못하고 자꾸만 미끄러져 내려오는 구식 안경을 걸치고 있었다. 머리는 작년보다 더 하얗게 세었고 숱도 적어졌으며, 구부러진 손잡이가 달려 있는 크고 우툴두툴한 지팡이에 예전보다 몸을 더 많이 의지한 채 걸어오고 있었다.

자신의 후원자가 가까이 다가오는 동안, 스터피는 여주인을 따라가던 뚱뚱한 퍼그 강아지가 길에서 털을 곤두세우고 으르렁거리는 사나운 개를 만난 것처럼 몸을 부르르 떨며 색색거렸다. 그는 하늘로 날아가던지 해서 그 자리를 피하고 싶은 마음이 간절했다. 그러나 지금 그의 몸은 하도 무게가 많이 나가, 비행선 설계자로 유명한 산투스두몬트의 기술을 다 동원한다 해도 벤치위로 한 치도 띄우지 못할 판이었다. 그러고 보면 두 할머니의 하인들이 임무를 제법 훌륭하게 완수해낸 셈이다.

"안녕하시오!"

노신사가 말을 건넸다.

"우여곡절이 많았던 올해에도 아름다운 세상에서 당신이 변함없이 건강하게 잘 살고 있는 모습을 보니 기쁘기 그지없습니다그려. 그것을 축복하기 위해 오늘 같은 추수 감사절이 있는 것이겠지요. 그럼, 나와 함께 갑시다. 당신의 육체적 건강이 마음과 조화롭게 어울리도록 해 줄 저녁을 한 끼 대접하고 싶소."

그것은 9년 동안 매해 추수 감사절이면 노신사가 똑같이 해온 말이었고, 그 자체로 이미 관습이 되어 버렸다 해도 과언이 아니었다. 미국 독립 선언서를 제외하고는 그 어느 것도 지금그 말에 비할 수 없었다. 전에는 그 말이 스터피의 귀에 아름다운 음악처럼 들렸었다. 그러나 지금 스터피는 눈물겹도록 괴로운 표정으로 노신사의 얼굴을 올려다볼 수밖에 없었다. 땀이 송골송골 맺힌 그의 이마에 눈송이가 떨어지는 순간 즉시 녹아 버렸다. 반면 노신사는 으스스한 몸을 떨며 바람 쪽으로 등을 돌렸다.

스터피는 노신사가 말을 할 때마다 슬퍼 보이는 이유가 늘 궁금했다. 그는 노신사가 속으로 자신의 대를 이을 아들이 있으면 얼마나 좋을까 하고 안타까워한다는 사실을 미처 알지 못했다. 자신이 세상을 떠나도 그를 대신해 이곳에 계속 와 줄 아들이 있었다면, 차세대 스터피 앞에 서서 자랑스럽고 당당하게 '아버지의 뜻을 받들어'라고 말해 줄 아들이 있었다면, 그렇다면 지금 이 행동이 진정한 전통으로 이어질 수 있을 텐데 하며 아쉬워한다는 사실을 말이다.

그러나 노신사에게는 아들은커녕 친척도 하나 없었다. 그는 공원 동쪽의 조용한 거리에 있는, 적갈색 사암으로 지은 쓰러질 듯 낡은 저택에서 셋방살이를 했다. 겨울이면 여행용 트렁크만 한 작은 온실에 푹 처박혀 자홍색 푸크시아 꽃을 길렀고 봄이 되면 부활절 행렬을 따라 걸었다. 여름이 오면 뉴저지 언덕에 있는 농가에 가서 지내며 버드나무로 만든 안락의자에 앉아 언젠가는 꼭 찾아내고 싶은 리치몬드 버드윙 나비 등에 대한 이야기를 하며 보냈다. 그리고 가을이 오면 스터피에게 저녁을 먹였다. 이것이 바로 노신사의 연례 일정이었다.

스터피 피트는 애타는 심정으로 어쩔 줄 몰라 하며 신사를 잠시 바라보았다. 노신사의 눈은 베푸는 기쁨으로 밝게 빛나고 있었다. 매년 얼굴에는 주름살이 늘고 있었지만, 작은 검정 나비 넥타이의 매듭은 여느 때보다도 더 젊고 발랄해 보였으며, 와이셔츠는 희고 깨끗했고, 회색 수염은 끝부분이 점잖게 말려 올라가 있었다. 마침내 스터피가 뭔가 말을 하려고 입을 열었는데, 어쩌다 보니 냄비에서 콩이 부글부글 끓는 것 같은 소리만 나왔다. 그러나 노신사는 예전에 아홉 번이나 스터피의 대답을 들었으므로, 그 소리를 식사 초대 수락의 뜻으로 받아들였다.

"고맙습니다, 선생님. 기꺼이 함께 가겠습니다. 저는 매우 배가 고프답니다, 선생님."

스터피는 과식으로 인해 정신이 혼미했지만 자신이 새로운 관습의 기반이 되어야 한다는 사명감을 차마 저버릴 수가 없었다. 그의 추수 감사절 식욕은 자기 자신만의 것이 아니었다. 아직 공식적으로 효력을 발휘할 시한이 되지는 않았다 해도 엄연히 확립된 관습의 성스러운 권리에 따라, 그것은 누구보다 먼저 권리를 획득해 놓은 이 친절한 노신사에게 속했다. 물론, 미국은 자유 국가이다. 그러나 전통이 자리를 잡기 위해선 누군가 그 전통을 수십 년이 지나도록 계속 되풀이하며 지켜야 한다. 영웅들이라고 모두 강철과 황금으로 무장해야 한다는 법은 없다. 여기 바로, 엉성하게 은으로 도금된 쇠와 양철 무기만을 가지고도 용감히 휘두르고 있는 한 영웅이 있지 않은가.

노신사는 일 년에 한 번씩 만나는 수혜자를 이끌고 공원 남쪽 식당으로 가서 늘 만찬을 베풀었던 테이블에 가 앉았다. 식당 사람들이 그들을 알아보았다.

"저 할아버지 또 오셨네. 매번 추수 감사절마다 똑같은 거지한테 밥을 사 주는 그 할아버지 말이야."

웨이터가 숙덕거렸다.

노신사는 그을린 진주처럼 발갛게 상기된 얼굴로 장차 오랜 전통의 주춧돌이 될 스터피 피트를 대견스럽게 바라보며 테이블 맞은편에 앉았다. 웨이터들이 테이블 가득 명절 음식을 날랐다. 그리고 스터피는 너무 허기져서 내는 소리로 오해를 살 만큼 큰 소리로 한숨을 내쉬고서, 손에 포크와 나이프를 들고 불멸의 영 광을 위해 고기를 썰기 시작했다.

지금껏 어떤 용맹한 영웅도 이토록 용감하게 적과 맞서 싸운 적은 없었다. 칠면조 고기, 수프, 채소, 파이 등의 음식들은 눈 앞에 놓이기가 무섭게 스터피의 배 속으로 사라졌다. 식당에 들 어섰을 때 음식이 이미 목구멍까지 꽉 찼던 터라 음식 냄새만 맡 아도 신사의 체면을 잃게 만들 정도로 역했으나, 스터피는 진정 한 기사처럼 식사를 무사히 마쳤다. 노신사의 얼굴에 자비롭고 행복에 찬 표정이 넘쳐흘렀다. 그것은 푸크시아나 리치몬드 버 드윙 나비로는 얻을 수 없는 더 없이 만족스럽고 행복한 표정이 었다. 스터피는 차마 자신이 나서서 그 빛을 바래게 만들 용기가 없었다.

한 시간 후 스터피는 승전한 병사처럼 의자에 기대어 앉았다.

"정말 고맙습니다, 선생님."

구멍 난 증기 파이프처럼 숨을 헐떡이며 그가 말했다.

"이토록 풍성한 식사를 대접해 주셔서 정말 고맙습니다."

그런 다음 스터피는 힘겹게 자리에서 일어나 게슴츠레한 눈을 하고 부엌 쪽으로 걸어갔다. 웨이터가 뒤쫓아 가서 그의 몸을 팽이 돌리듯 빙그르 돌려 문 쪽으로 내보냈다. 노신사는 조심스럽게 돈을 세어서 은화로 1달러 30센트를 음식 값으로, 또 팁으로 5센트짜리 동전 세 개를 남기고 일어섰다.

매년 그렇듯 둘은 문 앞에서 헤어졌다. 노신사는 남쪽으로, 스터피 피트는 북쪽으로.

첫 번째 모퉁이를 돌아선 스터피가 잠시 멈춰 섰다. 그러더니 마치 올빼미가 깃털을 털어 내듯 너덜너덜한 옷을 펄럭거리고는 일사병에 걸린 말처럼 비실거리며 길 위에 털썩 쓰러졌다.

구급차가 달려왔다. 젊은 의사와 운전기사가 그의 육중한 몸뚱이를 보고 투덜거렸다. 그러나 그의 몸에서 술 냄새가 나는 것도 아니었기에 경찰에게 인도할 명분이 없었다. 그렇게 스터피 피트와 두 번의 만찬은 병원으로 실려 갔다. 병원에서는 스터피를 침대에 옮겨 누이고 희귀한 질병이라도 있어 수술할 건수가 될까 하는 희망으로 자세히 진찰했다.

그런데, 아 이런! 한 시간 후 구급차가 또 누군가를 병원으로 싣고 왔다. 바로 그 노신사였다. 병원에서는 그를 다른 침대에 옮겨 누이고서, 환자의 겉모습만 봐서는 치료비를 내는 데 문제가 없어 보였기에 아마도 맹장염이지 않겠냐는 가능성을 제기했다.

얼마 지나지 않아 젊은 의사 하나가 눈이 예쁜 한 젊은 간호사와 마주쳤다. 둘은 새로 들어온 환자들에 대해 이야기했다.

"저 인상 좋은 노신사 있잖아요, 지금 저기에 있는……."

의사가 말했다.

"저 환자분이 글쎄 거의 아사 상태로 병원에 실려 왔다고 하면 믿어져요? 가문의 이름을 건 자존심 같은 건가……. 글쎄 나한테 사흘 동안 아무것도 못 먹고 굶었다고 말하는 거 있죠."

녹색 문

당신이 지금 저녁을 먹은 후 한가로이 브로드웨이 거리를 거닐고 있다고 가정해 보라. 한 10분 정도 서서 시가 한 개비를 피우며 우스운 비극을 보러 갈까, 아니면 유랑극단의 좀 심각해 보이는 희극을 볼까 하고 행복한 고민을 하는 중인데 갑자기 누군가의 손이 당신의 팔을 잡아끈다. 뒤를 돌아보자 다이아몬드 장신구와 러시아제 흑담비 모피를 걸친 어떤 아름다운 여인이 당신을 향해 장난스러운 눈빛을 보낸다. 여인은 불쑥 당신의 손에 아주 뜨거운 버터 롤빵을 냉큼 쥐어 주고는 작은 쪽가위를 꺼내 당신의 코트에 달린 두 번째 단추를 싹둑 자른다. 그러고는 의미심장한 말투로 '평행 사변형!'이란 말을 내뱉고 쏜살같이 길을 건너간다. 그러면서 걱정스러운 듯 고개를 돌려 어깨 너머 뒤를 흘끗 바라본다.

이런 일이야말로 순수한 의미의 모험이라 할 수 있을 것이다.

당신이라면 이런 상황을 어떻게 받아들일 것 같은가? 글쎄, 아마도 얼떨떨한 기분에 얼굴을 붉히고, 아무도 모르게 재빨리 롤빵을 버린 뒤에 단추가 잘려 나간 코트 자락을 손으로 만지작거리며 가던 길을 계속 걸어갈 것이다.

당신이 여전히 마음속에 순수한 모험 정신을 간직하고 있는 몇 안 되는 사람 중 하나가 아니라면 말이다.

예로부터 진정한 모험가들을 찾기란 결코 쉽지 않았다. 모험가로 역사에 이름을 남긴 사람들은 대개가 새롭고 기발한 방식을 사용한 사업가들이었다. 그들은 자신이 손에 넣고자 하는 목표, 즉 황금 양털*이라든가, 성배**, 숙녀의 사랑, 보물, 왕관, 명예 등을 찾아다닌 사람들이었다. 허나 진정한 모험가들이란 아직 알려지지 않은 미지의 운명과 맞서기 위해 목적과 계산 따위 없이 무작정 모험을 떠나는 사람들을 말한다. 좋은 예로 성경에 나오는 집 나간 탕자***를 들 수 있다.

반쯤 모험가라고 할 수 있는 용감하고 훌륭한 인물은 예전부

---

*황금 양털 : 그리스 신화에 나오는 영웅 이아손은 왕국을 되찾기 위해 아르고 선 원정대를 이끌고 황금 양털을 찾으러 모험을 떠남.

**성배 : 아서 전설에 따르면 원탁의 기사는 예수 그리스도가 최후의 만찬에 사용했다는 성배가 질병과 상처를 치유할 수 있다고 믿고 그것을 찾는 것을 염원으로 삼았음.

***집 나간 탕자 : 신약성서 〈누가복음〉 15장에 나오는 일화의 주인공. 아버지의 뜻을 어기고 집을 나간 아들이 재산을 모두 탕진한 후 돌아왔을 때 아버지는 아들을 사랑으로 맞이함.

터 많이 있었다. 십자군에서 팰리세이즈 협곡*에 이르기까지, 그들은 역사나 소설과 관련된 예술 분야와 역사소설 장르의 질을 높이고 풍요롭게 만들어왔다. 그러나 그들에게는 상을 타기 위해서나 목표를 달성하기 위해서, 혹은 도끼를 갈거나, 경주에서 뛰거나, 남을 찌르거나, 이름을 새기려는 의도와 같은 또 다른 궁극적인 목적이 있었다. 그렇기 때문에 그들을 진정한 의미의 모험가라고 할 수 없는 것이다.

대도시에서는 '로맨스'나 '모험'이라는 쌍둥이 같은 '전령'이 언제나 진정한 모험가들을 찾아 헤맨다. 우리가 별 뜻 없이 거리를 다닐 때도 그 둘은 호시탐탐 우리를 엿보며 스무 가지의 다른 모습으로 변장을 하고 우리에게 도전해 온다. 그러면 우리는 왜 그런지도 모른 채 갑자기 어떤 건물 창문 속에서 우리가 오래도록 마음속 깊이 열망해 온 누군가의 모습을 발견하기도 하고, 고요한 밤길을 지나다 허물어진 빈집에서 들려오는 두려움과 고통의 비명을 듣기도 한다. 택시 기사가 늘 내려 주던 곳이 아니라 난생처음 보는 낯선 집 앞에 우리를 내려 주기도 하고, 그러면 그 집에선 누군가 문을 열고 우리를 미소로 맞이하며 안으로 들어오라고 손짓을 할지도 모른다. 또는 도박에서 승리를 코앞에 두고 있는데 갑자기 카드 한 장이 앞면이 보이게 떨어져 모두가 볼 수 있게 된다든지, 수많은 인파로 붐비는 길거리를 바쁘게 지나가는 중에 처음 보는 사람들과 순식간에 서로 알 수 없는 증오

---

*팰리세이즈 협곡 : 미국 뉴욕 시 허드슨 강 하류의 서안에 있는 절벽.

나 애정이나 두려움의 시선을 교환하기도 한다. 갑자기 비가 쏟아지는 바람에 우산을 폈는데 그 안으로 보름달이나 별들의 사촌 같은 어여쁜 여자들이 뛰어들어와 비를 피하려 할지도 모른다. 지금도 도시 곳곳에서는 손수건이 떨어지고, 손가락이 손짓을 하며, 서로의 눈빛이 만나고, 길을 잃거나 외롭거나 정열적이거나 신비하거나 위태롭거나 변덕스러운 모험의 단서들이 슬며시 누군가의 손으로 미끄러져 들어가고 있는 중이다. 그러나 그 모험의 기회를 놓치지 않고 기꺼이 따라가는 사람은 많지 않다. 이미 우리는 인습이란 잣대에 꽁꽁 매여 있기 때문이다. 그렇게 살다 보면 매우 따분하기 그지없는 삶의 막바지에 이르러 과거를 되돌아보면서, 고작해야 한두 번의 미적지근한 결혼 생활이라든가, 비밀 금고에 보관해 둔 공단 장미 리본, 아니면 난방 기구와 평생 씨름해 온 일 정도를 우리가 일생 겪어 온 '로맨스'로 손꼽게 될지 모른다.

그런 면에서 루돌프 스타이너는 진정한 모험가였다. 그는 거의 매일 저녁 안락한 침실을 뒤로하고 지금껏 겪어 보지 못한 일이나 엉뚱한 일을 찾아 길을 나서곤 했다. 바로 저 길모퉁이만 돌면 일생일대를 통틀어 가장 신 나고 짜릿한 일이 그 앞에 펼쳐질 것만 같았다. 운명에 맞서 보고자 하는 그런 의지는 때때로 그를 예상치 못한 길로 이끌기도 했다. 두 번이나 한밤에 유치장 신세를 진 적도 있었으며, 돈을 노리고 달라붙는 교묘한 사기꾼들에게 사기를 당한 적도 한두 번이 아니었고, 달콤한 유혹에 넘어가서 시계와 돈을 몽땅 날려 버린 적도 있었다. 그럼에도 불구하고 그의 열정은 결코 사그라질 줄을 몰랐고, 자신 앞에 놓인 도전이란 도전은 모두 받아들임으로써 진정한 모험가의 명단에 자랑스럽게 이름을 올렸다.

어느 날 저녁 루돌프는 시내 구시가지 중심을 가로질러 나 있는 길을 따라 걷고 있었다. 길은 서둘러 집에 돌아가려는 사람들의 행렬과 집에 가는 대신 수천 개의 촛불 아래서 멋진 정찬을 즐기러 갈 생각으로 마음이 들떠 있는 사람들의 행렬로 붐볐다.

우리의 젊은 모험가는 흐뭇한 기분으로 차분히 주변을 둘러보며 길을 걸어갔다. 그는 낮 동안에는 피아노 상점에서 판매 사원으로 일했다. 그는 평범한 핀 대신 토파즈 링에 넥타이를 꿰어서 매고 다녔으며, 한번은 잡지 편집자에게 편지를 써서 자기의 인생에 가장 큰 영향을 미친 책이 미스 리비가 쓴 『주니의 사랑 테스트』라고 고백한 적도 있었다.

걷다가 문득 꺼림칙한 기분이 들며 그의 주위를 끄는 것이 있어 살펴보니, 보도 한구석 투명한 유리 상자 안에 시끄럽게 이를 딱딱 맞부딪치고 있는 치아 모형이 있었다. 얼핏 그 뒤로 식당이 보였지만, 다시 한 번 자세히 살펴보니 옆집 쪽의 높다란 곳에 치과라고 쓰인 네온사인이 걸려 있었다. 그 앞에서는 화려한 붉은 실로 수놓은 외투에 노란 바지를 입고 군모를 쓴 덩치가 산만한 어떤 흑인이 신중하면서도 날렵한 동작으로 지나가는 사람들에게 광고 전단지를 나누어 주고 있었다.

이런 식의 치과 광고는 루돌프가 흔히 봐 온 광경이었다. 그리고 보통 그는 치과 광고지 같은 건 받지 않고 재빨리 지나쳐 버렸다. 그러나 오늘밤엔 그 흑인이 워낙 잽싸고 날렵하게 손에 쥐어 주는 바람에 자기도 모르게 그 쪽지를 받아 들었고, 그 훌륭한 솜씨에 조금 감탄하며 껄껄 웃었다.

그는 조금 더 앞으로 걸어가다가 별 생각 없이 쪽지를 들여다보았다. 그러다가 깜짝 놀라서 쪽지를 뒤집어 뒷면도 유심히 살펴보았다. 쪽지의 한쪽 면은 아무것도 쓰여 있지 않은 백지였고, 다른 면에는 잉크로 '녹색 문'이라는 세 글자가 쓰여 있었다. 그때 한 세 걸음쯤 앞에서 걷던 남자가 같은 흑인에게 받은 쪽지를 바닥에 버리는 것이 보였다. 루돌프는 그 쪽지를 주워 들었다. 그것은 치과 의사의 이름과 주소 그리고 '보철'이나 '의치' 같은 치과의 흔한 영업 내용과 '통증 없는' 수술을 약속하는 광고 문구가 가득 적힌 평범한 광고지였다.

모험심 가득한 피아노 판매원 루돌프는 길모퉁이에 멈춰 서서 잠시 생각했다. 그러더니 맞은편으로 건너가 왔던 길을 한 블록 되돌아간 다음, 다시 길을 건너서 걸어가는 보행자들 사이에 끼었다. 그렇게 두 번째로 그 흑인 곁을 지나가면서 그는 모르는 척 흑인이 건네주는 쪽지를 받아 들었다. 한 열 걸음 더 걸어간 다음 쪽지를 들여다보니 처음에 받았던 것과 똑같이 '녹색 문'이라는 세 글자가 쓰여 있었다. 지나가던 보행자들이 버린 쪽지 서너 개가 보도 위에 떨어져 있는 것이 보였다. 쪽지들이 죄다 뒷면의 백지 쪽으로 떨어져 있는 바람에 루돌프는 여러 개를 집어서 뒤집어 보았다. 하나같이 다 치과를 선전하는 광고 전단지였다.

안 그래도 진정한 모험가인 루돌프 스타이너에게 심술꾸러기 모험의 전령은 두 번씩이나 손짓할 필요가 없었다. 그런데 오늘은 그렇게 두 번이나 신호를 받았으니 모험은 이미 시작된 것이나 마찬가지였다.

루돌프는 덜그럭거리는 치아 모형 옆, 덩치 큰 흑인이 서 있던 곳으로 천천히 되돌아갔다. 이번에는 쪽지를 받지 않고 그냥 지나쳤다. 그 에티오피아 사람은 우스꽝스러울 정도로 화려하고 촌스러운 옷을 입고 있음에도 서 있는 모습에서 자연스럽게 야성적인 위엄을 풍기고 있었다. 그는 어떤 사람들에게는 정중하게 쪽지를 건네주었고, 또 어떤 사람들은 괴롭히지 않고 그냥 지나가게 내버려 두었다. 그러면서 삼십 초에 한 번 꼴로 버스 차장이나 그랜드 오페라 가수들이 하는 것처럼 뭔지 모를 말을 한마디씩 툭툭 내뱉었다. 그런데 그 흑인이 이번에는 루돌프에게 쪽지를 주려고도 하지 않았을 뿐 아니라, 어쩌면 루돌프만 그렇게 느낀 것인지 모르겠지만 그 번쩍거리는 큼지막한 얼굴로 냉정하게 거의 경멸과 무시의 눈초리를 보내는 것이었다.

그 표정은 루돌프의 모험심을 자극했다. 그는 그 표정에서 '그 정도로 되겠어?' 하는 무언의 비난을 읽었다. 쪽지에 쓰여 있는 미스터리한 그 말이 무엇을 의미하는지는 아직 알 수 없었지만, 흑인은 수많은 인파 속에서 자신을 골라 두 번이나 특별한 신호를 보냈다. 그러더니 이제는 루돌프를 그 수수께끼에 도전해 볼 지혜도 용기도 없는 사람으로 취급하며 마구 비난하고 있는 것이었다.

루돌프는 지나가는 인파 옆으로 잠시 비켜서서 자신의 모험이 기다리고 있을 거라 생각되는 건물을 위아래로 재빨리 훑어보았다. 5층짜리 건물이었다. 지하에는 조그만 식당이 자리 잡고 있었다.

1층에는 지금은 영업시간이 아닌 것 같았지만 여성용 모자나 모피 등을 파는 가게가 있었다. 2층은 네온사인을 반짝이고 있는 치과였다. 그 위층에는 뭔지 모를 여러 나라 말이 쓰인 간판이 가득 걸려 있었는데 아마도 손금 보는 사람, 양재사, 음악가, 의사 등이 있다는 표시 같았다. 그리고 한 층 더 위에는 커튼이 쳐져 있고 창가에 하얀 우유병이 놓여 있는 걸로 보아 아마도 사람들이 살고 있는 가정집이 있는 듯했다.

탐색을 마친 루돌프는 씩씩하게 높은 돌계단을 뛰어올라 건물 안으로 들어갔다. 그리고 카펫이 깔린 계단을 단숨에 올라가 마침내 맨 꼭대기 층에서 멈추었다. 복도에는 낡은 가스등 두 개가 희미한 빛을 발하고 있었다. 하나는 멀찍이 오른쪽에 있었고 다른 하나는 가까이 왼쪽에 있었다. 그는 가까운 쪽 등을 자세히 살피다가 그 파리한 불빛 뒤로 녹색 문이 있는 것을 발견했다. 순간 그는 멈칫하며 망설였다. 그런데 그때 전단지를 나누어 주던 흑인의 오만불손한 조소가 선히 떠올랐다. 루돌프는 곧장 녹색 문으로 걸어가 노크를 했다.

대답을 기다리고 있는 그 찰나의 시간은, 마치 운명이 루돌프 앞에 얼마나 진정한 모험을 펼쳐 놓을지 저울질하고 있는 순간 같았다. 저 녹색 문 뒤에는 무엇이 기다리고 있는 걸까! 도박을 하고 있는 노름꾼일까, 교묘한 수를 써서 덫을 놓고 있는 교활한 사기꾼일까, 용감한 남자와 사랑에 빠져 그 남자의 구애를 바라는 미인일까. 위험, 죽음, 사랑, 실망 혹은 조소일까. 지금 이 루돌프의 대담무쌍한 노크에 답할 수 있는 것은 그 어느 것도 될 수 있었다.

안에서 바스락거리는 소리가 희미하게 들리더니 천천히 문이 열렸다. 스무 살도 채 안 되어 보이는 앳된 여자가 창백한 얼굴로 비틀거리며 서 있었다. 순간 여자는 손잡이를 잡은 손을 스르르 놓더니 한 손으로 더듬거리다가 힘없이 주저앉았다. 루돌프는 재빨리 여자를 부축하여 벽에 기대어져 있는 색 바랜 소파에 눕혔다. 그런 뒤 문을 닫고 깜박거리는 희미한 등불에 비친 방을 훅 둘러보았다. 깔끔했지만 방 주인이 얼마나 궁핍한 상태인지 알 수 있는 풍경이었다.

여자는 실신한 것처럼 누워서 꼼짝도 하지 않았다. 루돌프는 어디 쓸 만한 통이 없을까 싶어 방 안을 열심히 살폈다. 정신을 잃은 사람은 통 위에 놓고 굴려야 한다던데, 아, 아니지, 그건 물에 빠진 사람들에게 해당하는 거였던가? 그는 모자를 들고 여자를 향해 부채질을 했다. 시도는 성공적이었다. 중절모의 챙이 코를 스치는 바람에 여자가 눈을 뜬 것이다. 그리고 그때 젊은 남자는 깨달았다. 바로 그 여자의 얼굴이 지금껏 살면서 자신이 오래도록 마음속 깊이 열망해 온 누군가의 모습이라는 걸.

그 솔직한 회색 눈망울하며 작지만 세련되고 날렵해 보이는 코 모양, 완두콩 덩굴처럼 곱슬곱슬하게 말려 올라간 밤색 머리카락. 그 모두가 지금까지 그가 겪어 온 파란만장한 모험의 보상이자 꼭 들어맞는 결말처럼 느껴졌다. 그런데 그 얼굴은 비참할 정도로 마르고 창백했다.

여자가 눈을 뜨고 침착하게 그를 바라보더니 미소를 지었다.

"제가 정신을 잃었었나 봐요. 그렇죠?"

여자가 힘없이 물었다.

"하긴, 누군들 안 그러겠어요? 사흘을 아무것도 먹지 않고 지내보세요!"

"뭐라고요? 금방 돌아올 테니 기다려요."

루돌프가 자리에서 벌떡 일어서며 외쳤다.

그는 녹색 문을 박차고 나가서 단숨에 계단을 내려갔다. 그리고 20분 후에 다시 돌아와서 문을 발끝으로 톡톡 차며 열어 달라는 신호를 보냈다. 루돌프의 양팔에는 식료품점과 식당에서 사 온 음식이 가득 안겨 있었다. 빵과 버터, 냉육, 케이크, 파이, 피클, 굴, 구운 통닭, 그리고 우유 한 병과 따끈따끈한 홍차 등이었다. 그는 음식을 테이블 위에 늘어놓았다.

"아무것도 먹지 않고 지내다니 정말 말도 안 돼요. 그런 위험한 도박은 그만두고 어서 먹어요. 자, 저녁 식사 준비가 되었답니다."

루돌프가 호통을 치듯 말했다. 그리고 여자를 부축해 테이블 의자에 앉히고 물었다.

"차를 따를 만한 컵이 있나요?"

"창문 옆에 있는 선반에 보세요."

여자가 대답했다. 찻잔을 가지고 돌아오던 루돌프는 여자가 믿기지 않는다는 듯 두 눈을 반짝이며 언제나 적중하는 여자 특유의 본능으로 커다란 오이 피클 병을 종이 가방에서 찾아내 단번에 따 먹으려고 하는 광경을 보았다. 그는 재미있다는 듯 웃으면서 여자가 들고 있던 피클 병을 빼앗고 대신 컵에 우유를 가득 따라 주었다.

"우선 이걸 마셔요. 그리고 나서는 차를 조금 마시고, 그런 다음에 닭 날개를 먹도록 해요. 그리고 상태가 매우 좋아지면 피클은 내일 먹도록 해요. 자, 같이 먹을 수 있게 허락해 준다면 저도 함께 식사를 하고 싶네요."

그는 다른 의자 하나를 당겨 앉았다. 여자는 차를 마시고 난 다음 눈빛이 살아났고 안색도 좀 나아졌다. 그리고 마치 굶주린 야생 동물처럼 조심스러우면서도 급하게 음식을 먹어 치우기 시작했다. 여자는 낯선 남자의 존재와 그가 베풀어 준 도움에 대해 아무런 의심도 하지 않고 그 상황을 자연스럽게 받아들이는 듯했다. 그렇다고 여자가 관습을 중요하지 않게 생각해서 그런 것은 아니었다. 다만 여자가 겪고 있는 극심한 스트레스가 인간이 만들어 낸 허식을 잠시 보류할 권리를 부여해 준 것이라고나 할까. 그러나 차츰 원기가 회복되고 배가 불러오자, 잊고 있던 관습에 대한 감각이 조금씩 돌아오면서 루돌프에게 자신의 사연을 들려주기 시작했다. 그 사연은 도시에 살면서 매일 흔히 들을 수 있는 수많은 이야기 중 하나였다. 쥐꼬리만 한 급료를 받으며 상점에서 일하던 중에 '벌금'을 물게 되어 그 돈마저 상점의 금고

103

로 들어가 버리고, 아파서 일을 못 하다 보니 일자리마저도 빼앗기고, 그러면서 미래의 희망까지도 잃어버렸다는 그런 이야기. 바로 그런 순간에 한 모험가가 녹색 문을 찾아와 노크를 하게 된 것이리라.

루돌프에게는 여자의 그 이야기가 『일리아드』나 『주니의 사랑 테스트』에 나오는 위기 상황만큼이나 거창하게 들렸다.

"혼자서 그런 큰 어려움을 겪어야 했다니요."

그가 안타까워하며 말했다.

"많이 힘들었답니다."

여자가 숙연한 말투로 답했다.

"여기 친척이나 친구가 아무도 없나 봐요?"

"네. 하나도 없어요."

루돌프가 잠시 조용히 있다가 말했다.

"저도 아무도 없이 혼자랍니다."

"그 말을 들으니 반가운데요."

여자가 바로 그렇게 답했다. 남자는 여자가 자신이 혼자인 상황을 긍정적으로 받아들였다고 생각하자 기분이 좋아졌다.

그때 갑자기 여자의 눈꺼풀이 무거워지며 깊은 한숨이 절로 나왔다.

"저 기분이 무척 나른한 것이 무지하게 졸음이 와요."

여자의 말에 루돌프가 자리에서 일어나 모자를 집어 들고 말했다.

"저는 이만 가 보겠습니다. 한숨 푹 자고 나면 몸이 훨씬 나아질 거예요."

그가 손을 내밀자 여자가 그 손을 붙잡고 말했다.

"안녕히 가세요."

여자는 그렇게 말하면서 눈빛으로 너무도 간절하게 남자에게 무엇인가를 묻고 있었다. 그 눈빛이 너무도 생생하게 다가오는 바람에 그는 이런 말로 답했다.

"아, 저는 내일 다시 아가씨 상태가 어떤지 보러 올 겁니다. 그렇게 쉽게 저를 떨쳐 버리시지는 못할 거예요."

그때 문가에 선 상태로 여자가 물었다.

"그런데 어쩌다 제 집에 와서 노크를 하게 되셨나요?"

그가 왔다는 사실이 중요하지 어떻게 오게 되었는지는 그다지 중요하지 않다는 말투였다.

그는 잠시 여자를 바라보면서 아까 받은 쪽지를 떠올렸다. 그리고 갑자기 일어난 질투심이 가슴을 콕 찔러 왔다. 만약 그 쪽지가 자기만큼 모험심이 강한 다른 사람의 손에 들어갔더라면 어떻게 되었을까? 그는 여자가 그 사실을 절대 알게 해서는 안 된다고 생각했다. 그는 여자가 큰 곤경에 처해 있는 바람에 별다른 생각 없이 자신을 받아들였다는 사실도 알고 있었다. 그러나 그 사실도 여자가 깨닫게 해서는 안 된다고 생각했다.

"우리 가게의 피아노 조율사 중 한 명이 이 건물에 살거든요. 실수로 어쩌다 여기 문을 두드리게 되었어요."

녹색 문이 닫히기 전 방 안에서 루돌프가 마지막으로 본 것은 여자의 미소였다.

그는 계단을 내려가려다 말고 멈춰 서서 이상하다는 듯이 주위를 두리번거렸다. 그러고는 복도를 따라 끝까지 걸어갔다가 다시 빙 돌아 나왔다. 그리고 건물 위층으로 한 층 더 올라가서 다시 한 번 복도 끝까지 걸어갔다가 돌아왔다. 그런데 웬걸, 그 건물의 문이란 문은 전부 녹색으로 칠해져 있었다.

의아한 기분이 되어 그는 길거리로 내려왔다. 화려한 옷차림을 한 흑인이 아직 그곳에 서 있었다. 루돌프는 두 장의 쪽지를 들고 그 앞으로 가서 물었다.

"나에게 왜 이 쪽지를 준 건가요? 그리고 이게 무엇을 의미하는 거요?"

인심 좋아 보이는 미소를 지으며 흑인은 자기 고용주가 맡긴 광고 일을 훌륭하게 수행하였다.

"바로 저기에 있습니다, 선생님. 그런데 1막을 보기엔 조금 늦으신 것 같네요."

흑인이 길 저쪽을 가리키며 말했다. 가리킨 쪽을 바라보니 한 극장 입구 위에 〈녹색 문〉이라는 새로 상연되는 연극의 간판이 환하게 반짝이고 있었다.

"최고로 재미있는 연극이라고 하던데요, 선생님. 그런데 저 연극 홍보 담당자가 저한테 1달러를 주면서 치과 광고지와 함께 이 종이도 사람들에게 좀 나눠 주라고 했어요. 치과 광고지도 한 장 드릴까요, 선생님?"

루돌프는 자신의 집이 있는 길모퉁이까지 와서 잠시 쉬며 맥주 한 잔을 마시고 시가를 한 개비 피웠다. 그리고 불이 붙은 시가를 손에 들고 밖으로 나와서 코트의 단추를 채우고 모자를 눌러 쓴 다음 구석에 서 있는 가로등을 향해 꿋꿋한 목소리로 말했다.

"그래도 말이지, 그녀에게 길을 인도해 준 것은 틀림없이 운명의 손길이었어."

그런 상황 속에서도 이런 결론을 낼 수 있는 것을 보면, 루돌프 스타이너는 역시 진정한 '로맨스'와 '모험'의 추종자임이 틀림없다.

개과천선

지미 발렌타인이 교도소 내 구두방에서 구두 갑피를 깁는 일에 열중해 있는데, 한 간수가 찾아와 그를 교도소 사무실로 데리고 갔다. 교도소장이 지미에게 그날 아침 주지사가 서명한 사면장을 건네주었다. 지미는 심드렁한 표정으로 사면장을 받아 들었다. 처음에는 길어야 석 달이면 나가겠지 하고 예상했는데, 4년의 형기 중에 벌써 열 달 가까이 복역한 터였다. 보통은 지미 발렌타인처럼 바깥에 친구가 많은 남자가 감방에 들어가면, 머리 깎을 겨를도 없이 금세 나가기 마련이다.

"자, 발렌타인."

교도소장이 말을 꺼냈다.

"아침이 밝는 대로 나갈 수 있을 거야. 기운 내서 제대로 한 번 살아 보라고. 자네는 심성이 나쁜 사람은 아니지 않나. 이제 금고는 그만 털고 착실하게 살아 봐."

"제가요?"

지미가 놀란 표정으로 되물었다.

"무슨 말씀이세요? 여태껏 살면서 금고는 털어 본 적이 없는데요."

"아무렴, 그렇겠지."

교도소장이 웃으며 말했다.

"물론 그런 적 없겠지. 자, 가만 보자. 그럼 자네는 어쩌다 스프링필드 사건의 현행범으로 잡혀 오게 됐지? 어디 높은 지위에 있는 누군가가 곤란해질까 봐 일부러 알리바이를 증명하지 않았던 건가? 아니면 그냥 늙고 못된 배심원이 자네한테 원한을 품고 혐의를 뒤집어씌우기라도 했나? 자네처럼 무고한 희생자가 발생할 때면 십중팔구 그런 연유에서라던데."

"제가요?"

여전히 아무것도 모르겠다는 순진한 얼굴을 하고 지미가 물었다.

"무슨 말씀이세요, 소장님? 전 태어나서 한 번도 스프링필드에 가 본 적이 없다고요!"

"크로닌! 이자를 데리고 가게. 그리고 출소복을 잘 챙겨 주라고. 내일 아침 일곱 시가 되면 문을 따 주고, 대기실로 보내 줘. 발렌타인, 내 말을 잘 새겨듣는 게 좋을 거야."

다음 날 일곱 시 십오 분, 지미는 주정부가 출소하는 재소자에게 주는 기본 물품인 몸에 잘 안 맞는 기성복과 삐걱거리는 구두를 신고서 건물 입구의 교도소장 사무실에 있었다.

직원이 그에게 기차표와 5달러짜리 지폐 한 장을 건네주었다. 개과천선하여 선량한 시민으로 잘 살아가라는 뜻으로 주정부에서 주는 것이었다. 교도소장이 그에게 시가를 한 개비 건네며 악수를 청했다. 그렇게 죄수 번호 9762번 발렌타인은 '주지사에 의한 사면'으로 감옥에서 출소하였고, 새롭게 제임스 발렌타인 씨가 되어 따스한 햇살 속으로 걸어 나왔다.

새들의 노랫소리, 살랑거리는 푸른 나무들, 향긋한 꽃향기도 개의치 않고 지미는 곧장 한 식당으로 향했다. 거기서 닭고기 숯불구이와 백포도주 한 병을 시켜 처음으로 달콤한 자유의 맛을 즐겼다. 그러고 나서는 교도소장이 자신에게 준 것보다 더 고급 등급의 시가도 한 개비 주문해 피웠다. 그런 후에 그는 여유롭게 기차역으로 향했다. 그리고 입구 옆에 앉은 시각장애인의 모자에 25센트짜리 동전을 하나 던져 주고서 기차에 올라탔다. 세 시간 후 지미는 주 경계선 근처에 있는 어느 작은 마을에서 내렸다. 그리고 곧장 마이크 돌런이 운영하는 카페로 가서 혼자 카운터를 지키고 있던 마이크와 악수를 나누었다.

"좀 더 일찍 꺼내 주지 못해서 미안하네, 지미. 스프링필드에서 너무 완강하게 반대를 하지 뭔가. 하마터면 주지사가 끝까지 안 해 줄 뻔했어. 그래, 기분은 좀 어때?"

마이크가 말했다.

"괜찮아. 내 열쇠 아직 있지?"

지미가 물었다.

지미는 열쇠를 받아 위층으로 올라가 건물 뒤쪽으로 나 있는 방문을 열고 들어갔다. 모든 것이 떠날 때 모습 그대로였다. 벤 프라이스의 단추도 아직 바닥에 떨어진 채로 있었다. 지미를 체포하러 왔던 형사들과 맞서다가 그 유명하다는 형사의 옷깃에서 떨어져 나온 것이었다.

지미는 우선 벽에 붙어 있던 접이식 간이침대를 끄집어 내린 다음, 네모난 판자를 벽에 밀어 넣고 그 안에서 먼지가 자욱하게 쌓인 여행 가방을 끄집어냈다. 그는 가방을 열고 애정 어린 눈길로 그 안에 들어 있는, 동부 지역에서 제일가는 금고 털이 연장들을 바라보았다. 그것은 특별히 단련된 강철로 만든 완벽한 최신식 디자인의 연장 세트로 드릴, 착공기, 회전 송곳, 조립식 쇠지레, 쥠쇠, 나사송곳, 그리고 그 밖에 자랑스럽게도 지미가 직접 고안해 만든 새로운 특수 연장 두세 개가 추가로 더 들어 있는 그야말로 완벽한 세트였다. 그런 연장을 전문적으로 만들어 파는 비밀스러운 가게에서도 주문 제작하는 데 족히 900달러가 넘게 드는 물건이었다.

30분 정도 후에 지미는 아래층의 카페로 내려갔다. 아까와 달리 몸에 착 붙는 세련된 옷차림에 손에는 먼지를 털어 내고 깨끗이 손질한 여행 가방을 들고 있었다.

"건수 하나 잡은 거야?"

마이크 돌런이 상냥한 말투로 물었다.

"나?"

지미가 어리둥절한 표정으로 되물었다.

"지금 무슨 말을 하는 거야? 나는 뉴욕의 쇼트 스냅 비스킷

크래커 및 밀가루 합병 회사에서 일하는 직원일 뿐이야."

그 말을 듣고 유쾌해진 마이크는 그 자리에서 지미에게 우유와 소다수를 탄 칵테일을 한잔 만들어 주었다. 지미는 절대 '독한' 술을 마시는 법이 없었다.

죄수 번호 9762번 발렌타인이 출소한 지 일주일쯤 지난 어느날, 인디애나 주 리치먼드에서 금고 털이 사건이 발생했다. 범인에 대한 단서 하나 남지 않은 말끔한 솜씨로 벌어진 도난 사건이었다. 도난당한 돈은 총 800달러로 그렇게 큰 액수는 아니었다. 그로부터 2주 후에 로건스포트에서는 개선된 품질로 특허까지 받은 도난 방지 금고가 치즈 잘리듯 열리고 1,500달러나 되는 현금이 도난당하는 사건이 발생했다. 그 안에 있던 증권이나 은화는 그대로 남아 있었다. 그때부터 형사들이 이 사건에 관심을 보이기 시작했다. 그리고 얼마 후, 제퍼슨 시의 한 구식 은행 금고가 분화구 폭발하듯 터지며 무려 5,000달러나 되는 지폐가 도난당하는 사건이 발생했다. 이제 그 피해액은 벤 프라이스 급의 형사가 나설 정도로 크게 불어났다. 여러 기록을 비교 조사한 결과, 절도 수법에서 많은 유사점이 발견되었다. 벤 프라이스는 도난 현장을 조사하고 나서 다음과 같은 의견을 내놓았다.

"이건 멋쟁이 지미 발렌타인의 수법이야. 그가 활동을 다시 시작했군 그래. 이 다이얼 손잡이를 보라고. 마치 비 오는 날에 땅에서 무를 뽑아낸 것처럼 손쉽게 뽑혔잖아. 이런 짓을 할 수 있는 연장을 가진 사람은 발렌타인뿐이라니까. 그리고 자물쇠 회전판에 구멍이 얼마나 깔끔하게 뚫렸는지 봐! 지미는 늘 구멍을 딱 하나만 뚫지. 맞아, 발렌타인을 잡아야겠어. 이번에는 단기형이니 사면이니 하는 어처구니없는 실수 없이 죗값을 톡톡히 다 치르게 해 줄 테다."

벤 프라이스는 지미의 수법을 잘 파악하고 있었다. 스프링필드 사건을 맡아 조사하면서 알게 된 것이었다. 현장에서 최대한 먼 곳으로 빠르게 사라진다는 점과 공범자 없이 단독으로 범행을 저지른다는 점, 그리고 상류 사회 취향의 생활 습관이 몸에 배어 있다는 점, 이러한 점들은 발렌타인이 법의 심판을 교묘히 피하는 데 번번이 도움을 주었다. 벤 프라이스가 이 미꾸라지 같은 금고 털이범의 종적을 뒤쫓고 있다는 소문이 퍼지자 도난 방지 금고를 가진 주인들은 약간이나마 마음을 놓을 수 있었다.

어느 날 오후, 지미 발렌타인과 그의 여행 가방이 엘모어라는 곳에 도착한 우편물 수송용 마차에서 내렸다. 아칸소 주의 본선 철도에서 5마일 정도 떨어진 곳에 자리한 작은 마을이었다. 이제 막 고향에 돌아온 젊고 건강한 대학 4학년 같은 외모를 가진 지미는 호텔을 찾아 보도를 걸어 내려갔다.

맞은편에서 한 젊은 여자가 길을 건너오더니 길모퉁이에서 지미를 앞질러 '엘모어 은행'이라는 간판이 걸린 건물 입구로 들어갔다. 그녀의 눈을 들여다본 순간, 지미 발렌타인은 자신이 예전에 어떤 사람이었는지 까맣게 잊고 완전히 다른 사람이 되어 버렸다. 그 여자는 지미를 보더니 시선을 아래로 내리며 뺨을 살포시 붉혔다. 엘모어에서는 지미 만한 스타일을 한 젊은 남자를 찾아보기 힘들었던 것이다.

지미는 은행 앞 층계에서 빈둥거리고 있던 한 남자아이를 붙잡고 이따금씩 10센트 동전을 하나씩 손에 쥐어 주면서, 자신이 마치 은행의 주주 중 한 명이라도 되는 양 마을에 대해 이런저런 질문을 하기 시작했다. 그러는 사이 그 젊은 여자가 다시 밖으로 나와, 여행 가방을 든 젊은 남자 옆을 전혀 의식하지 않는 척하면서 지나쳐 갔다.

"저 젊은 숙녀 분은 폴리 심프슨 양이 아니니?"

지미가 그럴 듯하게 시치미를 떼고 물었다.

"아니요. 저 여자 분 이름은 애너벨 애덤스예요. 저 여자 아버지가 바로 이 은행 주인이잖아요. 그런데 엘모어에는 어떻게 오신 거예요? 그 시곗줄 진짜 금이에요? 나는 불도그를 갖고 싶어요. 동전은 더 없어요?"

남자아이가 말했다.

지미는 플랜터스 호텔로 가서 랠프 D. 스펜서란 이름으로 방을 예약했다. 그는 프런트에 기대어 서서 호텔 직원에게 자신의 계획에 대해 말하기 시작했다. 그는 자기가 엘모어에 사업을 시작할 장소를 물색하러 왔다고 했다. 지금 마을에 구두 시장 전망이 어떤가? 구두 가게를 내 볼까 생각 중인데, 혹시 현재 영업 중인 다른 구두 가게가 있는가?

호텔 직원은 지미의 옷차림과 태도에서 깊은 인상을 받았다. 그 자신도 엘모어의 몇 안 되는 젊은이들 사이에서라면 멋쟁이에 속한다고 자부해 왔는데, 지미를 보고 있자니 자신의 단점이 새삼 더욱 크게 느껴졌다. 직원은 지미가 넥타이를 맨 방식을 유심히 보면서 기꺼이 마을에 대한 정보를 알려 주었다.

네, 구두 가게를 열면 잘될 거예요. 이 마을엔 구두만 전문으로 파는 가게가 하나도 없거든요. 구두는 포목점이나 잡화점에서 파는 게 전부예요. 그게 아니라도 여기는 어떤 업종이나 사업이라도 꽤 잘되는 편이에요. 부디 스펜서 씨가 엘모어에 자리를 잡기로 결정한다면 참 좋겠네요. 살다 보면 사람들도 매우 친절하고 살기 좋은 마을이라는 것을 알게 될 거예요.

스펜서 씨는 며칠 정도 마을에 머물면서 상황을 살펴볼 생각이라고 말했다. 아니, 벨 보이를 부를 필요는 없습니다. 이 가방은 내가 직접 가지고 갈 생각이거든요. 좀 무거워서요.

(갑작스러운 사랑의 공격을 받고 불에 타 버린)지미 발렌타인의 재에서 부활한 불사조 랠프 스펜서 씨는 결국 엘모어에 남기로 결정했고, 그 후로 사업은 날로 번창해 나갔다. 구두 가게를 열었는데 장사가 매우 잘된 것이다. 그는 사교적으로도 성공하여 친구도 많이 사귀게 되었다. 또한 마음속 깊은 염원도 이루었다. 마침내 애너벨 애덤스 양을 직접 만나게 된 것이다. 그 후로 그는 날이 갈수록 더욱더 애너벨 양의 매력에 깊이 빠져들었다.

그해 말 랠프 스펜서 씨의 상황은 다음과 같았다. 그는 지역 사회의 신임을 얻었고, 구두 가게는 날로 번창해 나갔으며, 애너벨 양과는 약혼하여 2주 후에 결혼할 예정이었다. 전형적인 노력가인 시골 은행가 애덤스 씨는 스펜서 씨를 매우 마음에 들어 했다. 그리고 애너벨이 스펜서 씨에게 품은 애정은 그녀가 그를 자랑스럽게 생각하는 마음에 비례해 커져 갔다. 스펜서 씨는 이미 가족의 일원이 된 것처럼 허물없이 애덤스 가족의 집이나 결혼한 애너벨 언니네 집을 드나들게 되었다.

어느 날 그는 자기 방에 앉아서 다음과 같은 편지를 썼다. 그리고 세인트루이스에 사는 오랜 친구의 안전한 주소로 그 편지를 보냈다.

그리운 친구에게

다음 주 수요일 밤 아홉 시 정각에 리틀록에 있는 설리번네 집으로 와 줄 수 있겠나? 자네가 나를 위해서 사소한 문제 하나를 좀 마무리해 주었으면 하거든. 그리고 그것 말고도, 내 연장 세트를 자네한테 선물하려고 해. 기쁘게 받아 줄 거라고 믿네. 1,000달러를 준대도 그만한 연장 세트를 구할 수 없다는 거 자네도 알지? 그게, 빌리, 내가 예전에 하던 일에서 완전히 손을 뗐거든. 그게 이미 1년 전 일일세. 지금은 대신 근사한 가게를 하나 열었어. 정직하게 살면서, 이제 2주 후면 세상에서 제일 멋진 아가씨와 결혼을 할 예정이야. 이제 내 인생에서는 그게 유일한 길이야, 빌리. 정직하게 살아가는 거지. 이제는 백만 달러를 준대도 남의 돈이라면 1달러도 손대지 않을 걸세. 결혼한 후에는 가게를 팔고 서부로 이사 갈 생각이야. 거기에서라면 안 좋은 내 과거사가 들추어질 위험이 별로 없을 테니까. 빌리, 정말 장담하는데 이 여자는 천사야. 나를 전적으로 믿어 주는 여자를 위해 나는 무슨 일이 있어도 다시는 허튼 짓은 하지 않을 걸세. 빌리, 설리번네 집으로 꼭 와 줘야 하네. 자네를 꼭 한번 보고 싶거든. 연장은 갈 때 가지고 가겠네.

지미가 이 편지를 쓰고 난 후 다음 월요일 밤, 벤 프라이스 형사가 남의 눈에 띄지 않게 마차를 타고 몰래 엘모어로 찾아왔다. 그는 우선 조용히 시내를 둘러보면서 알아내려 했던 정보를 샅샅이 캐고 다녔다. 그는 스펜서의 구두 가게 맞은편 약국에 자리를 잡고 몰래 랠프 D. 스펜서를 지켜보았다.

"은행가의 딸과 결혼을 한다 이거지, 지미?"

벤 프라이스가 중얼거리며 말했다.

"글쎄, 과연 그렇게 될까?"

다음 날 지미는 애덤스 가족의 집에서 아침을 먹었다. 그날은 바로 자신의 결혼 예복도 맞추고 애너벨에게 좋은 선물도 사 줄 겸 해서 리틀록에 가기로 한 날이었다. 그가 엘모어에 온 뒤 처음으로 마을 밖에 나가는 날이기도 했다. 예전에 몸담았던 '일'을 마지막으로 그만둔 뒤로 1년이 넘는 시간이 흐른 만큼, 그는 이제 슬슬 밖으로 나가도 될 만큼 안전해졌다고 생각했다.

아침 식사 후 애덤스 가족들은 함께 시내로 나들이를 나갔다. 애덤스 씨, 애너벨, 지미, 그리고 애너벨의 시집간 언니와 다섯 살, 아홉 살짜리 두 딸이 그 일행이었다. 지미는 가는 길에 묵고 있던 호텔에 들러서 방에 있던 여행 가방을 챙겨 내려왔다. 그러고 나서 일행은 모두 함께 은행으로 갔다. 지미를 기차역까지 태워다 줄 돌프 깁슨은 은행 앞에 지미의 말과 마차를 세워 놓고 기다리기로 되어 있었다.

그들 모두는 조각을 새긴 높다른 떡갈나무 난간 안쪽에 있는 은행 사무실로 들어갔다. 그 속에는 물론 지미도 함께 있었다. 애덤스 씨의 장래 사위라면 상황을 불문하고 어디서나 환영을 받았기 때문이다. 은행 직원들은 장차 애너벨 양과 결혼할 인상 좋고 잘생긴 젊은이에게 인사를 받고 매우 뿌듯해 했다. 지미가 여행 가방을 바닥에 잠시 내려놓았다. 행복감과 생기발랄한 젊음으로 가슴이 한껏 부풀어 오른 애너벨 양이 장난을 치듯 지미의 모자를 쓰고 여행 가방을 손에 들었다.

"어때요, 나? 멋진 영업 사원 같아 보이지 않아요? 어머나, 랠프! 그런데 이 가방 왜 이렇게 무거워요? 황금 벽돌이라도 잔뜩 든 것 같아요!"

애너벨 양이 말했다.

"니켈로 도금된 구둣주걱이 많이 들어 있어서 그래요."

지미가 침착하게 말했다.

"그걸 돌려주러 가는 길이거든요. 내가 직접 가지고 가면 급행 운송료를 아낄 수 있을 것 같아서 말이에요. 나도 점점 알뜰해지고 있지 뭡니까."

엘모어 은행은 얼마 전에 새 금고를 설치했는데, 애덤스 씨는 그게 매우 자랑스러워서 누구나 오면 구경시켜 주러 가곤 했다. 금고실의 크기는 작았지만, 특허 받은 최신식 문이 달려 있었다. 세 개의 튼튼한 강철 빗장으로 고정된 문은 손잡이 하나로 동시에 조작이 가능했으며 거기다 시한장치도 달려 있었다. 애덤스 씨는 들뜬 표정으로 스펜서 씨에게 금고의 작동 방법을 열심히 설명했고, 스펜서 씨는 잘 알고 있는 티를 내지 않으면서 최대한 예의를 갖추어 정중한 관심을 보여 주었다. 두 아이들 메이와 애거사는 매우 재미있어 하며 번쩍이는 금속과 이상하게 생긴 시계와 손잡이를 만져 보았다.

일행이 모두 그렇게 정신이 팔려 있는 동안, 벤 프라이스 형사는 은행 안으로 들어와 팔꿈치에 몸을 기댄 채 난간 사이로 슬쩍 안쪽을 들여다보았다. 은행 직원에게는 볼일이 있어서 온 것이 아니라 그냥 아는 사람을 기다리고 있는 중이라고 말했다.

그때 갑자기 여자들의 비명 소리가 들리더니 큰 소동이 벌어졌다. 어른들이 보지 않는 사이에 아홉 살짜리 메이가 장난으로 애거사를 금고실 안에 넣고 문을 잠가 버린 것이었다. 메이는 아까 전에 애덤스 씨가 하던 것을 따라 한답시고 손잡이의 비밀번호도 돌려놓고 빗장까지 내려놓았다.

애덤스 씨가 달려가 손잡이를 잡고 한동안 이리저리 씨름을 했다.

"문이 안 열려. 시한장치도 작동시키지 않은 데다 비밀번호도 설정해 놓지 않았단 말이야!"

애덤스 씨가 신음하듯 말했다. 그러자 애거사의 엄마가 흥분하여 신경질적으로 소리를 질러 댔다.

"조용히 좀 해 봐!"

애덤스 씨가 떨리는 손을 들어 올리면서 말했다.

"모두 잠시만 좀 조용히 해 봐. 애거사! 내 말 들리니!"

그는 있는 힘을 다해 큰 소리로 외쳤다.

잠시 후 주위가 조용해지자, 캄캄한 금고실에서 공포에 질려 꽥꽥거리며 마구 질러 대는 어린아이의 비명소리가 희미하게 들려왔다.

"아가야! 아가!"

아이 엄마가 울부짖었다.

"저러다 애가 무서워서 죽어 버릴 거예요! 문을 열어 줘요! 오오, 부숴서라도 어서 열란 말이에요! 여기 남자들이 어떻게 좀 할 수 없어요?"

"리틀록에는 가야지 문을 열 수 있는 사람을 찾을 수 있을 텐데."

애덤스 씨가 떨리는 목소리로 말했다.

"이런, 어쩌나! 스펜서, 어떻게 하면 좋겠나? 아이는 저 안에서 오래 견디지 못할 거야. 공기도 별로 없는 데다가 머지않아 겁이 나서 경기를 일으킬 거란 말이네."

애거사의 엄마는 이제 미친 사람처럼 금고실의 문을 마구 두드려 대고 있었다. 누군가가 급기야는 다이너마이트를 쓰자는 제안까지 했다. 애너벨이 애타는 눈으로 지미를 돌아보았다. 괴로워하는 빛이 역력했지만 아직은 온전히 포기하지 않은 눈빛이었다. 여자들은 자신이 숭배하는 남자의 능력이라면 무엇이든 못하는 일이 없을 거라고 믿는 법이다.

"어떻게 할 수 없을까요, 랠프? 뭐라도 해 볼 수 없어요, 네?"

그가 날카로운 눈빛에 알 수 없는 미소를 띠며 애너벨을 쳐다보았다.

"애너벨, 당신이 꽂고 있는 그 장미를 내게 줘요."

자신이 제대로 들은 게 맞는지 귀를 의심하면서도, 애너벨은 드레스 가슴 부분에 달려 있던 장미를 빼서 그의 손에 놓아 주었다. 지미는 그것을 조끼 주머니에 푹 찔러 넣고는 코트를 벗어 던지고 셔츠의 소매를 걷어붙였다. 그렇게 랠프 D. 스펜서가 물러나고 그 자리에 지미 발렌타인이 나타났다.

"여러분, 모두 문에서 멀리 떨어지세요."

그가 짧게 명령했다.

그는 여행 가방을 탁자에 올려놓고 양쪽으로 펼쳤다. 그 순간부터 그는 주위에 다른 사람이 있다는 사실을 전혀 의식하지 않는 듯했다. 그리고 전에 일할 때 늘 그랬듯이, 잔잔히 휘파람을 불면서 재빠른 손놀림으로 반짝이는 신기한 연장을 차례차례 늘어놓았다. 다른 사람들은 마법에라도 걸린 것처럼 숨소리 하나 내지 않고 꼼짝 않고 서서 그 모습을 지켜보고 있었다.

곧 지미가 특별히 아끼는 드릴이 부드럽게 강철 문을 파고 들어갔다. 10분이 지나자 - 지금까지의 기록을 모두 깬 빠른 속도로 - 지미가 자물쇠 빗장을 풀고 금고실의 문을 열었다.

애거사는 거의 반쯤 실신한 상태였으나 그래도 무사히 엄마의 품에 안겼다.

지미 발렌타인은 코트를 찾아 입고 난간을 지나 은행 정문 쪽으로 걸어 나갔다. 걸어가는 도중에 언젠가 들어본 적이 있는 목소리가 '랠프!' 하고 부르는 소리가 들려왔다. 그러나 지미는 주

춤하지 않고 계속 앞으로 걸어갔다.

문 앞에서 덩치 큰 남자가 그의 길을 가로막고 섰다.

"이런, 벤 형사!"

지미가 여전히 알 수 없는 미소를 띠고서 말했다.

"마침내 해냈군, 형사 양반. 뭐, 같이 가도록 하지. 어차피 이러나저러나 이제 별수 없는 것 같으니까."

그런데 벤 프라이스 형사가 조금 이상한 행동을 했다.

"뭔가 오해하신 거 같은데요, 스펜서 씨. 나는 선생이 누군지 모릅니다. 저기에 선생 마차가 기다리고 있는 거 아닌가요?"

그런 다음 벤 프라이스는 몸을 돌려 천천히 거리를 향해 걸어 내려갔다.

어느 바쁜 브로커의 로맨스

아침 아홉 시 반, 하비 맥스웰 증권 브로커 사무실의 비서인 피처는 사장이 오늘따라 기분 좋은 얼굴로 사무실의 젊은 여자 속기사와 나란히 들어오는 모습을 보고, 평소의 무표정한 얼굴과 달리 관심을 보이며 조금 놀란 표정을 지었다. 맥스웰 사장은 "좋은 아침, 피처!"라고 말하며 짧은 인사를 던지고는 마치 멀리 뛰기라도 하는 기세로 자기 책상을 향해 돌진해 갔다. 그러고는 곧장 책상 위에서 자신을 기다리고 있던 전보며 편지며 수북이 쌓인 일거리를 빠르게 해치워 나가기 시작했다.

그 젊은 여자는 맥스웰 사무실에서 일 년 동안 속기사로 일해 왔다. 그녀는 확실히 속기사란 직업에 어울리지 않는 미인이었다. 겉멋만 가득 든 요란하고 화려한 스타일과는 거리가 멀었으며 목걸이나 팔찌, 로켓* 같은 장신구도 일절 걸치지 않았다. 점심 식사를 하자고 초대해도 결코 쉽게 응해 줄 것 같지 않은 느

123

낌의 여자였다. 입고 있는 원피스는 회색에다 별 장식도 없이 수수했지만, 몸에 잘 맞아떨어지며 신뢰감이 가는 진중한 분위기를 풍겼다. 깔끔한 검정 모자에는 황금초록빛 마코앵무새의 깃털이 꽂혀 있었다. 그런데 오늘 아침 그녀의 모습은 여느 때보다도 더욱 부드럽고 수줍게 빛났다. 두 눈은 마치 꿈을 꾸는 듯 은은하게 반짝였으며, 두 뺨은 자연스러운 자줏빛으로 물들어 있었고, 표정은 좋았던 기억을 회상하고 있는 것마냥 행복해 보였다.

아직도 궁금한 기분을 떨치지 못한 피처는 오늘 아침 그녀가 평소와 약간 다르게 행동한다는 것을 눈치챘다. 그녀는 전처럼 자신의 책상이 있는 안쪽 사무실로 곧장 가지 않고, 바깥쪽 사무실에서 왔다 갔다 하며 어찌할 바를 모르는 것처럼 행동했다. 그러더니 맥스웰 사장의 책상으로 다가가서 일부러 보란 듯이 가까이에서 서성였다.

그러나 그 책상에 앉아 있는 존재는 더 이상 사람이라고 할 수 없었다. 보통 뉴욕의 증권 브로커란 직업은 태엽이 풀리면서 윙윙거리며 작동하는 톱니바퀴처럼 바쁘게 돌아가는 기계나 마찬가지였다.

"저, 무슨 일이죠? 무슨 일이 있나요?"

맥스웰이 신경질적으로 물었다. 온갖 물건이 정신없이 놓여

---

*로켓 : 여자 장신구의 하나로 사진이나 머리카락 등 기념물을 넣어 목걸이에 다는 작은 갑.

있는 그의 책상 위에는 봉투가 열린 우편물들이 눈처럼 수북이 쌓여 있었다. 그의 날카로운 회색 눈이 조바심을 내며 무뚝뚝하고 퉁명스럽게 그녀를 쳐다보았다.

"아무것도 아니에요."

여자는 그렇게 대답하고 나서 수줍게 미소를 지으며 자리를 떠났다.

"피처 씨, 사장님께서 어제 속기사를 새로 구하는 일에 대해 아무 말씀 없으셨나요?"

여자가 비서에게 물었다.

"네, 말씀하셨어요. 속기사를 새로 구하라고 하시기에, 어제 오후에 소개소에 연락해서 오늘 아침에 후보 몇 명을 보내 달라고 했거든요. 그런데 지금 시간이 아홉 시 사십오 분인데 아무도 찾아 올 생각을 않네요."

"그럼 저는 후임자를 찾을 때까지 그냥 평소처럼 일하겠어요."

여자가 대답했다. 그리고 자기 책상으로 바로 가서 마코앵무새의 황금초록빛 깃털이 달린 검정 모자를 벗어서 늘 걸어 두던 곳에 걸었다.

맨해튼에서 한창 바쁠 때 정신없이 일에 빠져 있는 브로커를 본 적이 없는 사람이 인류학 전공을 하려 한다면 한계가 있을 수밖에 없을 것이다. 시인이 노래하는 것이 '영예로운 삶에 찾아오는 분주한 시간'이라면, 증권 브로커의 시간은 단순히 분주하다는 말로는 표현할 수 없을 정도로 바쁘게 일분일초로 나뉘어 빡

빡하게 돌아간다.

그리고 오늘은 하비 맥스웰이 여느 때보다 더 바쁜 날이었다. 증권 시세 표시기는 계속해서 발작적으로 테이프를 뿜어냈으며 책상 위 전화기는 꿀벌의 습격이라도 받은 양 쉬지 않고 울려 댔다. 사람들이 점차 사무실로 몰려들기 시작했고, 난간 뒤에 앉아 있는 그에게까지 찾아와 유쾌하거나 날카롭거나 심술궂거나 흥분한 투로 쉴 새 없이 이런저런 말을 해 댔다. 배달 일을 하는 남자아이들은 그 사이에서 편지나 전보를 들고 열심히 들락날락했다. 사무실 직원들은 폭풍을 만난 배의 선원처럼 이리 뛰고 저리 뛰며 돌아다녔다. 심지어 늘 굳어 있는 피처의 얼굴에서마저 이와 비슷한 활기가 느껴질 정도였다.

증권 거래소에 태풍도 있고 산사태도 있고 눈보라도 있고 빙하와 화산도 있다면, 브로커 사무실에는 그러한 자연재해가 미니어처 판으로 축소되어 나타난다. 맥스웰은 자신의 의자를 벽에다 바짝 밀어붙이고 자리에서 일어서서 탭댄스라도 추는 것처럼 발을 놀리며 빠른 속도로 일을 처리했다. 그는 증권 시세 표시기에서 전화기로, 또 책상에서 문으로, 훈련이 잘된 민첩한 어릿광대처럼 왔다 갔다 정신없이 뛰어다녔다.

한참을 그렇게 바쁘게 몰두하여 일하고 있는데 누군가 갑자기 앞에 나타나 맥스웰의 눈길을 끌었다. 높이 땋아서 올린 금발 머리에 타조 깃이 꽂힌 챙이 넓은 벨벳 모자를 쓰고, 모조 물개 가죽 재킷을 입었으며, 딱딱한 히코리 열매만큼 커다란 구슬로 꿴 줄에 하트 모양 메달을 바닥에 닿을 정도로 길게 늘어뜨린 목걸이를 한 여자였다. 그런 액세서리를 주렁주렁 매단 것치고 인상은 꽤 수수해 보였는데, 그 옆으로 피처가 설명을 하러 따라 들어오고 있었다.

"속기사 소개 사무실에서 온 아가씨입니다."

피처가 말했다.

맥스웰 사장이 몸을 반쯤 돌려 여자를 보았다. 아직도 그의 손에는 서류와 증권 시세표가 한가득 들려 있었다.

"무슨 자리?"

그가 이마를 찌푸리며 물었다.

"속기사 자리요. 어제 사장님께서 저에게 지시하셨는데요. 소개 사무실에 전화해서 오늘 아침에 사람을 보내게 하라고요."

"정신이 나간 게로군, 피처. 내가 자네한테 왜 그런 지시를 내린단 말인가? 레슬리 양이 지금까지 일 년 동안 나무랄 데 없이 완벽하게 일을 해 주고 있는데. 레슬리 양이 먼저 나간다고 하지 않는 이상 그 자리는 당연히 그녀의 것일세. 아가씨, 미안하지만 지금은 자리가 없습니다. 소개 사무소에 연락해서 그 의뢰를 취소하게, 피처. 그리고 이제는 아무도 들여보내지 말도록."

여자는 몹시 분개하면서 목걸이 끝에 달린 하트 모양 은메달로 사무실 가구를 여기저기 시끄럽게 통통 치며 밖으로 나갔다. 사무실을 나간 피처는 경리 자리로 가더니 사장이 하루가 다르게 깜박깜박하는 때가 많아진 데다가 가끔씩은 현실 세계를 통째로 잊고 사는 것 같다며 불평을 늘어놓았다.

사무실 일이 돌아가는 속도가 더욱더 빠르고 긴박해져 갔다. 증권 거래소 현장에서는 맥스웰의 고객이 투자를 많이 한 대여섯 개 종목의 가격이 한참 큰 폭으로 오르락내리락하고 있었다. 주식을 사고파는 주문이 제비의 날갯짓만큼이나 빠르게 오고 갔다. 그러다 한때 맥스웰 자신이 가진 주식이 위태로울 정도로 많이 떨어졌다. 그는 고속 기어를 장착한 정교하고 강력한 기계처럼 신속하고 일사분란하게 움직이기 시작했다. 팽팽한 긴장 속에서 전속력으로 정확하게, 적절한 말과 결단력을 가지고 마치 시계의 태엽 장치처럼 재빠르게 행동해 나갔다. 주식과 채권, 대출과 융자, 증거금과 유가 증권, 이곳은 더 이상 인간의 세계나 자연의 세계가 끼어들 수 없는 순수한 금융의 세계였다.

점심시간이 다가오자 그 난리 법석이던 사무실도 잠시 소강 상태에 접어들었다.

맥스웰은 양손에 전보와 메모지를 잔뜩 들고 책상 옆에 기대어 섰다. 오른쪽 귀에는 만년필이 꽂혀 있었고, 이마 위에는 머리카락이 마구 헝클어져 있었다. 창문은 열려 있었고, 사랑스러운 계절의 문지기인 봄이 다가와 대지에 따스한 기운을 불어넣고 있었다.

그때 잠시 깜박 잊고 있던 부드럽고 향긋한 라일락 내음이 바람을 타고 창문을 통해 흘러 들어왔다. 순간 맥스웰은 그 자리에 얼어붙고 말았다. 그 향은 레슬리 양에게서 나는, 그 어느 누구도 아닌 그녀만의, 그녀 고유의 향이었다.

그 향기는 마치 손만 내밀면 잡힐 것처럼 그의 앞에 그녀의 모습을 생생하게 불러내 주었다. 금융의 세계는 급격히 작은 점하나 정도로 오그라들었다. 그리고 그녀는 스무 발짝만 걸어가면 되는 옆방에 있었다.

"그렇지, 지금 해야겠어. 지금 당장 가서 말해야지. 사실 진작 했어야 하는 일인데."

맥스웰이 반쯤 혼잣말로 중얼거렸다.

그는 서둘러서 안쪽 사무실로 잽싸게 뛰어들어 갔다. 그리고 곧장 그 속기사의 책상으로 돌진했다.

그녀가 그를 올려다보고 미소를 지었다. 그녀의 뺨은 부드러운 분홍빛으로 물들었고 두 눈은 다정하면서도 솔직하게 빛났다. 맥스웰이 그녀의 책상 위에 한쪽 팔꿈치를 기댔다. 아직도 양손에는 서류 뭉치가 들려 있었고, 귀에는 만년필이 꽂혀 있었다.

"레슬리 양."

그가 허둥지둥 말을 꺼냈다.

"지금 시간이 얼마 없는 게 유감입니다. 그러나 꼭 지금 해야할 말이 있답니다. 레슬리 양, 제 아내가 되어 주시지 않겠습니까? 다른 사람들처럼 평범하게 연애를 할 시간이 없어서 미안하지만 전 정말 당신을 사랑한답니다. 제발 빨리 대답해 주세요. 저 친구들이 지금 유니온 퍼시픽 주가를 마구 떨어뜨리고 있는 중이거든요."

"오, 지금 무슨 말씀을 하시는 거예요?"

젊은 여자가 정색하며 물었다. 그리고 자리에서 벌떡 일어나 눈을 동그랗게 뜨고 그를 쳐다보았다.

"제 말이 무슨 말인지 모르시는 겁니까? 저는 당신과 결혼하고 싶습니다. 레슬리 양, 저는 당신을 사랑해요. 전부터 계속 얘기해야지 하고 생각하고 있었답니다. 그래서 일이 약간 여유가 생기자마자 이렇게 달려왔어요. 지금도 제 전화기는 끊임없이 울리고 있지 않습니까. 피처, 전화를 받아서 조금 기다리라고 말해 주게나. 레슬리 양, 제발 대답해 주세요."

맥스웰이 보채듯 말했다.

속기사의 반응은 정말이지 희한했다. 처음에는 너무 놀라 할 말을 잃은 것 같더니, 곧 그 놀란 두 눈에서 눈물이 뚝 하고 흘러내렸다. 그리고 나서는 눈물 고인 눈으로 따뜻한 미소를 지으며 한쪽 팔을 내밀어 맥스웰의 목을 다정하게 끌어안았다.

"이제야 알겠어요."

그녀가 부드러운 목소리로 말했다.

"당신, 증권 일을 다시 하는 동안은 다른 일을 모두 까맣게 잊어버리는군요. 그 바람에 처음엔 얼마나 겁이 났다고요. 하비, 정말 기억 안 나는 거예요? 우리 어젯밤 여덟 시에 저기 길모퉁이에 있는 작은 교회에서 결혼식을 올렸잖아요."

이십 년 후

　순찰 중인 한 경찰관이 으스대며 길을 따라 걷고 있었다. 길
거리에 다니는 사람이 얼마 없는 걸로 보아, 그 으스대는 몸짓
은 남에게 보여 주기 위해서라기보다는 몸에 밴 습관인 듯했다.
아직 시간은 밤 열 시밖에 안 되었지만 바람이 제법 쌀쌀한 데다
빗방울까지 섞여 부는 탓에 길에는 오가는 사람들이 거의 없었
다.

　경찰관은 복잡하고 현란한 기교를 섞어가며 경찰봉을 이리저
리 돌리면서 평화로워 보이는 큰길가 곳곳을 감시하듯 살피며
걸어갔다. 그의 그 강직한 모습이나 당당하게 걷는 폼은 평화의
수호자가 나오는 멋진 그림을 연상시켰다. 그 부근은 보통 저녁
이면 일찍 인적이 끊기는 곳이었다. 어쩌다 담배 가게나 24시간
영업하는 식당에서 불빛이 새어 나오기는 했으나, 대부분의 건
물은 회사 사무실들로 밤이 되면 일찌감치 문을 닫고 불을 껐다.

경찰관이 거리를 중간쯤 지나가다가 갑자기 걸음을 늦추었다. 어떤 남자가 불을 붙이지 않은 담배를 입에 문 채 불 꺼진 철물점 문간에 기대어 서 있었다. 경찰관이 가까이 다가가자 그 남자가 재빨리 먼저 말을 꺼냈다.

"걱정하지 마십시오, 경찰관님."

남자는 경찰관을 안심시키며 말했다.

"저는 여기서 그냥 친구를 기다리고 있는 겁니다. 이십 년 전에 만나기로 한 약속을 지키려고요. 이렇게 말하면 사실 좀 이상하게 들릴지도 모르겠습니다. 그런가요? 그게 저, 혹여 의심하실지도 모르니까 설명을 드리지요. 이십 년 전 지금 이곳에는 철물점이 아니고 '빅 조 브래디'라는 식당이 있었습니다."

"오 년 전까지는 있었습니다. 그때 문을 닫았지요."

경찰관이 말했다.

철물점 문간에 기대어 있던 남자가 성냥을 켜고 담배에 불을 붙였다. 그 불빛에 남자의 창백한 안색과 네모진 턱, 그리고 날카로운 눈빛과 오른쪽 눈썹 근처에 난 작고 하얀 흉터 자국이 드러나 보였다. 그의 넥타이핀에는 커다란 다이아몬드가 독특한 모양으로 박혀 있었다.

"이십 년 전 딱 오늘이었습니다. 저는 여기 있던 '빅 조 브래디'에서 제 둘도 없는 친구이자 세상에서 가장 좋은 녀석인 지미 웰스와 저녁을 먹었습니다. 우리는 이 뉴욕에서 형제처럼 함께 자랐답니다. 그때 저는 열여덟 살이었고 지미는 스무 살이었죠. 그 다음 날 제가 돈을 벌기 위해 서부로 떠나기로 했었거든요. 지미를 데려가고 싶었지만 그 녀석은 뉴욕을 벗어나려고 하지 않았어요. 지구상에서 뉴욕만이 살 만한 곳이라고 생각하던 녀석이었거든요. 그건 그렇고, 그날 밤 우리는 그때로부터 정확하게 이십 년이 지난 후 같은 날 같은 시간에 이곳에서 다시 만나기로 약속했답니다. 우리가 어떤 운명에 처해 있든, 얼마나 멀리 떨어져 살고 있든 간에 상관없이 말입니다. 이십 년이 지난 때라면 우리 둘 다 각자의 운명도 정해지고 재산도 어느 정도 모았을 거라고 생각했어요. 그 운명의 길이 어떤 길이라 해도 말이죠."

"꽤 흥미로운 이야기로군요. 그렇지만 제 생각엔 약속 시간으로 이십 년은 좀 긴 세월 같은데요. 떠난 후로 그 친구의 소식은 듣지 못했나요?"

경찰관이 물었다.

"그렇죠. 네. 한동안은 편지를 주고받았답니다. 그런데 한두 해쯤 지나고 나서 서로 연락이 뜸해졌어요. 아시겠지만 서부는 꽤 광활하고 넓은 곳이거든요. 그런 곳에서 저는 늘 정신없이 여기저기 돌아다녀야 했어요. 그렇지만 저는 지미가 살아만 있다면 이곳에 꼭 나타날 거라고 확신해요. 그 녀석은 세상에서 가장 진실되고 믿을 만한 놈이거든요. 절대 약속을 잊어버릴 친구가 아니에요. 저는 오늘 밤 이 문 앞에 서 있으려고 천 마일이 넘는 길을 달려왔답니다. 그렇지만 제 오랜 친구가 나타나기만 한다면 충분히 그럴 만할 가치가 있고도 남지요."

남자는 그렇게 말하고 주머니에서 시계를 꺼내 보았다. 뚜껑에 작은 다이아몬드가 군데군데 박힌 화려한 시계였다.

"열 시까지 삼 분 남았군요. 우리가 여기 있던 식당 앞에서 헤어졌을 때가 딱 열 시 정각이었답니다."

"서부에서 꽤 성공하셨나 봅니다."

경찰관이 말했다.

"그럼요! 저는 지미가 제 반만큼이라도 했으면 하고 바란답니다. 그 녀석은 사람은 워낙 좋은데, 좀 느리고 고리타분해서요. 저는 아주 날고뛰는 굉장한 녀석들과 힘겹게 겨뤄서 억척스럽게 재산을 모았답니다. 그러나 뉴욕에 살다 보면 나도 모르게 틀에 박힌 생활을 하게 되지요. 하지만 역시 서부는 사람을 면도날처럼 예리하게 만드는 곳이랍니다."

경찰관이 경찰봉을 돌리면서 한두 발짝 앞으로 나아갔다.

"저는 이만 가 보도록 하지요. 부디 친구 분이 꼭 나타나시길 바랍니다. 그런데 딱 약속 시간까지만 기다릴 생각인가요?"

"그러면 안 되죠! 적어도 삼십 분은 기다려 줄 겁니다. 지미가 아직도 세상 어딘가에 살아만 있다면 그때까지는 꼭 올 거예요. 그럼 안녕히 가십시오, 경찰관님."

"안녕히 계세요, 그럼."

경찰관이 인사를 남기고 다시 아까처럼 순찰을 돌며 앞으로 걸어갔다.

이제는 차가운 가랑비가 제법 내리기 시작했다. 한 번씩 휙휙 불고 말던 바람도 차츰 거세져서 쉬지 않고 계속 불어 댔다. 그 부근을 지나던 얼마 안 되는 사람들은 코트의 깃을 바짝 세우고 주머니에 손을 찔러 넣은 채 우울한 모습으로 서둘러 걸음을 재촉했다. 그리고 터무니없을 정도로 확실치 않은 약속을 지키려고 먼 길을 달려와 철물점 앞에서 젊은 시절 친구를 기다리고 있는 남자는 여전히 그 자리에 서서 담배를 피우고 있었다.

한 이십 분 정도 기다렸을까, 긴 코트를 입고 깃을 바짝 세워 귀를 가린, 키가 큰 한 남자가 맞은편에서 종종걸음으로 길을 가로질러 왔다. 그는 친구를 기다리고 있는 남자에게로 곧장 다가갔다.

"혹시, 정말 자넨가? 밥?"

그가 의심스러운 말투로 물었다.

"자네는 그럼, 지미 웰스?"

문 앞에 서 있던 남자가 큰 소리로 외쳤다.

"세상에 이럴 수가!"

방금 도착한 남자가 기다리고 있던 남자의 두 손을 부여잡으며 외쳤다.

"이거 정말 틀림없는 밥이로군. 자네가 아직 살아 있다면 이곳에 반드시 나타날 거라고 믿었네. 이거, 정말 믿기지 않는군! 이십 년은 참으로 긴 세월이었어. 이곳은 이제 옛날 같지 않다네, 밥. 전에 있던 식당이 사라져 버려서 정말 아쉽지 뭔가. 아직 있었다면 우리가 옛 생각을 하며 함께 저녁을 먹을 수 있었을 텐데. 그래, 서부는 어땠나?"

"정말 대단했지! 내가 원했던 건 무엇이든 손에 넣을 수 있었거든. 지미, 자네는 정말 많이 변했군. 자네가 나보다 몇 센티미터나 더 커질 줄은 몰랐지 뭐야."

"아, 그렇지. 나는 스무 살이 지나서도 조금 더 컸다네."

"뉴욕 생활은 어떤가, 지미?"

"그런대로 괜찮아. 지금은 시청 사무실에서 일하고 있다네. 이제 가지, 밥. 내가 아는 곳으로 가서 옛날 이야기나 하며 실컷 회포를 풀자고."

두 남자는 서로 팔짱을 끼고 길을 걷기 시작했다. 서부에서 온 남자는 그동안 자신이 이룩한 성공담을 나눌 수 있다는 사실에 고취되어, 자신이 어떤 일을 겪고 어떻게 살아왔는지에 대한 이야기를 세세히 늘어놓기 시작했다. 그 옆에 있는 남자는 코트에 몸을 파묻고 재미있다는 듯 이야기에 귀를 기울였다.

길모퉁이를 돌아서자 불이 환하게 켜진 약국이 나타났다. 환한 불빛 아래 서 있게 되자 둘은 동시에 고개를 돌려 서로의 얼굴을 마주보았다.

서부에서 온 남자가 갑자기 걸음을 멈추고 끼고 있던 팔짱을 풀었다.

"자네는 지미 웰스가 아니야."

남자가 쏘아붙였다.

"이십 년이 아무리 긴 세월이라 해도 그동안 사람의 코를 매부리코에서 들창코로 바꾸지는 못해."

"그 세월이 좋은 사람을 악당으로 만들기는 하더군."

키 큰 남자가 말했다.

"자네는 벌써 십 분 전부터 체포된 상태였네, '실키' 밥. 시카고에서 자네가 우리 구역으로 왔을지 모른다고 우리에게 전보를 보내왔거든. 그쪽에서 자네하고 할 얘기가 있다고 전해 달라더군. 생각이 없는 게 아니라면 얌전히 나를 따라오는 편이 좋을걸세. 그런데 참, 경찰서에 가기 전에 자네에게 전해 주라고 부탁받은 편지가 하나 있네. 이 창가에서 읽어 보는 게 좋을 것 같군. 순찰 경관 웰스가 준 편지야."

서부에서 온 남자는 건네받은 작은 종이쪽지를 펼쳐 보았다. 처음 편지를 읽기 시작했을 때 침착했던 손이 편지를 다 읽었을 무렵에는 약간 떨리고 있었다. 편지는 꽤 짤막했다.

밥에게

나는 시간에 맞추어 약속한 장소에 갔다네. 그리고 자네가 담뱃불을 붙이려고 성냥을 켠 순간, 난 자네가 시카고에서 지명 수배 중인 남자라는 것을 알았어. 그렇지만 차마 내 손으로는 자네를 체포할 수가 없었네. 그래서 경찰서에 도로 돌아와 사복형사에게 대신 부탁을 했다네.

지미로부터

운명의 충격

여기, 공원 중에서도 귀족이라 할 수 있는 공원이 있다. 그리고 그 공원을 개인 아파트로 이용하는 노숙자 중에서도 귀족층이 있다. 밸런스는 전쟁 같은 혼돈의 세계에 첫발을 내디뎌야 하는 순간이 오자, 일부러 그러려고 의도한 것도 아니었는데 자기도 모르게 곧장 매디슨 광장으로 향했다.

신랄하게 톡 쏘아붙이는 젊은 여학생을 연상케 하는 5월 초순의 찬바람이 막 새싹이 돋기 시작하는 나무들의 사정을 봐주지 않고 쌀쌀하게 불어왔다. 밸런스는 코트 단추를 여미고 공원 벤치에 앉아 마지막 남은 담배에 불을 붙였다. 그리고 자전거를 탄 경찰관이 와서 자신이 운전하던 차를 세우고 뜯어 간 최후의 1,000달러 중 마지막으로 남은 100달러를 아쉬워하며 한 3분 정도를 보냈다. 옷에 있는 주머니란 주머니는 모조리 뒤져 보았지만 동전 한 푼도 나오지 않았다. 살던 아파트는 아침에 비워 주고 나와야 했으며, 가구는 빚을 갚기 위해 모조리 처분해야 했다. 지금 입고 있는 옷을 제외하고 다른 옷은 모두 밀린 급료 대신 하인에게 주었다. 이제 친구들을 찾아가 아쉬운 소리를 하거나 거짓말로 돈을 빌리지 않는 한, 도시 전체를 통틀어 그에겐 하룻밤을 편히 날 수 있는 침대도, 구운 바닷가재 요리도, 전차 요금이나 단춧구멍에 꽂을 카네이션도 없었다. 그래서 결국 그는 공원 벤치를 찾아온 것이었다.

이 모든 일은 삼촌이 그의 상속권을 박탈하고 이전까지 마음껏 쓰도록 해 주었던 용돈을 완전히 끊어 버리는 바람에 생긴 것이었다. 그 이유는 자신이 여자 문제에 대해 삼촌의 말을 따르지 않았기 때문이었다. 여기서 미리 밝혀 두지만 이 글에 그 여자에 대한 이야기는 나오지 않을 것이므로, 그런 이야기를 바라고 글을 읽기 시작한 독자라면 여기서 그만 책을 덮는 편이 나을지도 모르겠다.

그 삼촌에게는 밸런스 말고도 다른 형제 쪽 조카가 한 명 더 있었다. 한때는 삼촌의 총애를 한 몸에 받으며 후계자로 지목되었지만, 품위도 없고 장래도 신통치 않다고 여겨지자 궁지에 몰려 떠난 후 지금은 어디에서 어떻게 살고 있는지 알 수 없는 조카였다. 삼촌은 다시금 그 조카를 찾아 나설 것이고, 이제는 그가 밸런스를 대신해 삼촌의 후계자로 거듭날 예정이었다. 그에 반해 밸런스는 루시퍼처럼 장렬하게 지옥의 밑바닥으로 내동댕이쳐져, 공원을 배회하는 누더기 차림의 유령들과 함께 지내야 하는 처지가 되어 버렸다.

그는 딱딱한 벤치에 등을 기대고 앉아 담배를 한 모금 빨아들였다가 낮은 나뭇가지를 향해 연기를 내뿜었다. 인생에 갑자기 커다란 시련이 몰아닥친 것이나 마찬가지였지만, 웬일인지 그는 거의 환희에 가까운 자유와 스릴을 느꼈다. 마치 낙하산 줄이 끊어지고 풍선까지 날려 버린 상황에 처한 열기구 조종사가 된 것처럼 아찔한 기분이었다.

시간은 거의 밤 열 시가 다 되어가고 있었다. 벤치에 앉아 있는 사람은 그리 많지 않았다. 제아무리 차가운 가을바람에 단련된 노숙자라 할지라도, 이른 봄바람의 쌀쌀함에는 쉽게 맥을 못 추는 법이다.

그때 분수 근처 벤치에 앉아 있던 한 남자가 일어나서 밸런스 옆으로 다가와 앉았다. 그는 얼마나 늙었는지 나이를 가늠하기 어려운 얼굴에, 누추한 집에서 밴 듯한 퀴퀴한 냄새를 풍겼으며, 면도나 빗질은 언제 했는지도 모를 정도로 부스스했고, 온몸에서 술 냄새가 진동했다. 그는 흔히 공원 노숙자들이 다른 사람에게 말을 걸 때 그러는 것처럼 밸런스에게 성냥 좀 빌려 달라고 접근하더니 이내 자신의 이야기를 꺼내 놓기 시작했다.

"저, 선생님, 겉으로 보기에는 여기 계실 분이 아닌 것 같습니다만…… 제가 이래 봬도 맞춤 양복 정도는 알아보거든요. 공원을 지나다가 잠시 쉬고 계신 것 같지만, 괜찮으시다면 저랑 잠시 얘기 좀 나눠 주시면 안 되겠습니까? 제가 지금 혼자 있으면 도저히 안 될 것 같거든요. 저는 지금 매우 두려워 어쩔 줄을 모르겠답니다. 너무 두려워요. 이 얘기를 다른 사람들 두셋한테

했더니 그들은 제가 미쳤다고 생각하더군요. 그러니까 무슨 얘기냐 하면, 제가 오늘은 하루 종일 먹은 음식이 프레첼 두어 개랑 사과 하나밖에 없거든요. 그런데 내일이면 당장 3백만 달러를 상속받게 되었답니다. 그리고 저기 보이시죠? 저는 내일부터 자동차가 주위에 빽빽이 모여 있는 저 식당에서 식사하게 될 거예요. 제 말이 믿기지 않으시겠죠, 그렇죠?"

남자가 밸런스에게 말했다.

"믿다마다요. 저만 해도 어제는 바로 저기서 점심을 먹었는데, 오늘은 5센트짜리 커피 한 잔도 못 사는 신세랍니다."

밸런스가 말했다.

"선생님은 전혀 우리 같은 부류의 사람으로 안 보이는데 정말입니까? 하긴 그런 일이 일어나지 말라는 법도 없겠죠. 저도 몇 년 전에는 한창 잘나갔답니다. 그래, 선생님은 어쩌다 그렇게 되셨나요?"

"저는…… 아, 일자리를 잃었답니다."

"하긴 하루아침에 천당과 지옥을 둘 다 맛볼 수 있는 곳이 바로 이 도시이지요. 어제만 해도 중국산 고급 도자기 그릇에 만찬을 즐기던 사람이, 오늘은 촙 수이 같은 싸구려 중국 음식을 먹는 신세가 되어 버리니까요. 저도 힘든 일이라면 수도 없이 겪었답니다. 이렇게 걸인처럼 살아온 게 벌써 5년이나 되었단 말입니다. 어렸을 적에는 저도 호의호식하며 살았더랍니다. 일을 하지 않아도 돈을 펑펑 쓰며 살았죠. 그러니까 지극히 개인적인 이야기이긴 하지만, 들어 주신다면 제 얘기를 좀 드려도 될까요?

아까도 말했지만 제가 지금 너무 두렵거든요. 정말 이렇게 두려울 수가 없네요. 참, 제 이름은 이드라고 합니다. 지금 제 모습만 보고서는 리버사이드 드라이브에 사는 백만장자 폴딩이 제 삼촌이라고 전혀 상상도 못 하시겠죠? 그런데 맞습니다. 그 사람이 바로 제 삼촌이에요. 한때 저는 삼촌 집에서 돈을 마음껏 펑펑 쓰면서 살았었죠. 그건 그렇고, 혹시 술 한 잔 사 주실 돈 없으십니까? 어, 맞다, 성함이 어떻게 되시는지…….”

“제 이름은 도슨이라고 합니다. 그리고 죄송하게 되었습니다. 저에게도 이제 돈이 한 푼도 없습니다.”

“저는 지난 일주일째 디비전 거리에 있는 지하 셋방에 살고 있답니다. 별명이 ‘블링키’인 모리스란 친구와 함께 살고 있지요. 거기밖에 갈 수 있는 곳이 없었거든요. 그런데 오늘 집에서 나오는데 어떤 남자가 무슨 서류 같은 걸 들고 와서는 저를 찾고 있지 뭡니까. 아무래도 그 모습이 사복형사인 듯싶어 멀찌감치 몸을 피하고 있다가 날이 저물 때를 기다려 들어갔습니다. 갔더니 그 사람이 제 앞으로 편지 한 통을 놔두고 갔더군요. 그런데 도슨 씨, 그게 누구한테 온 편지였는지 아십니까? 글쎄, 요즘 시내에서 한창 잘나간다는 미드 변호사한테 온 편지였어요. 전에 그 사람 간판을 앤 거리에서 본 적이 있거든요.

글쎄, 폴딩 삼촌이 저에게 돌아온 탕아가 되어 달라고 했다더군요. 다시 삼촌의 집에 돌아와 상속인이 되어 달라고 말입니다. 그러면서 내일 오전 열 시까지 변호사 사무실로 오라는 거예요. 다시 옛날로 돌아가자는 거죠. 3백만 달러의 상속인이 되는 것 말이에요, 도슨 씨. 그리고 거기다 이제 연간 만 달러의 용돈을 받을 거랍니다. 그런데…… 저는 지금 몹시 두려워요…….
정말 두렵습니다."

남자는 갑자기 자리에서 벌떡 일어서더니 두 팔을 덜덜 떨며 머리 위로 번쩍 들어 올렸다. 그러고는 숨을 헐떡거리며 발작을 일으키는 것처럼 흐느끼기 시작했다.

밸런스가 그의 팔을 잡아 내리고 강제로 다시 벤치에 앉혔다.
"조용히 좀 해요!"

밸런스가 약간 한심하다는 투로 명령했다.

"누가 보면 당신이 돈을 몽땅 잃어버리고 한탄하고 있는 건줄 알겠습니다. 알고 보면 그 정반대인데 말이지요. 그런데 대체 뭐가 두렵다는 겁니까?"

이드는 벤치에 웅크리고 앉아 몸을 덜덜 떨면서 밸런스의 소매를 붙잡고 늘어졌다. 저 멀리서 비쳐오는 브로드웨이의 네온사인 불빛만으로도, 최근 상속권을 박탈당한 남자인 밸런스는 옆 남자의 알 수 없는 공포감으로 잔뜩 찌푸려진 이마를 뚜렷이 볼 수 있었다.

"왜냐하면, 아침이 오기 전에 저에게 무슨 일인가 일어날 것만 같거든요. 무슨 일일지는 모르지만 어쨌든 보이지 않는 힘이 작용해서 결국 내가 그 돈을 못 만지게 될 것 같은 예감이 들어요. 나무가 내 위로 쓰러진다거나, 차에 치인다거나, 건물 옥상에서 돌이 떨어진다거나, 뭐 그런 일이 일어날 것만 같다고 할까요. 전에는 한 번도 이렇게까지 두려워 본 적이 없어요. 이 공원에서 무수한 밤을 지새워 왔지만, 당장 내일 아침밥을 먹을 수 있을지 없을지 모르면서도 아무런 걱정 없이 침착하게 지냈답니다. 그러나 이제는 달라요.

도슨 씨, 그렇다고 제가 그 돈이 받기 싫은 건 절대 아니랍니다. 아, 그 손끝에 닿는 황홀한 돈의 감촉이란…… 사람들은 나에게 굽실거리고, 사방에는 음악과 꽃이 넘치고 좋은 옷을 입고……. 그런데 말이죠, 아예 그럴 가능성이 있을 거라고 꿈도 꾸지 않았을 때에는 저에게 아무런 걱정도 없었답니다. 누더기를 걸치고 배고픈 상태로 여기 앉아 있으면서도 분수에서 뿜어져 나오는 물소리를 들을 수 있고, 길에 마차들이 지나다니는 모습을 볼 수만 있으면 마냥 행복했지요. 그런데 이제 다시 그런 행운이 나에게 찾아올 거라고 생각하니까, 열두 시간을 기다리는 것이 이렇게 고역처럼 느껴질 수가 없네요. 도슨 씨, 정말 견딜 수가 없어요. 그 전에 나한테 무슨 일이 일어날지 어떻게 알겠어요? 내가 갑자기 눈이 멀어 버릴지도 모르고, 어쩌면 심장 마비가 올지도 모르는 거잖아요. 아니면 그 전에 세상이 멸망해 버릴지도 모르고……."

이드가 다시 벌떡 일어나 꽥 하고 크게 소리를 질렀다. 다른 벤치에 앉아 있던 사람들이 이쪽을 쳐다보기 시작했다. 밸런스가 그의 팔을 잡아끌었다.

"좀 걸읍시다. 그리고 어렵더라도 마음을 좀 진정시켜 봐요. 걱정할 것도 불안해 할 것도 없어요. 아무 일도 일어나지 않을 겁니다. 오늘 밤도 그냥 다른 날과 똑같은 날일뿐이에요."

밸런스가 이드를 어르며 말했다.

"정말 그렇겠죠? 도슨 씨, 제발 저와 함께 있어 주세요. 당신은 정말 좋은 사람입니다. 저랑 잠깐만 같이 걸어 주세요. 전에는 아무리 힘든 일을 겪었어도 이렇게까지 못 견딜 정도로 걱정이 앞선 적은 없었답니다. 혹시 저 대신 먹을 것을 좀 얻어 주실 수는 없겠습니까? 지금 신경이 너무 곤두서서 제 힘으로는 도저히 구걸을 할 수가 없거든요."

밸런스는 그 친구를 5번가 쪽 사람이 거의 없는 곳으로 데리고 갔다. 그리고 30번가를 따라 브로드웨이 방향을 향해 서쪽으로 걸어갔다.

"여기서 잠깐만 기다려 봐요."

밸런스가 이렇게 말하며 이드를 조용하고 어둑한 곳에 남겨두고 앞으로 갔다. 그러고는 잘 아는 듯이 어느 호텔로 들어가서 익숙한 걸음걸이로 식당 쪽을 향했다.

"지미, 저기 밖에 불쌍한 친구가 하나 있거든. 배가 매우 고프다고 하는데 내가 봐도 정말로 그래 보여. 저런 친구한테 돈을 주면 어떻게 되는지 자네도 알고 있지? 그래서 말인데, 대신 샌드위치 한두 개 만들어 줄 수 있겠나? 우선 그 샌드위치를 버리지 않고 먹는지부터 봐야겠네."

밸런스가 바텐더에게 말했다.

"물론이죠. 밸런스 씨. 그런데 거짓말이 아니고 정말로 굶주린 사람도 많이 있더라고요. 다른 건 몰라도 그런 건 딱해서 차마 못 보겠어요."

바텐더가 이렇게 말하며 샌드위치를 만들어 주었다.

이드는 공짜로 얻은 풍성한 음식을 냅킨으로 감쌌다. 밸런스는 떠나지 않고 계속 그와 함께 있어 주었다. 이드가 음식을 입에 한가득 넣고 게걸스럽게 씹어 댔다.

"이렇게 좋은 음식을 공짜로 먹는 건 올해 들어 처음이네요. 도슨 씨는 정말 안 드실 건가요?"

이드가 말했다.

"저는 배가 안 고파서요. 고맙지만 괜찮습니다."

밸런스가 정중하게 사양했다.

"다시 매디슨 광장으로 돌아가요. 그곳에선 경찰들이 귀찮게 하지 않거든요. 이 햄이랑 남은 음식은 싸 두었다가 아침으로 먹어야겠어요. 오늘 더 먹으면 큰일이 날 것 같거든요. 이걸 다 먹었다가 혹여 배탈이라도 나면 어떡합니까. 오늘 밤에 복통이 나서 죽는 바람에 그 돈을 만져 보지 못하게 되면 안 되잖아요! 아직 그 변호사 사무실에 가야 하는 시간까지 열한 시간이나 더 남았는데 말입니다. 도슨 씨, 나를 혼자 두고 떠나지는 않으시겠지요? 저는 정말로 무슨 일이 일어날까 봐 겁이 납니다. 설마 어디 다른 갈 데가 있으신 건 아니죠?"

"아니요. 오늘 밤엔 아무 데도 갈 데가 없습니다. 벤치에 함께 있어 줄게요."

"그런데 도슨 씨, 저에게 한 말이 전부 사실이라면 어떻게 이렇게 태연하게 계실 수 있는 겁니까? 보통 사람이 하루아침에 좋은 직업을 잃어버리고 길거리에 나앉으면 아마 지금쯤 고통스럽게 머리를 쥐어뜯고 있을 겁니다."

"나도 아까 말했듯이, 보통 사람들이 당신같이 당장 내일 큰 돈을 만지게 되었다고 하면 지금쯤 마음이 아주 편할 것 같은데요."

"그게 참 웃겨요. 그렇지요?"

이드가 심각한 표정으로 곰곰이 생각하며 말했다.

"사람들이 운명을 받아들이는 태도가 말이에요. 여기, 도슨 씨, 제 바로 옆 벤치에 앉으세요. 여기에선 불빛 때문에 눈이 부시지 않거든요. 도슨 씨, 제가 집에 돌아가게 되면 삼촌보고 당신 일자리를 알아 봐 달라고 부탁할게요. 오늘 밤 저를 이렇게 도와주셔서 정말 감사합니다. 오늘 밤 도슨 씨를 만나지 못했다면 이 시간을 어떻게 견뎠을지 모르겠습니다."

"고맙습니다. 그런데 벤치에서 자면 보통 누워서 자나요? 아니면 앉아서 자나요?"

밸런스가 말했다.

밸런스는 벤치에 앉아 뜬눈으로 밤을 지새우며 몇 시간이고 계속해서 하늘의 별들을 바라보았다. 남쪽으로 난 아스팔트 길에서 말들의 세찬 말발굽 소리가 들려왔다. 머릿속은 복잡했으나 감정은 공허했다. 마치 모든 감정이 몸에서 빠져나간 듯한 기분이었다. 후회도 두려움도 고통도 불편함도 전혀 느껴지지 않았다. 문제의 발단이 되었던 여자에 대한 생각도 해 보았지만, 이제는 단지 먼 하늘에 떠 있는 하나의 별처럼 까마득하게 느껴질 뿐이었다. 그러다 문득 오늘 옆자리 남자가 벌인 우스꽝스러운 소동이 머릿속에 떠오르자 허탈한 웃음이 나왔다. 이제 곧 동이 트면 우유 배달을 하는 마차들이 나와 힘차게 하루를 시작할 것이다. 밸런스는 딱딱한 벤치 위에서 깜박 잠이 들었다.

다음 날 열 시, 둘은 앤 거리에 있는 미드 변호사 사무실 앞에 서 있었다.

이드는 약속 시간이 가까워 올수록 더욱더 안절부절못하고 불안해 했다. 밸런스는 그런 그를 위험한 상황에 혼자 남겨 두고 떠날 수 없어서 사무실까지 그와 함께 가 주기로 했다.

두 사람이 함께 사무실로 들어가자 미드 변호사가 의아한 눈으로 그 둘을 쳐다보았다. 변호사는 밸런스와 오랜 친구 사이였다. 미드 변호사는 자신의 친구에게 먼저 인사를 건넨 후, 위기의 순간을 앞두고 두려움에 사로잡혀 창백한 얼굴로 사지를 벌벌 떨고 있는 이드에게 말을 건넸다.

"이드 씨, 어젯밤에 당신의 주소로 두 번째 편지를 보냈는데 오늘 아침에 확인해 보니 받지 않았다고 하더군요. 다름이 아니고 폴딩 씨께서 당신을 다시 받아 주기로 한 결정을 재고하기로 하셨답니다. 어쨌든 지금으로써는 폴딩 씨의 제안이 철회되었으며, 당분간 당신과의 관계에는 아무런 변화도 없을 거라는 사실을 전해 달라고 요청하셨습니다."

변호사가 말했다.

그 순간 이드는 더 이상 몸을 떨지 않았다. 안색은 정상으로 돌아왔으며 등도 다시 꼿꼿하게 펴졌다. 턱에 힘이 들어가더니 한 2센티미터 위로 올라갔고, 눈에도 생기가 돌기 시작했다. 그렇게 그는 한 손으로 경계 태세를 취하며, 다른 한 손으로 변호사를 향해 손가락질을 했다. 그리고 심호흡을 한번 깊게 내쉬고는 냉소적으로 비웃으면서 말했다.

"허허, 늙은 폴딩을 보면 지옥에나 가라고 전해 주십쇼."

그는 큰 소리로 기세등등하게 그 말을 내뱉은 후 몸을 뒤로 휙 돌려 사무실 밖으로 성큼성큼 걸어 나갔다.

미드 변호사가 밸런스를 바라보며 미소를 지었다.

"자네가 이렇게 와 줘서 정말 다행이네. 자네 삼촌한테 연락을 받았거든. 자네보고 당장 집으로 돌아오라고 하시네. 상황을 다시 생각해 보니 당신이 너무 성급하게 행동을 하셨다고, 모두 전처럼 원상 복귀할 테니 돌아오라고……."

미드 변호사가 갑자기 말을 멈추고 비서에게 소리쳤다.

"어이, 애덤스! 여기 물 한 잔만 빨리 갖다 주게. 이 친구가 갑자기 정신을 잃고 쓰러졌어!"

붉은 추장의 몸값

처음에는 좋은 생각 같았다. 그렇지만 우선 내 이야기를 끝까지 들어 보기 바란다. 그때 우리, 그러니까 빌 드리스콜과 나는 미국 남부 앨라배마 주에 있었고, 유괴할 생각을 처음 한 것도 그때였다. 나중에 빌은 그 일을 회상하면서 '잠시 어떤 허깨비에 홀렸던 순간'이라고 말하기도 했지만, 역시나 그걸 깨달았을 때는 시간이 한참 흐른 후였다.

대지가 말랑말랑하고 얇은 플란넬 케이크처럼 평평하게 생긴 그 지역에는 마을이 하나 있었는데, 아니나 다를까 그 마을의 이름은 서밋*이었다. 그곳 주민들은 노동절 축제에서 흔히 볼 수 있는 타입으로, 남에게 해를 끼칠 줄 모르고 안분지족하며 사는 순박한 농민들이 대부분이었다.

---

*서밋 : 정상, 산꼭대기라는 뜻.

그 당시 빌과 나에게는 합해서 600달러 정도의 자금이 있었는데, 우리가 일리노이 주에서 실행하려고 계획 중이던 부동산 사기 건을 성사시키기 위해서는 2,000달러의 자금이 더 필요했다. 우리는 호텔 앞 계단에 앉아 그 일에 대해 논의했다. 그리고 아이에 대한 부모의 애정이 아무래도 도시보다는 시골 마을에서 남다를 거라는 결론에 도달했다. 또한 그런 이유뿐 아니라 다른 면에서도, 유괴를 계획하는 데 있어 평상복을 입은 신문 기자들이 동원돼 꼬치꼬치 캐고 다니며 소란을 일으킬 도시 근방보다는 시골 마을이 적격이라고 생각했다. 서밋 같은 시골 마을이라면 사건 해결에 나설 사람이 기껏해야 시골 경찰밖에 없을 것 같았고, 거기다 더해 봐야 별 신통치 않은 블러드하운드 경찰견을 몇 마리 더 풀거나, 〈주간 농민 예산〉이라는 잡지 정도에 기사한두 개 실리는 정도로 끝날 거라고 확신했다. 그렇게 그때는 모든 것이 다 순조로워 보였다.

우리는 유괴할 대상으로 에버니저 도셋이라는 지역 유명 인사의 외동아들을 점찍었다. 그 아버지는 점잖지만 인색한 고리대금업자로, 교회에서 헌금함을 돌릴 때에도 눈 하나 깜짝하지 않고 넘겨 버리면서 자신이 저당 잡은 물건은 기한이 되는 순간 가차 없이 처분해 버리기로 악명 높은 사람이었다. 그 사람에게는 열 살짜리 아들이 하나 있었는데, 옅은 주근깨가 바글바글한 얼굴에 머리는 기차 시간이 남아 기다리는 동안 가판대에서 사보는 잡지의 표지 색만큼 붉었다. 빌과 나는 에버니저 도셋이 아들을 되찾기 위해서라면 2,000달러의 몸값쯤은 주저 없이 지불

할 거라고 생각했다. 그러나 우선 내 이야기를 끝까지 들어 보기 바란다.

서밋에서 한 3킬로미터쯤 떨어진 곳에 삼나무 숲이 울창하게 들어선 작은 산이 하나 있었다. 그 산 뒤편으로 동굴이 하나 있었는데 우리는 일단 그곳에 식량을 비축해 두었다.

어느 날 저녁 해가 지고 난 후 우리는 소형 마차를 빌려 타고 도셋의 집 근처로 갔다. 우리가 점찍은 아이는 길가에 앉아 맞은편 담장에 있는 고양이를 향해 돌멩이를 던지고 있었다.

"어이, 아가야! 사탕 한 봉지 줄게, 우리랑 같이 드라이브하러 가지 않을래?"

빌이 말했다.

아이가 벽돌 조각을 던져 빌의 눈가를 보기 좋게 명중시켰다.

"이런, 이 대가로 너의 아버지에게 족히 500달러는 더 받아 내야겠구나."

빌이 마차에 다시 올라타며 투덜댔다.

아이는 마치 웰터급 검은 곰처럼 필사적으로 반항했다. 그러나 결국 우리는 아이를 제압하는 데 성공해 마차 바닥에 바짝 눕힌 채로 태워서 바로 달아났다. 그런 다음에 아이를 동굴에 데려다 놓고, 마차는 우선 삼나무 숲에 가서 묶어 놓았다. 밤이 되어 캄캄해지자 나는 마차를 빌렸던 5킬로미터 정도 떨어진 작은 마을에 가서 마차를 돌려준 뒤 걸어서 산으로 돌아왔다.

빌은 여기저기 긁히고 멍이 든 몸 곳곳에 반창고를 붙이고 있었다. 동굴 입구에 놓인 큰 바위 뒤로는 모닥불이 지펴져 있었고, 아이는 붉은 머리에 독수리 꼬리 깃털 두 개를 꽂은 상태로 커피가 끓는 주전자를 바라보고 있었다. 동굴로 들어가는 순간 아이가 막대기로 나를 가리키며 말했다.

"거기 서, 재수 없는 백인 녀석아! 저 드넓은 평원도 두려움에 벌벌 떨게 하는 붉은 추장의 막사에 감히 함부로 들어오려 하는 거냐?"

"저 녀석, 이제 잘 놀고 있는 거야."

빌이 바지를 걷어 올리고 정강이 곳곳에 든 멍을 살펴보면서 말했다.

"나랑 같이 인디언 놀이를 하고 있었거든. 자네가 안 봐서 그렇지, 이 아이가 하는 것에 대면 그 유명한 버펄로 빌*의 쇼도 시골 마을회관에서 보여 주는 구식 슬라이드 쇼에 불과해 보일 정도였네. 나는 덫을 놓는 사냥꾼 '올드 행크' 역을 하고 있었는데, 지금은 붉은 추장에게 잡힌 포로 신세여서 내일 아침이 밝는 대로 머리 가죽이 벗겨질 운명이래. 어휴, 저 꼬마가 다른 건 몰라도 발차기 실력 하나는 끝내주지 뭔가!"

그랬다. 정말이지 아이는 그렇게 신이 나 보일 수 없었다. 동굴에서 캠핑을 한다는 생각에 신이 나서 흥분한 나머지 자신이 유괴되었다는 사실도 까맣게 잊은 듯했다. 아이는 즉시 나에게 '스파이 뱀눈'이라는 별명을 붙여 주고는, 자신의 용맹스러운 부

*버펄로 빌 : 본명은 윌리엄 프레데릭 코디(1846~1917). 미국의 유명한 서부 개척자이자 극단주. 〈와일드 웨스트 쇼〉로 엄청난 인기를 몰고 다님.

153

하들이 전투에서 돌아오는 대로 다음 날 해가 뜨는 시각에 나를
화형에 처하겠다고 선언했다.

그러고 나서 우리는 함께 저녁을 먹었다. 아이는 입안 가득
베이컨과 빵, 그레이비를 집어넣고 우물거리며 쉴 새 없이 떠들
어 댔다. 아이가 그날 저녁을 먹으면서 한 말은 다음과 같았다.

"이거 정말 재미있는걸. 난 전에 한 번도 이런 캠핑을 해 본
적이 없단 말이야. 그래도 애완용 포섬은 한 번 본 적이 있는데,
그건 내가 아홉 살이 된 작년 생일이었어. 난 학교 가는 게 싫
어. 한번은 들쥐가 지미 탤보트 고모네 집에서 점박이 암탉이 낳
은 달걀을 열여섯 개나 먹어 치웠어. 이 숲에 진짜 인디언들도
있을까? 나 그레이비 좀 더 줘. 그런데 저기 있는 나무들이 흔들
어 대서 이렇게 바람이 부는 거야? 우리 집에는 강아지가 다섯
마리 있어. 행크, 행크는 코가 왜 그렇게 빨개? 우리 아빠한테는
돈이 많아. 하늘에 있는 별들은 뜨거울까? 나 토요일에 에드 워
커를 두 대나 세게 갈겨 줬다! 나는 여자애들은 싫어. 두꺼비를
잡으려면 줄이 있어야 돼. 황소들은 무슨 소리를 내? 오렌지는
왜 동그랗게 생긴 거야? 이 동굴에서 자려면 침대는 있어? 에이
머스 머리의 발가락은 여섯 개야. 앵무새는 말을 할 수 있는데,
원숭이랑 물고기는 말을 못 해. 열둘이 되려면 뭐랑 뭐를 더해야
돼?"

그러면서도 아이는 누가 성가신 인디언 아니랄까 봐, 몇 분에
한 번씩은 꼭 나무 막대 총을 집어 들고 일어나서 살금살금 발뒤
꿈치를 들고 동굴 입구까지 나가 백인 적들이 근처에 와 있는 건

아닌지 정찰을 하고 왔다. 그리고 이따금씩 동굴이 떠나가라 인디언식 함성을 질러 대는 바람에 '덫을 놓는 사냥꾼, 올드 행크'의 혼을 쏙 빼놓았다. 아이는 그렇게 처음부터 빌을 겁먹게 만들었다.

"붉은 추장, 너 집에 가고 싶지 않아?"

내가 아이에게 물었다.

"아니, 집에 왜 가고 싶어? 집은 하나도 재미없단 말이야. 나는 학교 가는 거 싫어. 캠핑하는 게 훨씬 좋은걸. 뱀눈, 나 집에 보내는 거 아니지? 안 보낼 거지?"

"당장은 아니야. 한동안은 여기 동굴에서 우리하고 같이 있을 거야."

"좋았어! 정말 재미있겠다. 살면서 이렇게 신 나는 적은 처음이야!"

우리는 열한 시쯤에 잠자리에 들었다. 바닥에 널찍한 담요와 이불을 깔고 우리 둘 사이에 붉은 추장을 눕혔다. 아이가 도망가면 어쩌나 하는 걱정은 할 필요가 없었다. 오히려 아이는 세 시간 동안이나 잠들 생각도 하지 않고, 모닥불이 탁탁 타오르는 소리나 잎사귀가 바스락거리는 소리가 들릴 때마다 그것이 위험한 범법자 무리들이 몰래 잠행하는 소리라고 믿고, 자리에서 벌떡 일어나 총을 들고는 내 귀와 빌의 귀에 대고 "쉿! 조용히 해!" 하며 소리를 빽빽 질러 댔다. 그렇게 한참 후에야 간신히 선잠에 든 나는 어이없게도 붉은 머리를 한 흉포한 해적에게 납치되어 나무에 꽁꽁 묶여 있는 꿈을 꾸었다.

새벽녘에 나는 빌의 날카로운 비명 소리에 놀라 잠에서 깼다. 비명 소리라고는 했지만 그건 단순한 비명 소리나, 늑대가 울부짖는 소리나, 고함소리나, 날카로운 함성이 아니었다. 도저히 빌 같이 건장한 남자의 발성 기관에서 나올 만한 소리라고는 상상할 수 없는 소리였다. 아니, 오히려 여자들이 유령이나 애벌레를 보고 겁에 질려 끽 하고 질러 대는 창피할 정도로 새되고 가냘픈 비명이었다. 새벽녘 동굴 안에서 산만 한 덩치에 누가 앞에 있어도 겁내지 않을 것 같은 무적의 빌 같은 남자가 자제력을 잃고 그런 소리를 지르는 것을 듣고 있자니 참으로 딱한 기분까지 들 지경이었다.

　나는 당장 자리에서 일어나 무슨 일이 벌어지고 있는지 주위를 살펴보았다. 붉은 추장이 빌의 가슴팍을 깔고 앉아서, 한 손에 우리가 베이컨을 썰 때 썼던 날카로운 식칼을 들고 다른 한 손으로는 빌의 머리채를 잡아 비틀고 있었다. 어제 저녁 때 우리에게 빌의 머리 가죽을 벗기겠다고 공포했던 바대로 충실히, 그리고 매우 현실적으로 그 계획을 이행하려 하고 있었다.

　나는 아이에게서 칼을 빼앗고는 녀석을 다시 자리에 눕혔다. 그러나 그때부터 빌은 모든 전의를 상실하고 말았다. 아이 옆에 다시 눕긴 했지만 그는 아이가 우리와 함께 있는 이상은 절대 눈을 감으려고 하지 않았다. 나는 그 옆에서 잠시 깜빡 졸다가 해가 뜰 무렵이 되자, 문득 어젯밤 붉은 추장이 동이 트는 대로 화형에 처하겠다고 한 말이 기억나 깨어났다. 그렇다고 해서 초조하거나 겁이 났던 건 아니지만, 어쨌든 일어나 등을 바위에 기대고 앉아 담배에 불을 붙였다.

"웬일로 이렇게 일찍 일어난 거야, 샘?"

빌이 나에게 물었다.

"나? 아, 어깨가 뻐근한 것이 좀 아파서 앉아 있으면 나을까 싶어서 일어난 거야."

내가 대답했다.

"거짓말쟁이! 너 겁이 나서 일어난 거잖아. 어제 꼬마가 동이 트면 너를 화형시키겠다고 한 말 때문에 진짜로 그렇게 될까 봐 겁이 나는 거지? 그런데 정말로 이 꼬마는 성냥 한 개비만 손에 넣을 수 있다면 그렇게 하고도 남을 녀석이야. 샘, 정말 괜찮을까? 어느 누가 이런 꼬마 도깨비 악당 같은 녀석을 다시 찾아가려고 그 많은 돈을 내겠어?"

"그럼. 이런 개구쟁이들일수록 부모들이 더 애지중지하며 아끼는 법이라고. 자, 그런 이야기 그만하고 너는 붉은 추장하고 같이 아침을 차리도록 해. 나는 산 위에 올라가서 망을 좀 보고 올 테니까."

나는 산의 정상으로 올라가서 그 부근의 동향을 살펴보았다. 내심 지금쯤이면 서밋 마을 쪽으로 낫과 쇠스랑으로 무장한 마을 의병대가 아이를 납치해간 비열한 유괴범들을 잡기 위해 죽 깔려 있지 않을까 하고 기대했다. 그러나 내 눈에 들어온 건 회갈색 당나귀를 옆에 끼고 밭을 갈고 있는 한 명의 농부와 평화롭기 그지없어 보이는 한적한 시골 풍경뿐이었다. 개울가를 뒤지는 사람도 없었고, 불안으로 몸이 달아 있는 부모에게 소식을 전해 주려 정신없이 뛰어가는 사람도 없었다. 사방을 아무리 둘러보아도 내 눈에 보이는 거라곤 잠든 것처럼 고요한 숲으로 둘러싸인 평화로운 앨라배마의 풍경뿐이었다.

'아마도 아직 저 귀여운 새끼 양을 늑대들이 우리에서 물어갔다는 사실을 모르고 있나 보군.'

나는 속으로 생각했다. 그리고 속으로 '하늘이여, 늑대를 보살피소서!' 하고 외치면서 아침을 먹으러 아래로 내려갔다.

동굴에 가 보니 글쎄, 빌이 동굴 벽에 바짝 붙어서 거친 숨을 몰아쉬며 색색거리고 있었다. 아이는 그 앞에서 코코넛 반만 한 커다란 돌멩이를 집어 들고 빌을 부숴 버리겠다고 협박하고 있었다.

"저 꼬마가 내 등에다가 새빨갛게 달궈진 감자를 집어넣고는 사정없이 발로 밟아 으깨는 거 있지. 그래서 내가 귀싸대기를 한 방 먹였더니 저러는 거야. 샘, 너 아직 총 가지고 있지?"

빌이 말했다. 나는 아이의 손에서 돌멩이를 빼앗고 사태를 대충 진정시켰다. 아이는 그 와중에도 빌에게 떵떵거리며 큰소리를 쳤다.

"꼭 되갚아 주고 말 테다. 이제껏 붉은 추장을 공격하고 아무 일 없이 벗어난 놈은 없거든. 조심하는 게 좋을 거다."

아이는 아침을 먹고 나더니 주머니에서 가죽 조각에 줄이 둘둘 감긴 어떤 물건을 꺼내 들었다. 그리고 감긴 줄을 풀면서 동굴 밖으로 걸어 나갔다.

"저 꼬마가 또 무슨 꿍꿍이인 거지? 설마 쟤가 도망가려고 저러는 것은 아니겠지, 그렇지, 샘?"

빌이 불안한 눈치로 물었다.

"그런 걱정은 붙들어 매. 저 애는 집을 별로 좋아하지 않는 모양이니까. 그나저나 이제 슬슬 몸값을 받아 낼 계획을 세워 보자고. 아직까지는 서밋 마을 근처에 이렇다 할 움직임이 없어. 아마도 저 꼬마가 없어졌다는 사실을 아직 실감하지 못하고 있나 봐. 그냥 제인 고모네 집에 놀러 가서 하룻밤 자고 온다거나 친구네 집에 놀러 갔다고 생각하는 것 같아. 아무튼 그래도 오늘 안에는 다들 아이가 없어졌다는 사실을 알게 될 거야. 그러면 우리는 오늘 밤에 애 아버지에게 아이를 돌려주는 대가로 2,000달러를 내놓으라는 메시지를 전하면 돼."

바로 그때 밖에서 우레와 같은 함성 소리가 들렸다. 마치 거인 골리앗을 무너뜨렸을 때 다윗이 낸 소리가 저렇지 않았을까 싶었다. 붉은 추장이 아까 주머니에서 꺼내 들었던 것은 바로 돌팔매였다. 그리고 지금 그 돌을 머리 위로 힘차게 돌리고 있었다.

나는 재빨리 옆으로 피해 위기를 모면했다. 그러나 곧바로 퍽하고 부딪히는 소리가 나면서, 말이 등에서 안장을 떼어 낼 때 내는 소리 같은 일종의 한숨 소리를 내며 빌이 쓰러졌다. 달걀만한 까만 돌이 날아와 순식간에 빌의 왼쪽 귀를 가격해 버린 것이었다. 빌은 균형을 잃고 비틀거리다가 그만, 설거지를 하려고 물을 끓이고 있던 프라이팬 위로 털썩 주저앉았다. 나는 모닥불 위에 쓰러진 빌을 끌어내 한 시간 반 동안이나 그의 머리에 찬물을 부어 줘야 했다.

차츰 기력을 찾은 빌이 일어나 앉아서 귀 뒤가 어떻게 되었는지 손으로 만져 보며 물었다.

"샘, 이제부터 내가 성경에서 제일 좋아하는 인물이 누구인지 알아?"

"진정하게. 곧 괜찮아질 거야."

내가 답했다.

"바로 헤롯 왕*이야. 자네, 나를 저 꼬마와 둘만 남겨 두고 아무 데도 가지 않을 거지?"

나는 동굴 밖으로 나가서 두 손으로 아이의 몸을 붙잡고 주근깨가 다 털릴 정도로 세게 흔들며 말했다.

"너 얌전히 굴지 않으면 지금 당장 집에 데려다 줄 거야. 그래도 계속 이렇게 말썽을 피울래?"

"그냥 장난을 좀 친 것뿐이란 말이야."

아이가 시무룩한 표정으로 말했다.

"나도 올드 행크를 다치게 할 생각은 없었다고. 그렇지만 먼저 나를 때린 건 저 녀석이잖아! 뱀눈, 나 얌전히 굴 테니까 집에 보내지 않겠다고 약속해 줘. 그리고 오늘은 블랙 스카우트 놀이를 하게 해 주면 안 돼?"

"그 놀이가 뭔지 나는 몰라. 그건 너랑 빌 아저씨가 결정해서 알아서 하도록 해. 오늘은 빌 아저씨가 너의 놀이 동무거든. 나

---

*헤롯 왕 : 유대의 왕으로 그리스도의 탄생을 두려워해 베들레헴의 두 살 이하의 유아를 모조리 죽였다고 함.

는 볼일이 있어서 어디 좀 잠시 다녀와야 해. 자, 이제 들어가서 아저씨한테 아프게 해서 미안하다고 사과하고 화해해. 그렇게 하기 싫으면 당장 집으로 직행할 생각을 하도록 하고."

나는 둘이 서로 악수를 하도록 시켰다. 그리고 빌을 구석으로 데리고 가서, 내가 동굴에서 한 5킬로미터 떨어진 작은 마을인 포플러그로브에 가서 지금쯤 마을에서 이 유괴 사건이 어떻게 받아들여지고 있는지 알아보고 오겠다고 말했다. 또한 당장 아이 아버지에게 몸값을 요구하는 단호한 편지를 써서 어떤 식으로 몸값을 지불해야 할지에 대해서도 알리겠다고 말했다.

"있지, 샘. 지금까지 내가 자네를 위해서라면 무슨 일이든 물불 안 가리고 다 했던 거 알고 있지? 지진이 일어나든, 화재나 홍수가 나든, 도박판이 벌어질 때든, 다이너마이트 폭파 사건을 꾸밀 때도 그랬고, 또 경찰을 상대로 폭동을 일으킬 때나 심지어 기차 강도 사건도 있었잖아. 그렇지만 지금처럼 저 다리 달린 우주 로켓 같은 꼬마를 납치하기 전까지는 내가 한 번도 이렇게 침착성을 잃은 적이 없었어. 그런데 저 꼬마는 이상하게 나를 도발한단 말이야. 샘, 제발, 날 저 아이랑 단둘이서 오래 있게 놔두지 말아 줘."

"오후 안으로 돌아올게. 다만 내가 돌아올 때까지는 애를 잘 보고 있어 줘. 그러면 이제 쟤 아버지한테 보낼 편지를 써 볼까?"

나는 종이와 연필을 가지고 와서 빌과 자리에 앉아 편지를 쓰기 시작했다. 그동안 붉은 추장은 담요로 몸을 둘러싸고는 정신없이 왔다 갔다 하며 동굴 입구를 지켰다. 빌은 나에게 눈물을 글썽이며 처음에 2,000달러로 하기로 했던 몸값을 1,500달러로 낮추자고 애원했다.

"다른 사람들이 흔히 말하는 부모의 자식 사랑이라는 도덕적인 측면을 매도하려는 건 아니지만, 우리도 사람이고 이 애 아버지도 사람이잖아. 그런데 아무래도 저 주근깨 범벅에 야생 고양이 같은 20킬로그램짜리 덩어리를 위해서 2,000달러나 선뜻 내놓을 사람이 있을까 싶어. 내 생각엔 그나마 1,500달러도 많이 내놓는 걸 거야. 만약 내 말이 탐탁지 않다면 내 몫에서 500달러를 제해도 좋아."

빌을 안심시키기 위해 나는 그 말에 응했다. 그리고 함께 머리를 짜내서 아래와 같은 편지를 썼다.

에버니저 도셋 귀하

우리가 당신의 아들을 서밋에서 멀리 떨어진 곳에 숨겨 두었소. 제아무리 날고뛰는 형사를 쓴다 해도 아이를 찾는 일은 불가능할 것이오. 따라서 아래와 같이, 당신의 아들을 찾을 단 하나의 방법을 제시하는 바이오. 우선 아들의 몸값으로 1,500달러를 고액권으로 준비하시오. 돈은 오늘 밤 자정에 내가 아래 지정하는 장소에 놓아둔 상자에 한 치의 착오 없이 넣어 두어야 할 것이오. 이 조건에 동의한다면 그에 상응하는 답장을 써서 오늘 밤 여덟 시 반에 심부름꾼 한 명을 시켜 보내도록 하시오. 답장을 보낼 장소는 다음과 같소. 아울 냇가 건너편 포플러그로브로 향하는 길에 보면 100미터 간격으로 떨어져서 큰 나무가 세 그루 서 있소. 그리고 그 오른쪽 옆을 보면 밀밭을 경계로 하는 담장이 있소. 세 번째 나무 맞은편에 있는 담장 기둥 밑에 보면 두꺼운 판지로 만든 작은 상자가 하나 있을 것이오.

심부름꾼을 시켜 그 박스에 답장을 집어넣고 그 즉시 서밋으로 돌아가라고 하시오.

만약 내 말에 반하는 행동을 하거나 위에서 밝힌 우리의 요구를 이행하지 않는다면, 다시는 당신의 아들을 볼 일이 없을 줄 아시오.

그러나 우리가 요구한 대로 돈을 지불만 한다면, 아들은 세 시간 안에 아무런 해도 입지 않고 안전하게 당신 품으로 돌아갈 수 있을 것이오. 이 모든 조건은 최후통첩이며 당신이 요구를 받아들이지 않는다면 더 이상의 협상은 없을 것이오.

두 명의 무법자로부터

나는 편지 봉투에 에버니저 도셋의 주소를 쓰고 주머니에 집어넣었다. 길을 나서려고 하는데 아이가 쪼르르 달려와 말했다.

"어이, 뱀눈! 너 없는 동안에 내가 블랙 스카우트 놀이 할 수 있을 거라고 약속했잖아!"

"물론, 할 수 있고말고. 빌 아저씨가 너랑 같이 놀아 줄 거란다. 그런데 그게 무슨 놀이지?"

"내가 바로 블랙 스카우트가 되는 놀이야. 그러니까 백인 정착자들에게 말을 타고 빨리 달려가서 인디언들이 몰려오고 있으니 대비하라고 알려 주어야 해. 인디언 행세를 하는 건 이제 질렸어. 이제는 블랙 스카우트를 할래."

붉은 추장이 설명했다.

"좋아. 내 생각엔 별로 나쁘지 않을 것 같은데. 빌 아저씨가 너를 도와서 그 성가신 야만인들을 저지시키는 일을 함께 해 줄 거야."

내가 말했다.

"내가 뭘 해야 하는 거지?"

빌이 의심스러운 눈초리로 아이를 보며 물었다.

"아저씨는 말 역할을 하면 돼. 네 발로 땅에 엎드려 봐. 나한테 말이 없으면 내가 소식을 전해 주러 달려갈 수가 없잖아?"

이제는 붉은 추장에서 블랙 스카우트가 된 꼬마가 말했다.

"웬만하면 아이가 지루하지 않게 잘 놀아 줘. 계획이 성사될 때까지만 참으면 되니까 조금만 더 힘을 내라고."

나는 빌에게 말했다.

빌이 땅에 양 무릎과 양손을 딛고 엎드렸다. 그런 그의 눈은 마치 덫에 걸린 불쌍한 토끼의 눈 같았다.

"백인 마을까지는 얼마나 가야 하지, 꼬마야?"

그가 거의 쉰 목소리로 물었다.

"150킬로미터! 그런데 늦지 않게 도착하려면 최대한 서둘러야 할 거야. 어이, 가자!"

블랙 스카우트가 외쳤다. 그러고는 빌의 등에 올라타서 옆구리를 발로 착 감쌌다.

"하느님 맙소사! 샘, 너 정말 할 수 있는 대로 최대한 빨리 일을 끝내고 돌아와야 해. 다시 생각해 보니까 이거, 몸값을 1,000달러 밑으로 했어야 하는 거 아닌가 싶어. 어이, 꼬마! 너 나를 그렇게 계속 발로 차면 당장 일어나서 본때를 보여 줄 테다."

빌이 말했다.

나는 포플러그로브까지 걸어가 우체국과 가게가 있는 건물 근처에 앉아서, 가게에 물건을 사러 온 시골 촌뜨기들에게 말을 시켜 이런저런 일을 떠 보기로 했다. 그러던 중 구레나룻을 기른 한 사람이 말했다. 에버니저 도셋의 아들이 사라진 일로 서밋 마을이 온통 난리가 났다는 것이었다. 내가 듣고 싶었던 바로 그 말이었다. 나는 담배를 사면서 요즘 동부콩 시세가 얼마나 되는지 슬쩍 물어보며 은밀히 내 편지를 우체통에 넣고 그 자리를 떠났다. 우체국장의 말로는 집배원이 한 시간 정도 후에 와서 편지를 서밋으로 전달할 거라고 했다.

그러고는 동굴로 돌아왔는데 빌과 아이가 어디로 갔는지 도통 보이지 않았다. 나는 동굴 근처를 샅샅이 뒤져 보기도 했고, 위험을 무릅쓰고 요들송을 불러 신호도 보내 보았다. 그러나 여전히 아무런 기척이 없었다.

그래서 나는 결국 이끼 낀 바닥에 앉아 담배에 불을 붙이고 조금 기다려 보기로 했다.

한 30분쯤 지났을까, 나무 덤불 숲 쪽에서 바스락거리는 소리가 나더니 빌이 힘없이 비틀거리며 동굴 앞에 있는 작은 공터

165

에 모습을 드러냈다. 빌의 저만치 뒤로는 아이가 얼굴에 야릇한 미소를 띠고서 진짜 스카우트라도 된 것처럼 빌의 뒤를 살금살금 따라오고 있었다. 빌은 걸음을 멈추고 모자를 벗더니 빨간 손수건을 꺼내 얼굴의 땀을 닦았다. 아이도 빌 뒤로 2.5미터 정도 떨어진 곳에서 멈춰 섰다.

"샘, 자네가 나를 변절자라고 생각해도 어쩔 수 없었어. 나도 도저히 어쩔 수 없었다고. 나한테도 남자의 오기가 있고, 어른으로서 내 자신 정도는 지킬 수 있네. 하지만 그런 나라도 어쩔 수 없이 자존심을 버리고 포기해야 할 때가 있는 걸세. 그 꼬마 녀석은 이제 갔네. 내가 집에 보내 버렸어. 이제 모두 끝이 난 거네. 이전 시대에는 순교자들이 힘들게 얻은 약탈품을 지키려고 죽음마저 각오하고 싸웠다고 했지? 그러나 그 누구도 내가 겪은 것보다 더 끔찍한 초자연적인 고문을 당하지는 않았을걸세. 나도 내 나름대로 우리가 한 약속을 지키려고 무지 노력했지만 그 일에도 다 한계가 있는 거야."

빌이 나를 보고 말했다.

"무슨 일이 있었던 건가, 빌?"

내가 물었다.

"처음엔 내가 말이 되어서 아까 그 꼬마가 말한 대로 150킬로미터를 기어가야 했다네. 정말이지 그 꼬마는 단 1미터도 양보하지 않더군. 그런 다음에 백인 정착인들을 구출하고 나서 하사품이라면서 귀리를 주었는데, 귀리라면서 먹으라고 준 것이 뭐였는지 아는가? 바로 모래였다네. 그러고 나선 무려 한 시간 동안을 꼬박 동굴은 왜 비어 있는지, 길은 왜 한꺼번에 두 방향으로 가지 못하는지, 잔디가 왜 푸른색인지 하는 엉뚱한 질문을 하며 나를 들들 볶더군. 단언하건대 샘, 인간의 인내심에도 한계가 있는 법일세. 나는 결국 참을 수가 없어서 녀석의 목덜미를 잡고 산 밑으로 끌고 갔어. 가는 동안에도 내내 얼마나 세게 발길질을 해 대는지 내 다리가 무릎 밑으로 다 시퍼렇게 멍이 들었지 뭔가. 거기다 내 손을 하도 물어 대는 바람에 두세 군데는 감각도 없는 것 같아."

빌은 잠시 말을 끊었다가 다시 말했다.

"그렇지만 이제 아이는 가 버렸어. 꼬마 녀석을 집에 보내 버렸다고. 서밋으로 가는 길을 알려 주고서 읍내 쪽으로 2미터쯤 가까이에 콱 내던져 버리고 왔다네. 몸값을 못 받게 된 일에 대해서는 자네한테 정말 미안하네. 그렇지만 그러지 않았다면 대신 이 빌 드리스콜이 미쳐 버렸을 걸세."

빌은 씩씩거리며 숨을 헐떡였다. 그러나 반면에 그 붉게 상기된 얼굴에는 형언할 수 없는 만족감과 평화로움이 가득 퍼져 있었다.

"빌, 자네 집안에 혹시 심장병 내력이 있는가?"

내가 빌에게 물었다.

"아니. 말라리아나 사고로 죽은 사람은 있어도 그런 만성병은 없네. 왜 그러는가?"

빌이 말했다.

"그렇다면 뒤로 한번 돌아보게나. 그리고 뭐가 있는지 보게."

빌은 뒤로 돌아서 아이를 보고는 안색이 창백하게 변하더니, 그대로 땅바닥에 주저앉아 멍하게 넋이 나간 표정으로 바닥에 난 풀과 나뭇가지들을 마구 쥐어뜯기 시작했다. 그 뒤로 한 시간 정도는 그의 머리가 혹시 어떻게 된 건 아닌가 걱정이 될 정도였다. 그 후로 나는 그에게 우리의 계획을 단번에 끝내 버리자고 말하며, 애 아버지가 우리의 제안을 받아들인다면 몸값을 받아 내자마자 그날 밤 안으로 그곳을 떠나 버리자고 이야기했다. 그러자 빌은 간신히 아이에게 희미한 미소를 지어 줄 정도로 기운을 차렸고, 몸이 나아지는 대로 아이와 러일전쟁 놀이를 해 주겠다는 약속까지 했다.

나는 전문적인 유괴범들도 저리가라 할 완벽한 대책을 바탕으로 아무런 위험 부담 없이 몸값을 받아 낼 계획을 세웠다. 에버니저 도셋에게 나무 밑에 답신을 남기라는 편지를 보냈을 때 (그리고 그곳에 돈을 남기라고 했을 때), 그 나무는 사방에 아무것도 없는 넓은 밀밭으로 둘러싸인 담장 근처에 있었다. 그렇기 때문에 만약 답장을 찾아갈 범인을 감시하기 위해 경찰이 따라온다 해도, 그곳으로 오기 위해서는 큰길이나 들판을 가로질러 와야 했고, 때문에 나의 눈을 피할 수 없었다.

그렇지만 역시나 아무도 따라오지 않았다! 여덟 시 반 정각이 되자 나는 나무 위에 올라가 청개구리처럼 숨어서 심부름꾼이 오기만을 기다렸다.

요구한 시간에 다 큰 청년으로 보이는 한 아이가 자전거를 타고 길 위에 나타났다. 그리고 담장 기둥 밑으로 와서 종이 상자

를 찾아내서 접힌 종이쪽지를 집어넣은 다음, 바로 서밋을 향해
힘차게 페달을 밟아 되돌아갔다.

나는 한 시간 정도 더 위에서 기다리며 상황이 안전해질 때까
지 기다렸다. 그리고 나무에서 내려와 쪽지를 빼내고 담장을 따
라 몸을 숨긴 채 몰래 숲까지 걸어갔다. 그리고 30분 후에 동굴
에 도착했다. 나는 쪽지를 펴서 등불 밑에 대고 빌에게 읽어 주
었다. 펜으로 휘갈겨 쓴 그 쪽지는 잘 알아보기 힘든 글씨체였는
데, 그 내용을 요약하면 다음과 같다.

두 명의 무법자에게

오늘 우편으로 당신의 편지를 받았소. 내 아들을 돌려주는 대
가로 큰 몸값을 요구했더군. 내 생각에 당신들의 요구는 조금 지
나치지 않은가 싶소. 그래서 내가 좀 더 현실적인 대안을 제시하
는 바이며, 당신들이 내 요구를 별 무리 없이 받아들이리라 믿소.
내 아들 조니를 데려오면서 현찰로 250달러를 나에게 지불한다
면, 당신들 손에서 아들을 넘겨받는 데 동의하겠소. 다만 되도록
밤늦은 시간에 데려오는 것이 좋을 거요. 아들이 없어졌다는 사실
이 이미 이웃들에게 다 알려진 상태라오. 따라서 당신들이 내 아
들을 데려오는 광경을 이웃들이 보기라도 한다면, 당신들에게 무
슨 일이 생겨도 나는 책임질 수가 없소.

에버니저 도셋이 존경을 담아

"펜잔스의 해적 같은 악당이군! 이런 몰염치한 인간을 봤나!"

나는 이렇게 소리치다가 빌을 흘끗 바라보고는 말끝을 슬쩍 흐렸다. 빌은 말 못하는 벙어리의 얼굴이나 불쌍한 동물의 얼굴에서나 볼 법한 애처로운 눈빛을 하고 나를 간절히 바라보고 있었다.

"샘."

그가 말을 꺼냈다.

"250달러는 사실 별로 큰돈도 아니지 않은가? 그 돈이 우리한테 없는 것도 아니고. 저 꼬마 녀석하고 하루만 더 같이 있다가는 내가 곧 정신 병동 신세를 질 지경일세. 내 생각에 이 도셋 선생님은 정말 너그러운 신사인 것 같아. 이렇게 관대하고 아량 있는 조건을 제시하다니. 설마 자네, 이런 절호의 기회를 날려버릴 생각은 아니겠지, 샘? 그렇지?"

"솔직히 말하자면, 빌. 나도 이제는 저 작은 새끼 양 같은 꼬마 녀석을 감당할 수 없을 것 같네. 자네 말대로 저 녀석을 집에 데리고 가서 몸값을 지불하고 이곳을 떠나도록 하세."

내가 말했다.

우리는 그날 밤 아이를 집에 데려다 주었다. 그러기 위해서 우리는 아버지가 은도금이 된 총과 모카신을 사 놓고 기다린다는 이야기로 아이를 꼬이면서, 내일 곰 사냥에도 데려가겠다는 약속을 해야 했다.

우리가 에버니저 도셋의 집에 도착해서 노크를 했을 때는 막 자정이 지난 시간이었다. 원래 계획대로라면 내가 나무 밑 종이 상자에서 1,500달러를 꺼내고 있어야 할 바로 그 순간에, 빌은

250달러를 세어서 도셋의 손에 쥐어 주었다.

우리가 자신을 집에다 두고 떠나려 한다는 사실을 알아차리자마자, 아이는 증기 오르간처럼 큰 소리로 고래고래 고함을 지르며 빌의 다리에 거머리처럼 딱 붙어 떨어지지 않았다. 반창고를 살살 떼어 내듯이 아이의 아버지가 간신히 아이를 떼어 냈다.

"아이를 얼마나 오래 붙들고 있을 수 있겠습니까?"

빌이 물었다.

"내 기력이 예전 같지 않아서 오래는 장담 못 하오. 그러나한 10분 정도는 약속할 수 있을 것 같소."

도셋이 답했다.

"그 정도면 충분할 것 같군요. 10분이면 중부와 남부 지역, 그리고 중서부 지역도 지나서 이미 캐나다 국경에 거의 다다라 있을 거요."

빌이 말했다.

그날은 매우 캄캄한 밤인 데다 빌은 매우 뚱뚱하고 둔했으며 평소 내가 달리기를 훨씬 잘했음에도, 나는 서밋 마을을 2킬로미터 넘게 벗어난 후에야 비로소 빌을 따라잡을 수 있었다.

인생은 연극이다

며칠 전 평소에 알고 지내는 신문 기자에게 초대권이 생겼다고 해서 요즘 인기라는 보더빌 공연을 함께 보러 간 적이 있다.

공연 중에 바이올린 독주 순서가 있었다. 갓 마흔을 넘긴 듯한 나이에 이미 허옇게 세어 버린 머리가 인상적인, 매우 매력적인 분위기의 미남 연주가가 나와서 연주를 했다. 음악에 별 조예가 없는 나는 연주에는 별 관심이 없었고 다만 그 남자만 자세히 관찰하고 있었다.

그때 옆에 있던 기자가 말했다.

"한두 달 전에 저 남자에 대한 이야기가 큰 화제가 된 적이 있었다네. 신문사에서 그 사건을 나한테 취재해 오라고 했는데, 최대한 가볍고 우스운 어조로 칼럼을 써 달라고 하더군. 내가 요즘 지역 사회란에 농담 섞인 어조로 기사를 쓰는 게 상사의 마음에 들었나 봐. 내가 풍자극 형식의 코미디를 많이 쓰고 있거든.

어쨌든 그래서 난 저 남자 집에 가서 무슨 일이 일어난 건지 자세히 알아보았어. 그런데 이상하게도 기사가 영 써지지 않는 걸세. 결국은 그 기사를 포기하고 대신에 동부 지역에서 일어난 장례식 기사를 코믹하게 써냈지 뭔가. 왜 그랬냐고? 그게 말이야, 나로서는 도저히 그 이야기에서 웃긴 부분을 잡아낼 수가 없었다네. 내가 그 사연을 자세히 들려줄 테니 자네가 그 이야기를 가지고 글을 한번 써 보겠나?"

공연이 끝나고 함께 포도주 한잔을 하면서 그 기자 친구는 나에게 연주가에 얽힌 자세한 사연을 들려주었다. 그가 이야기를 끝냈을 때 내가 말했다.

"이런 좋은 이야기를 가지고 어째서 우스운 기사를 쓸 수 없었다는 말인가? 정말 배꼽 빠지도록 웃긴 기사가 나오고도 남았을 텐데. 전문 배우들이 진짜 무대 위에서 공연을 했다 해도, 그 세 사람처럼 그토록 터무니없고 웃긴 연기를 하기는 힘들었을걸세. 나야 원래 이 세상 자체가 무대이고, 그 안에 사는 남자 여자가 모두 배우라고 생각을 하지만 말이지. 셰익스피어의 말을 인용하자면, 자고로 '인생은 연극'이지 않은가."

"그럼 자네가 한번 써 보게."

기자가 말했다.

"그러지, 뭐."

나는 그렇게 대답도 한 만큼 그 이야기가 신문에 얼마나 웃기는 이야기로 실릴 수 있었는지 그에게 정말 보여 주고 싶었다. 그래서 다음과 같이 써 보았다.

애빙던 광장 근처에는 건물이 하나 있는데, 그곳 1층에는 25년 동안 장난감이나 잡화, 문구류 등을 팔아온 작은 가게가 있었다.

20년 전 어느 날 밤에 그 가게 위층에서 결혼식이 열렸다. 건물 주인은 메이요라는 이름의 미망인이었는데, 그 딸인 헬렌이 프랭크 배리라는 청년과 결혼식을 올린 것이었다. 신랑 측 들러리는 존 딜레이니였다. 헬렌은 열여덟 살이었고, 언젠가 조간신문에 몬태나 주 뷰트라는 곳에서 체포된 '여성 연쇄 살인범'에 대한 기사가 났을 때 그 옆에 그녀의 사진이 실린 적이 있었다. 그러나 얼핏 보고 속단하기 전에 다시 한 번 사진과 헤드라인의 관계를 자세히 살펴보았다면, 헬렌의 사진 밑에 달려 있던 '서남부 지역 최고 미인 열전'이라는 설명을 찾을 수 있었으리라.

프랭크 배리와 존 딜레이니는 같은 마을에 사는 죽마고우이자 마을의 '대표적인' 미남 청년들이었다. 무대 위 커튼이 올라갔을 때 관중들이, 둘이 서로 엎치락뒤치락하는 모습을 보고 싶어 할 만한 그런 잘생긴 청년들 말이다. 오케스트라 연주나 연극에 자신의 돈을 투자한 사람이라면 으레 그 정도의 볼거리를 기대하는 법이다. 하지만 바로 이점이 이 이야기에서 첫 번째로 등장하는 우스운 부분이다. 실제로 두 청년 모두 헬렌의 손을 잡기 위해 엎치락뒤치락하며 정말 치열하게 경쟁을 했기 때문이다. 그리고 결국 그 경쟁에서 프랭크가 승리했을 때, 존은 그와 악수하며 축하해 주었다. 정말이지 그때는 진심이었다.

결혼식이 끝난 뒤 헬렌은 모자를 가지러 위층으로 올라갔다.

그녀는 여행용 드레스를 입고 결혼식을 올렸다. 곧바로 올드 포인트 컴포트라는 곳으로 일주일 간 신혼여행을 떠나기로 했기 때문이었다. 아래층에서는 사람들이 낡은 부츠나 옥수수죽 꾸러미들을 손에 들고 서로 이런저런 이야기를 시끌벅적하게 나누고 있었다.

그때 화재시 이용하는 비상구 쪽에서 달그락거리는 소리가 나더니 얼빠진 모습의 존 딜레이니가 급히 헬렌의 방으로 들어왔다. 이마에는 젖은 머리가 어지럽게 헝클어져 있었다. 존은 잃어버린 자신의 사랑을 향해 이제는 도덕적으로 해선 안 될 구애를 이어가며, 리비에라나 브롱크스 그게 아니면 이탈리아의 하늘 밑에서 안식을 취할 수 있는 곳이라면 어디라도 좋으니 제발 자기와 함께 멀리 떠나 달라고 간청했다.

그때 헬렌이 존 딜레이니를 얼마나 호되게 나무랐는지 보았다면, 제아무리 당당한 누구라도 그 앞에서 단숨에 기가 꺾였을 것이다. 헬렌은 경멸에 찬 무서운 눈으로 존을 노려보면서 정숙한 숙녀에게 어떻게 그런 무례한 이야기를 꺼낼 수 있느냐고 크게 책망하며 더 이상 그가 아무 말도 할 수 없게 만들었다.

그리고 그녀는 그에게 즉시 떠나 달라고 명령했다. 그를 사로잡았던 남자의 기개는 금세 사그라져 버렸다. 그는 고개를 푹 숙이고서 '자신도 모르게 충동에 사로잡혀' 이런 일을 벌이게 되었다느니, 그래도 자신의 가슴속에서는 헬렌에 대한 기억을 '영원히' 간직하겠다느니 하는 이야기를 계속 지껄였다. 헬렌은 아무런 동요 없이 그에게 비상구를 타고 어서 빨리 그 자리에서 떠나 달라고 냉정하게 요구했다.

"나는 멀리 떠나겠소. 지구에서 가장 멀리 갈 수 있는 곳으로 가겠소. 당신이 다른 남자의 사람이라는 것을 알면서 도저히 당신 근처에 머물러 있을 자신이 없소. 나는 아프리카로 가겠소. 완전히 다른 환경에서 살아가려 노력해 보리다……."

존 딜레이니가 말했다.

"정말이지, 제발 좀 나가 주세요. 이러다 누가 들어오면 어쩌려고 그러는 거예요?"

헬렌이 말했다.

그가 한쪽 무릎을 꿇고 앉았다. 헬렌은 그가 마지막으로 작별의 키스를 할 수 있도록 자신의 하얀 손을 내밀었다.

여자들이여, 자신이 진심으로 원하는 남자를 손에 넣고서도, 또 다른 남자가 이마에 젖은 곱슬머리를 헝클어뜨리고 찾아와 당신 앞에 무릎을 꿇고 아프리카로 떠나겠다느니, 무슨 일이 있어도 가슴속에 영원히 시들지 않는 사랑을 간직하고 살아가겠다느니 하는 말을 꺼내 놓게 하는 것은, 그 위대한 꼬마 신 큐피드가 그대들에게 부여해 준 요긴한 능력인가? 자신이 소유한 그 막강한 힘을 알기에 복에 겨운 자신들의 처지를 달콤하게 확신하면서도, 한편으로는 실연의 상처를 입은 불운한 구애자를 멀리 외국으로 떠나보내며, 그가 무릎을 꿇고 자신의 손에 마지막 작별의 키스를 남길 때 속으로는 자신의 손톱 손질이 잘 되어 있다는 사실에 다행스러움을 느끼고 있다니. 정말 그렇지 않소? 정말 멋지구려. 암, 그런 기회를 그냥 넘기면 안 되는 법이지.

그런데 그때 아니나 다를까 다들 짐작했겠지만, 문이 활짝 열리며 방 안으로 신랑이 성큼성큼 걸어 들어왔다. 모자를 가지러 올라간 신부가 너무 늦어진다는 생각에 프랭크가 위로 올라온 것이었다.

마침 그때는 존 딜레이니가 헬렌의 손에 작별의 키스를 남기고, 창문을 넘어 아프리카를 향해 가고 있는 순간이었다.

원한다면 이 장면에서 바이올린 소리를 배경으로 깔고 약간의 클라리넷과 첼로의 운율을 가미한 느린 템포의 음악을 삽입해도 좋을 것이다. 이 장면을 상상해 보라. 마음에 치명적인 상처를 입고 하얗게 질린 얼굴로 고래고래 소리를 지르는 프랭크와 그에게 달려가 매달리며 사정을 설명하려고 안간힘을 쓰는 헬렌. 전혀 아랑곳 않고 자신의 팔에 매달리는 그녀의 손목을 냉정히 내팽개치는 프랭크. 그는 한 번, 두 번, 세 번, 계속해서 그렇게 그녀를 밀쳐 낼 것이고(자세한 포즈는 무대 감독이 알아서 잘 지도해 줄 것이다.), 헬렌은 구석 바닥으로 밀려나 무릎을 감싸 안고 웅크려 앉아 흐느껴 울 것이다. 그가 소리친다. 절대 다시 그녀의 얼굴을 보는 일은 없을 거라고! 그러고는 갑작스런 소동에 어리둥절해 있는 하객들 사이를 비집고 집 밖으로 훌렁 나가 버린다.

그리고 이 일은 연극이 아니라 실제 일어난 사건이기 때문에, 다음 막이 오르기 전까지 20년이라는 긴 시간 동안 관객들은 다시 삶으로 돌아가 결혼도 하고, 죽기도 하고, 늙기도 하고, 부자가 되기도 하고, 가난해지기도 하고, 행복하거나 슬프기도 해야 할 것이다.

그동안 배리 부인은 가게와 건물을 상속받았다. 서른여덟 살이 되었지만 그녀는 여전히 여러 면에서 웬만한 열여덟 살짜리 어린 처녀들을 능가하는 아름다운 미모를 간직하고 있었다. 이제는 그 옛날 그녀의 결혼식 사건을 기억하는 사람들도 얼마 없었지만, 그녀는 굳이 그 일을 숨기려고 하지도 않았다. 라벤더 주머니나 좀약 뭉치 속에 싸서 옷장 구석에 깊이 처박아 두지도 않았지만, 그렇다고 잡지에 팔기 위해 대놓고 드러내지도 않았다.

어느 날 그녀의 가게에서 곧잘 법률 용지나 잉크를 사 가던 돈 잘 버는 한 중년 신사가 찾아와서 카운터를 사이에 두고 그녀에게 청혼했다.

"그런 말씀을 해 주시다니 정말 영광이에요."

헬렌이 상냥하게 대답했다.

"그러나 저는 20년 전에 다른 남자와 결혼한 몸이랍니다. 남편이 비록 남자답지 못하고 바보 멍청이처럼 행동했지만, 그래도 아직은 그 사람을 사랑하고 있는 것 같아요. 그 사람하고는 결혼식이 끝나고 한 30분 정도밖에 같이 있지 못했지만 말이에요. 그런데 필요하신 게 등사용 잉크인가요, 필기용 잉크인가요?"

변호사는 카운터 너머에서 옛날식으로 머리를 숙여 깍듯이 인사하고서 그녀의 손등에 정중한 키스를 남겼다. 헬렌은 한숨을 쉬었다. 아무리 로맨틱하다 해도 작별의 인사는 언제나 마음이 편치 않은 법이다. 서른여덟 살이 되었어도 그녀는 여전히 아름답고 남자들의 눈길을 끌었지만, 접근해 오는 남자들에게 그녀가 줄 수 있는 것은 결국 작별 인사뿐이었다. 그나마 이번에는 단골손님까지도 덩달아 잃게 되었으니 더욱 속이 상할 수밖에 없었다.

장사는 갈수록 더욱 시들해졌고, 그녀는 결국 방을 세놓기 위해 광고를 내걸었다. 괜찮은 세입자를 골라 3층에 있는 큰 방 두 개를 세 주기로 한 것이었다. 방을 구하러 왔다가 주인의 마음에 차지 않아 어쩔 수 없이 아쉬워하면서 돌아간 사람도 많았다. 그만큼 배리 부인의 집은 깔끔하고 편안해서 살기 좋은 곳이었다.

어느 날 라몬티라는 이름의 바이올리니스트가 찾아와 윗방 하나에 세를 들었다. 민감한 귀의 소유자인 그가 시 외곽에 있는 집에 살다 너무 시끄러운 주변 소음 때문에 괴로워하자, 한 친구가 조용한 사막의 오아시스 같은 그 집에 가 보라고 일러 준 것이었다.

라몬티는 짙은 눈썹이 인상적이었으며, 아직은 앳된 얼굴에 약간은 어색해 보이는 짧은 갈색 수염을 기르고 있었고, 예술가적인 기질을 드러내는 명랑하고 쾌활한 성격으로 호감 가는 타입이었다. 즉 애빙던 광장에 있는 오래된 헬렌의 집에서 반길 만한 세입자였다.

헬렌은 가게 바로 위층에 살았다. 그곳의 구조는 조금 특이했는데, 입구 안쪽으로 정사각형 형태의 공간이 넓직하게 있었다. 그 공간의 양쪽 끝에는 위층으로 향하는 열린 계단이 나 있었다.

헬렌은 그곳에 책상을 두고 사무를 보았으며, 저녁에는 따뜻한 불이 지펴진 벽난로 앞에 앉아서 뜨개질도 하고 책을 읽기도 했다. 라몬티도 그 공간을 매우 마음에 들어 하며 그곳에서 많은 시간을 보냈다. 그러면서 자신이 예전에 사사받은 까다로운 성격의 유명 바이올리니스트나 그 당시 파리가 얼마나 근사했는지 배리 부인에게 이야기해 주곤 했다.

두 번째 세입자로 들어온 사람은 40대 초반의 나이에 신비로운 갈색 수염을 기르고 호소하는 듯한 간절한 눈빛에 우울한 분위기를 가진 잘생긴 남자였다. 그도 역시 헬렌과 시간을 함께 보내는 것을 무척 좋아했으며, 로미오의 눈빛과 오셀로의 혀를 가지고 먼 이방의 이야기를 들려주며 그녀를 매료시켰고, 알 듯 모를 듯 우회적인 말로 그녀의 호기심을 자극했다.

처음 만났을 때부터 헬렌은 이상하게 그 남자와 함께 있으면 알 수 없는 끌림을 느꼈다. 그의 목소리는 어딘지 모르게 그녀를 젊었을 적 로맨틱한 날들로 다시 돌아간 것처럼 느껴지게 만들었다. 그 느낌은 알게 모르게 조금씩 계속 커져 갔고, 결국 그녀는 그 남자가 옛날 자신의 연애사에 큰 부분을 차지했던 사람이라고 본능적으로 믿게 되었다. 그리고 나서 (여자들이 때때로 잘 그러듯)일반적인 삼단 논법이나 논리를 넘어선 여자 특유의 직관을 발판 삼아, 그 남자가 돌아온 자신의 남편이라고 확신하게 되었다. 그 이유는 그녀가 그의 눈에서 여자라면 결코 놓치고 넘어갈 수 없는 자신에 대한 간절한 사랑을 읽을 수 있었기 때문이었다. 또한 그 눈빛에는 수많은 후회와 회한이 가득 차 있었고,

자칫하면 사랑으로 착각할 수 있게 하는 동정과 연민의 감정을 불러일으켰다.

그러나 그녀는 아무런 내색도 하지 않았다. 20년이나 되는 세월을 돌고 돌아 자기 앞에 나타난 사람이라면, 아무리 남편이라 해도 자기 집에 그의 슬리퍼가 편한 자리에 놓여 있기를 바라거나 담뱃불을 붙일 성냥이 준비되어 있길 바랄 자격이 없다고 생각했기 때문이었다. 그러기 전에 당연히 속죄의 말이나 해명의 순간, 아니면 적어도 자신이 쓴소리할 기회 정도는 있어야 했다. 그렇게 어느 정도 괴로운 시간을 보내게 한 후 그 모습에서 사죄하는 기운이 충분히 느껴진다면, 어쩌면 그때는 그에게 마침내 왕관과 하프를 맡겨도 될지 모른다고 생각했다. 그래서 그녀는 뭔가 알고 있다거나 짐작하고 있다는 내색을 전혀 내비치지 않았다.

그런데 내 기자 친구가 이 부분에서 웃긴 점을 전혀 찾지 못했다는 말이다! 이런 유쾌하고 어이없으며 우스꽝스러운 일로 재미있는 콩트를 쓰라는 임무를 받았는데, 어째서…… 그러나 더 이상 내 친구를 헐뜯는 말은 하지 않겠다. 대신 이야기를 계속해 나가도록 하겠다.

어느 날 밤 라몬티가 헬렌의 사무실 겸 거실에 들러, 황홀한 사랑에 빠진 예술가의 열정과 다정함으로 그녀를 향한 자신의 사랑을 고백했다. 그 고백의 말은 몽상가와 실천가가 함께 살고 있는 남자의 가슴속에서 활활 피어난 신성하고 밝은 불꽃 같았다.

"그러나 당신의 대답을 듣기 전에 제가 먼저 고백해야 할 것이 있습니다."

헬렌이 그의 너무도 갑작스러운 사랑 고백에 대꾸도 하기 전에 그가 선수를 치며 말했다.

"'라몬티'라는 이름은 내가 당신에게 줄 수 있는 유일한 이름입니다. 이 이름은 내 매니저가 지어준 것으로, 나는 내가 누구인지 내 고향이 어디인지도 전혀 모른답니다. 내가 떠올릴 수 있는 최초의 기억은 어느 날 병원에서 눈을 떴을 때였어요. 그때 나는 젊은 청년이었는데, 몇 주일씩이나 의식을 잃고 쓰러져 있었다고 했습니다. 그 전에 내 삶이 어땠는지에 대해서는 전혀 기억이 없어요. 듣기로는 내가 머리에 부상을 입고 길에 쓰러져 있다가 구급차에 실려 왔다고 하더군요. 병원에서는 내가 넘어져서 돌에 머리를 부딪치는 바람에 그렇게 되었다고 추정했습니다. 그때 난 내 신원을 밝혀 줄 만한 것을 하나도 소지하고 있지 않았다더군요. 그 뒤로도 저는 아무런 기억을 되찾지 못했답니다. 병원에서 퇴원을 하고 나서 바이올린을 배우기 시작했고, 그 뒤로 나름 성공을 거두게 되었답니다. 배리 부인, 제가 당신에 대해 알고 있는 것은 당신의 이름밖에 없지만 나는 당신을 사랑합니다. 당신을 처음 본 순간 저는 깨달았습니다. 당신이야말로 이 세상에 유일한 제 여인이라는 것을요. 그리고……."

그는 계속해서 이런 종류의 고백을 이어나갔다.

헬렌은 다시 어린 시절로 돌아간 기분이었다. 처음에는 우쭐한 자긍심으로 시작되어서 차츰 허영의 작고 달콤한 전율이 온 몸을 휩쓸었다. 그리고 라몬티의 눈을 들여다보았을 때 마구 떨리는 심장을 느낄 수 있었다. 전혀 예기치 못한 감정이었기에 그녀 자신도 속으로 매우 놀라고 있었다. 미처 깨닫지 못한 사이에 그 음악가가 그녀의 인생에서 커다란 비중을 차지하고 있었던 것이다.

"라몬티 씨."

그녀는 슬픈 목소리로 말했다.(여기서 기억할 것은 이것이 무대 위의 장면이 아니라 애빙던 광장 근처에 있는 낡은 집에서 실제로 일어난 일이라는 것이다.)

"정말 미안하지만, 저는 결혼한 여자예요."

그리고 헬렌은 무대 위의 여주인공이 으레 하는 것처럼 그에게 자신의 인생에 얽힌 슬픈 사연을 털어놓았다.

라몬티는 그녀의 손을 잡고 고개 숙여 키스를 하고는 자신의 방으로 돌아갔다.

헬렌은 우두커니 앉아 망연자실한 표정으로 자신의 손을 바라보았다. 그도 그럴 수밖에 없는 것이 벌써 세 명이나 되는 청혼자가 그 손에 키스했지만, 하나같이 결국은 모두 적토마를 타고 떠나 버리지 않았던가.

한 시간 후 그 알 수 없는 신비로운 눈빛을 한 신원 불명의 세입자가 들어왔다. 헬렌은 흔들의자에 앉아 털실로 별로 필요하지도 않은 무언가를 뜨고 있었다. 그는 계단을 뛰어올라 와서 뭔가 할 말이 있는 기색으로 그녀 앞에 멈추어 섰다. 그리고 테이블 맞은편 의자에 앉아 사랑 고백을 늘어놓기 시작했다. 그러더니 갑자기 말했다.

"헬렌, 나를 정말 기억 못 하는 것이오? 나는 당신의 눈빛을 보고 이미 당신이 알고 있다고 생각했는데 말이오. 제발 과거의 나를 용서하고 20년 동안 지켜온 나의 사랑만 기억해 줄 수는 없겠소? 내가 정말 큰 잘못을 저질렀다는 것은 알고 있소. 그래서 쉽사리 돌아오지 못했던 것이고……."

헬렌이 자리에서 벌떡 일어섰다. 그 신비로운 눈빛의 남자가 헬렌의 손을 세게 움켜잡았다. 헬렌은 그 자리에 꼼짝 않고 서 있었다. 정말이지, 그런 멋있는 장면과 그녀의 고통스러운 마음을 무대 위에서 표현할 기회가 없다니 참으로 안타까운 일이다.

사실 그녀의 마음은 둘로 나뉘어져 있었다. 그 옛날 신랑을 향한 도저히 잊을 수 없는 순수한 사랑은 아직까지도 마음속에 분명히 자리 잡고 있었으며, 자신이 처음으로 선택했던 그 사랑은 소중하고 명예로운 기억으로 그녀의 영혼 절반을 채우고 있었다. 그녀의 마음은 그 순수한 감정으로 기울었다. 명예와 믿음, 그리고 달콤하고 변치 않는 사랑의 감정이 그녀를 붙잡았다. 반면에 그녀 마음의 또 다른 절반을 채우고 있는 것은 새로운 사랑이었다. 그것은 보다 더 충실하고 더욱더 강렬한 현재의 감정이었다. 헬렌의 마음속에서는 그렇게 예전의 감정과 새로운 감정이 서로 대립하고 있었다.

그리고 그녀가 망설이는 사이 위층 방에서 애틋하고 마음을 아리게 하는 바이올린의 아름다운 선율이 들려왔다. 음악이라는 마녀는 가장 고귀한 신분을 가진 사람의 단단한 마음도 움직이

는 법이다. 까마귀가 와서 소매 자락을 쪼아 댄다면 아무런 부상
도 입지 않겠지만, 누구든 심장이 고막에 있는 사람이라면 음악
이 굉장히 치명적일 수 있다.

그런 음악과 음악가가 위에서 그녀를 부르고 있었다. 그러나
동시에 그녀 옆에 서 있는 명예와 옛 사랑이 그녀를 붙잡았다.

"나를 용서해 주시오."

그가 간절히 애원했다.

"당신이 그렇게 사랑한다고 하는 사람과 20년을 떨어져 있었
는데, 그건 너무 긴 시간이 아니었던가요?"

그녀가 원망스러운 듯이 물었다.

"당신에게 어떻게 설명을 해야 할까? 이제 당신에게 아무것
도 숨기지 않겠소. 그날 밤 그가 떠났을 때 나는 그 뒤를 따라
갔소. 질투로 미칠 것만 같았지. 결국 캄캄한 길에서 그를 덮치
고야 말았소. 그런데 그가 일어나지 않더군. 그를 자세히 살펴
보았소. 돌에 머리를 부딪친 것 같았지. 그렇지만 나는 절대 그
를 죽일 의도가 없었소. 다만 사랑과 질투로 정신이 나간 상태였
지. 나는 근처에 숨어서 구급차가 그를 데려가는 것을 보고 떠났
소. 비록 헬렌, 당신이 그와 결혼하긴 했지만……."

"당신은 대체 누구죠?"

헬렌이 눈을 커다랗게 뜨고 그의 손을 뿌리치면서 소리쳤다.

"헬렌, 나를 기억하지 못하는 거요? 늘 당신을 누구보다 사랑
해온 나를? 나는 존 딜레이니오. 당신이 나를 용서해 주기만 한
다면……."

그러나 이미 그녀는 그 자리에 없었다. 그녀는 뛰면서, 뒤뚱거리면서, 서둘러 계단을 올라 음악을 향해, 그리고 모든 기억을 잃었지만 첫 번째 인생에 이어 두 번째 인생에서도 그녀를 알아본 그 남자에게 전속력으로 달려가고 있었다. 계단을 올라가는 내내 그녀는 흐느껴 울면서 외쳤다.

"프랭크! 프랭크! 프랭크!"

그렇게 그 세 사람은 세 개의 당구공처럼 세월에 농락당해 왔던 것이다. 그런데 정녕 내 기자 친구는 그 속에서 우스운 점을 하나도 발견할 수 없었다는 말인가!

물레방아가 있는 교회

레이크랜즈라는 마을은 잘나가는 여름 휴가지를 소개하는 안내서에 실릴 만한 곳은 아니다. 그곳은 클린치 강의 어느 작은 지류와 컴벌랜드 산맥의 나지막한 해각에 위치해 있다. 엄밀히 말해 레이크랜즈는 외로이 뻗은 좁다란 기찻길 주위로 스무 채 남짓한 집이 모여 있는 마을을 말한다. 그곳의 지형을 얼핏 보면 기찻길이 소나무 숲에서 길을 잃고 나서 무섭고 외로운 나머지 레이크랜즈로 도망쳐 간 것인지, 아니면 반대로 길을 잃은 레이크랜즈가 자기를 집까지 데려다 줄 열차를 기다리며 기찻길에 찾아와 자리를 잡은 것인지 헷갈리기도 한다.

그러고 보면 그곳의 이름이 어쩌다 레이크랜즈가 되었는지 의아하게 느껴질 만도 하겠다. 마을 주위에 호수가 있는 것도 아니고, 눈에 띌 만한 넓은 평지도 없기 때문이다.

마을 중심부로부터 한 1킬로미터쯤 떨어진 곳에 이글하우스라는 곳이 있다. 그곳은 조사이어 랭킨이라는 주인이 운영하는 크고 넓은 저택으로, 산 공기를 찾아오는 방문객들이 비싸지 않은 금액으로 묵을 수 있는 곳이다. 이글하우스는 철저한 관리 하에 운영되는 곳은 아니지만, 그렇기 때문에 더욱 기분 좋게 묵을 수 있는 곳이다. 현대식으로 개조되지 않은 예스러운 느낌이 물씬 풍기는 인테리어를 비롯해, 적당히 어질러져 있는 쾌적하고 편한 분위기는 마치 자기 집에 와 있는 듯한 느낌이 들게 한다. 그러나 객실만큼은 깔끔하게 정리되어 있으며 맛있는 음식도 풍족하게 준비되어 있다. 그 나머지는 손님 자신과 솔밭의 몫이다. 자연은 약수터와 포도 덩굴, 크로케 놀이터, 그리고 훌륭한 투구장도 제공해 주었다. 심지어 크로케의 삼주문도 나무로 되어 있었다. 굳이 인공적인 즐거움이 필요하다면 딱 하나, 일주일에 두 번씩 오래된 마을 술집에서 열리는 바이올린과 기타 연주회에 참석하는 정도면 충분하다.

　이글하우스를 찾는 단골손님들은 단지 휴가를 즐기려고 온다기보다는 휴식이 반드시 필요해서 오는 사람들이 많다. 일 년 동안 별 탈 없이 돌아가기 위해서 2주 정도는 반드시 태엽을 감아주어야 하는 시계처럼 늘 바쁘게 움직이는 사람들 말이다. 가끔은 시내에서 학교를 다니는 학생들이 찾아오기도 했으며, 어떨 땐 예술가들이, 혹은 근처 산들의 지층 구조를 알아내는 데 모든 관심이 쏠려 있는 지질학자가 찾아오기도 했다. 그런가 하면 종종 가족들이 와서 조용하게 여름을 나기도 했으며, 레이크랜즈 주민들에게 '여교사'라는 별명으로 통하는 인내심 많은 여성공동

체 회원들이 한두 명 찾아와 그동안 쌓인 피로를 풀고 가기도 했다.

만약 이글하우스에서 손님들을 위해 소책자를 낸다면 '주변에 가 볼 만한 곳'으로 소개할 만한 한 건물이 그곳으로부터 400미터 정도 떨어진 곳에 있다. 그 건물은 더 이상 사용되지 않는 매우 오래된 물레방앗간이다. 조사이어 랭킨의 말에 따르면 그곳은 매우 오래된 '미국에서 유일하게 상사식 물레방아*가 있는 교회이자, 세계에서 유일하게 음, 교회 의자와 파이프 오르간이 있는 물레방앗간'이었다. 이글하우스의 투숙객들은 매주 일요일마다 그 오래된 물레방앗간 교회에 가서 예배를 드렸고, 죄를 용서받은 기독교인을 고통과 경험이라는 맷돌에 갈려 쓸모 있는 밀가루가 된 것에 비유하는 목사님의 설교를 들었다.

에이브럼 스트롱은 매년 가을이 시작될 때면 어김없이 이글하우스를 찾아오는 손님이었다. 그곳에서 지내는 동안 그는 항상 다른 투숙객들에게 존경과 사랑을 받았으며, 레이크랜즈 주민들에게는 '에이브럼 신부님'이라는 별명으로 불렸다. 머리가 새하얗게 센 데다가 강인하면서도 사람 좋아 보이는 발그레한 얼굴을 하고, 항상 호탕하고 시원하게 웃으며, 늘 챙이 넓은 모자를 쓰고 검은 옷을 입고 다니는 모습이 영락없는 신부님이었기 때문이다. 그곳에 처음 오는 손님들도 그를 알고 나서 한 삼

---

*상사식(上射式) 물레방아 : 위쪽에서 물을 부어 방아를 작동시키는 방식의 구식 물레방아.

사 일만 지나면 그와 비슷한 별명을 붙여 주곤 했다.

에이브럼 신부는 레이크랜즈에서 한참 떨어진 북서쪽에 있는 번잡한 대도시에 살았는데, 그곳에서 제분소를 운영했다. 그 제분소는 교회 의자나 오르간이 있는 앙증맞고 예쁜 물레방앗간 같은 곳이 아니라, 산만큼 거대하고 흉한 방아 기계 사이로 화물 열차가 개미집 주위를 도는 개미처럼 하루 종일 왔다 갔다 하며 작업을 하는 공장 같은 곳이었다. 자, 이제는 슬슬 에이브럼 신부와 현재는 교회가 된 옛 물레방앗간 이야기를 시작해야 할 것 같다. 그래야 이야기가 제대로 흘러갈 테니.

그 교회가 아직 방앗간이었던 시절, 그 방앗간 주인이 바로 스트롱 씨였다. 어디를 보아도 그때의 스트롱 씨만큼 기쁘고 행복하게 밀가루를 뒤집어쓰고 바쁘게 일하는 방아꾼은 찾아볼 수 없었다. 그는 방앗간 맞은편에 있는 작은 오두막집에 살았다. 비록 솜씨는 서툴렀지만 방앗삯을 싸게 받았기에 멀리 몇 킬로미터 너머 산골에 사는 사람들도 먼 길을 마다 않고 와서 그에게 곡식을 맡기곤 했다.

이 방앗간 주인의 삶의 기쁨이라면 바로 그의 어린 딸 아글레이어*였다. 정말이지 걸음마를 막 시작한 금발 아기에게 붙이기에는 참으로 거창하다고밖에 할 수 없는 이름이긴 했다. 그러나 시골 사람들은 원래 듣기에 낭랑하고 위엄 있는 이름을 좋아

---

*아글레이어 : 그리스 신화에 등장하는 아글라이아라는 여성을 연상케 하는 이름. 아글라이아는 '빛나는 여인'이라는 뜻임.

하는 법이다. 듣기로는 아이의 어머니가 책을 보다가 그 이름을 우연히 발견하고는 마음에 들어 지어 준 것이라고 한다. 그러나 아글레이어는 아주 어린 아기였을 적부터 그 이름으로 불리기를 거부하며, 평소에 자기를 '덤스'라는 이름으로 불러 달라고 우겼다. 방앗간 주인과 그 부인은 아글레이어가 대체 어디서 그런 이름을 찾아 왔는지 그 출처를 캐내려고 여러 차례 아이를 어르고 달래 보았지만 모두 허사였다. 결국 그들은 한 가지 결론을 내기에 이르렀다. 그들이 살던 오두막집 뒤편 작은 마당에 아이가 특히 좋아하며 애정을 쏟던 꽃이 있었는데, 그 꽃 이름이 로더덴드론이었다. 아마도 아이는 '덤스'라는 이름에서 자기가 가장 좋아하는 그 특이한 꽃 이름과 통하는 어떤 유사성을 발견했던 게 아닌가 하는 결론이었다.

아글레이어가 네 살이 되었을 때, 그 딸과 아버지 사이에는 매일 오후 되풀이되는 작은 의식이 하나 있었다. 그 일은 날씨가 허락하는 한 하루도 거르지 않고 계속되었다. 저녁 식사 준비가 끝나면 어머니는 늘 아이의 머리를 빗겨 주고 깨끗한 옷을 입혀 방앗간으로 아버지 마중을 보냈다. 그러면 아버지는 방앗간 문간에 나타난 딸을 보고서, 온몸에 하얗게 밀가루를 뒤집어쓴 채 문밖에 나와 반갑게 손을 흔들며 옛 방아꾼의 노래를 불러 주는 것이었다. 그 노래는 그 지방에 널리 알려졌던 민요로 가사는 다음과 같았다.

물레방아가 돌아가고,

곡식은 곱게 갈리고,

밀가루 범벅이 된 방아꾼은 흥이 절로 난다네.

귀여운 어린 딸을 생각하면,

방아꾼은 하루 종일 노래를 흥얼거리며

놀이하듯 일을 한다네.

그러면 아글레이어는 깔깔깔 웃으면서 아빠에게 달려가 이렇게 말했다.

"아빠, 아빠, 어서 와서 덤스를 집에 데려다 줘요."

그러면 주인은 딸을 덥석 끌어안아 목마를 태우고 방아꾼의 노래를 부르며 성큼성큼 걸어 집으로 저녁 식사를 하러 갔다. 매일 저녁마다 이 일은 늘 되풀이되었다.

그런데 어느 날, 네 살 생일을 맞은 지 일주일밖에 지나지 않았을 때 아글레이어가 사라져 버렸다. 오두막집 앞 길가에서 들꽃을 꺾고 있던 것이 아글레이어의 마지막 모습이었다. 그러고 있던 걸 본 지 얼마 되지 않아서, 아이가 너무 멀리 가서 길을 잃는 게 아닌가 걱정이 된 어머니가 나가 보았을 때 아이는 이미 사라지고 없었다.

당연한 말이지만 그들은 딸을 찾기 위해 온갖 노력을 아끼지 않았다. 이웃 사람들도 모여서 몇 킬로미터 근방에 걸쳐 숲이건 산이건 사방을 샅샅이 뒤지고 다녔다. 방앗간 내부도 구석구석 다 찾아보았고 냇가도 다 뒤졌으며, 멀리 댐 아래 부근까지 찾아보지 않은 곳이 없었다. 그러나 아이의 자취는 찾을 길이 없었다. 그 일이 있기 하루 이틀 전에 어느 떠돌이 가족이 근처 숲에 와서 야영을 했다는 사실이 밝혀지면서, 아마도 그들이 아이를 훔쳐간 것 같다는 말이 돌자 그 뒤를 쫓아가 그들의 마차도 수색해 보았지만 아이는 발견되지 않았다.

방앗간 주인은 그 후에도 거의 2년간을 그곳에서 살았다. 그 동안 딸을 찾을 수 있을 거란 희망은 서서히 사라져갔다. 그는 부인을 데리고 북서부 지방으로 이사를 갔다. 몇 년 후, 그는 그 지역에서도 가장 중요한 제분업 중심 도시에서 현대식 시설을 갖춘 제분소의 사장이 되었다. 그 사이 스트롱 부인은 아글레이어를 잃은 충격에서 끝내 회복하지 못하고, 이사한 지 2년 만에 이후로 감당해야 할 모든 슬픔을 남편에게 남겨 두고 세상을 떠났다.

에이브럼 스트롱은 사업에 성공하고 부유해진 뒤 레이크랜즈를 다시 방문해 예전의 물레방앗간을 찾았다. 그곳 풍경을 다시 보는 것 자체는 슬픈 일이었으나, 그는 강인한 사람이어서 겉으로는 늘 친절하고 쾌활한 모습을 잃지 않았다. 그때 문득 그에게 그 낡은 물레방앗간을 교회로 개조해야겠다는 생각이 들었다. 레이크랜즈는 워낙 가난한 동네라 마을 사람들에겐 교회를 지을 여력이 없었고, 근방 시골에 사는 사람들의 형편은 더 열악했다. 마을에서 적어도 30킬로미터 안에는 예배 드릴 곳이 없는 실정이었다.

물레방앗간 주인은 방앗간의 겉모습을 최대한 바꾸지 않고 그대로 유지했다. 커다란 상사식 물레방아도 그 자리에 그대로 놔두었다. 젊은이들이 교회에 오면 서서히 썩어가는 부드러운 나무 바퀴에 자신들의 이니셜을 새겨 두기도 했다. 방앗간에 달린 댐 일부가 부서지는 바람에 산골짜기의 맑은 냇물이 울퉁불퉁한 바위 바닥을 따라 물결을 일으키며 아래로 흘러내렸다. 외관과 달리 방앗간 내부는 크게 바뀌었다. 굴대나 맷돌, 벨트, 도르래는 물론 모두 깨끗이 치워졌다. 대신 중앙 통로를 사이에 두고 긴 의자가 두 줄로 가지런히 놓여졌고, 한쪽 끝에는 바닥보다 조금 높게 단상이 설치되고 그 위에는 설교대도 놓였다. 건물 양쪽 옆과 뒤쪽 삼면으로는 내부 계단으로 올라갈 수 있는 2층 좌석이 설치되었다. 그 2층에는 오르간도 설치되었는데 그것은 진짜 파이프 오르간으로, 점차 '옛 물레방앗간 교회' 교인들의 자부심이자 자랑거리가 되었다. 피비 서머스 양이 오르간 연주를 맡았고, 레이크랜즈의 남자아이들은 기꺼이 매주 예배 때마다 순서를 정해 오르간 펌프에 바람 넣어 주는 일을 맡았다. 베인브리지 목사님이 설교자로 초빙되었고, 그는 매 주일마다 하루도 빼먹지 않고 스쿼럴 갭이라는 곳에서 늙은 흰말을 타고 예배를 위해 달려왔다. 그리고 그 모든 비용은 에이브럼 스트롱이 부담했다. 그는 목사에게는 일 년에 500달러를, 피비 양에게는 200달러를 지급했다.

그렇게 옛 물레방앗간은 아글레이어를 추모하기 위해, 한때 아이가 살았던 마을의 축복을 기원하는 곳으로 개조되었다. 그 어린아이가 살았던 잠깐 동안의 생애가 칠십 평생을 산 많은 사람들의 삶보다 그 마을에 더 많은 업적을 이루고 간 셈이었다.

그러나 에이브럼 스트롱이 딸을 추모하기 위해 한 일은 이뿐만이 아니었다.

북서부 지방에 위치한 그의 제분소에서 나오는 밀가루 중 가장 단단하고 질 좋은 밀로 생산하는 밀가루의 이름을 바로 '아글레이어'라고 붙인 것이다. 그런데 오래지 않아 이 '아글레이어' 밀가루의 가격이 두 가지라는 사실이 사람들에게 알려졌다. 하나는 시장에서 최고가로 팔리는 가격이었고, 다른 하나는 말 그대로 '공짜'였다.

어디든지 재앙이 발생해 사람들이 곤궁에 빠지는 일이 있으면 그것이 화재이든, 홍수든, 태풍이든, 파업이든, 기근이든 다량의 '아글레이어'가 신속하게 그리고 '공짜'로 배달되었다. 밀가루의 제공 여부는 신중하고 정확한 과정을 통해 결정되었지만, 언제든 반드시 무상으로 제공되었고 곤경에 빠진 굶주린 주민들은 한 푼도 낼 필요가 없었다. 심지어는 이런 말까지 생겨날 정도였다. 도시의 가난한 구역에서 화재가 발생하면 현장에 가장 먼저 도착하는 것이 소방서장의 마차이고, 두 번째는 '아글레이어'이며, 그리고 난 다음에야 소방차들이 도착한다는 것이었다.

이것이 바로 에이브럼 스트롱이 아글레이어를 위해 진행한 또 다른 추모 사업이었다. 아마 시인이 이 이야기를 듣는다면, 너무 공리적인 주제여서 예술적으로 아름다운 부분을 찾지 못하겠다고 할지 모르겠다. 그러나 어떤 사람들에게는 이 행동이 너무 아름답고도 고귀한 일이어서, 사랑과 자선의 임무를 띠고 날아다니는 이 순수하고 새하얀 밀가루가 잃어버린 아이의 영혼

195

과 닮았다고 볼지도 모른다. 그 아이에 대한 추억을 한층 더 돋보이게 하는 것이 바로 그 밀가루이니 말이다.

그러다 컴벌랜드에 매우 심한 흉년이 들었다. 어디를 가도 수확된 곡식의 양은 매우 적었으며, 농사를 완전히 망친 곳도 많았다. 산사태로 많은 재산 피해를 입기도 했다. 심지어 숲 속에서조차도 사냥거리가 거의 사라져 버려 가족 부양이란 부담을 안고 갔던 사냥꾼들이 허탕을 치고 빈손으로 돌아가는 일이 허다했다. 그중에서도 레이크랜즈가 입은 타격은 특히 심했다.

에이브럼 스트롱은 이 소식을 듣자마자 즉각 명을 내렸고, 좁은 기찻길을 달려온 화물열차들이 속속 '아글레이어' 밀가루를 그곳에 내려놓기 시작했다. 에이브럼 스트롱이 내린 명령은 밀가루를 '옛 물레방앗간 교회' 2층 좌석에 쌓아 두고 예배에 참석하는 사람 누구나 집에 한 포대씩 가져가게 하라는 것이었다.

그로부터 2주 후, 에이브럼 스트롱은 올해도 어김없이 이글하우스를 찾아와 '에이브럼 신부님'이 되었다.

그해 가을 이글하우스에는 평소보다 투숙객이 적게 들었다. 그런데 그중에 로즈 체스터라는 젊은 여자가 있었다. 체스터 양은 애틀랜타에서 살았는데, 그곳의 한 백화점에서 일한다고 했다. 이번 여행은 그녀가 난생처음 보내는 휴가였다. 로즈가 일하는 백화점 지배인의 부인이 예전에 이글하우스에서 여름을 보낸 적이 있는데, 로즈를 특히 예뻐한 그 부인이 로즈에게 3주 휴가를 그곳에서 보내라고 권한 것이었다. 지배인 부인은 랭킨 부인 앞으로 편지까지 써 주었고, 랭킨 부인은 기꺼이 로즈를 반갑게 맞아 주며 특별히 신경 써서 보살펴 주었다.

체스터 양은 몸이 그다지 건강한 편이 아니었다. 그녀는 스무 살이 됐을까 말까 했는데 늘 실내에서만 생활해서인지 안색이 창백했고 몸은 연약했다. 그러나 레이크랜즈에서 지낸 지 채 1주일이 지나지 않아 그녀는 훨씬 밝고 명랑해졌으며 건강도 몰라볼 정도로 좋아졌다. 마침 그때는 컴벌랜드가 가장 아름다운 계절인 9월초 무렵이었다. 가을 산의 나뭇잎은 하루가 다르게 붉게 물들어갔고 공기는 샴페인처럼 달콤했으며 밤공기는 이글하우스의 따뜻한 담요 밑으로 기분 좋게 파고들고 싶게끔 적당히 서늘했다.

에이브럼 신부와 체스터 양은 금세 친한 벗이 되었다. 옛 방아꾼은 랭킨 부인에게 그녀에 대한 이야기를 들은 순간부터, 자신의 길을 홀로 개척해가는 그 가냘프고 외로워 보이는 아가씨에게 마음이 끌렸다.

체스터 양은 이런 산골 마을이 처음이었다. 오랫동안 평지에 있는 따뜻한 애틀랜타 시내에서만 살아온 그녀는 다양하고 장엄한 자연을 지닌 컴벌랜드가 마음에 쏙 들었다. 그녀는 그곳에 묵는 매 순간을 최대한 즐기리라 굳게 마음을 먹었다. 그리고 얼마 되지 않는 돈으로 어찌나 예산을 세세히 짰는지, 휴가가 끝나고 직장에 복귀할 때에 남아 있을 돈이 얼마나 적을지 동전 한 푼까지 정확히 계산하고 있었다.

체스터 양이 에이브럼 신부를 친구이자 동행으로 두게 된 것은 틀림없는 행운이었다. 그는 레이크랜즈 부근의 길을 샅샅이

다 알고 있었고, 산의 경사면이나 정상에 대해서도 빠삭했다. 체스터 양은 그를 통해 소나무 숲의 그늘지고 서늘하며 경사진 오솔길을 걷는 일이 얼마나 고즈넉하고 유쾌한 일인지 알게 되었고, 험준한 바위산의 위엄도, 수정처럼 맑고 상쾌한 아침 공기도, 꿈을 꾸듯 신비로운 슬픔으로 가득한 황금빛 해질녘 풍경에 대해서도 알게 되었다. 그만큼 그녀의 건강도 날로 호전되었으며 마음도 한결 가벼워졌다. 체스터 양이 웃는 모습은 에이브럼 신부의 따뜻하고 다정한 미소에 여성적인 모습만 더해진 것처럼 많이 닮아 있었다. 둘은 모두 타고난 낙천주의자였으며, 어떻게 하면 세상 사람들을 평화로우면서도 발랄한 얼굴로 대할 수 있는지 잘 알고 있었다.

어느 날, 체스터 양이 다른 투숙객에게서 에이브럼 신부의 잃어버린 딸 이야기를 듣게 되었다. 그녀는 신부를 찾아 서둘러 밖으로 나갔다. 옛 방앗간 주인은 자기가 가장 좋아하는 약수터 옆 녹슨 벤치에 앉아 있었다. 그런데 별안간 그의 어린 친구가 다가와서 부드럽게 자신의 손을 잡고는 눈물을 가득 머금은 눈으로 자신을 쳐다보는 것이었다. 그는 깜짝 놀라 체스터 양을 바라보았다.

"아, 에이브럼 신부님. 어쩌면 좋아요! 오늘에서야 신부님의 잃어버린 따님 이야기를 알게 되었어요. 그렇지만 언젠가는 꼭 따님을 찾으실 수 있을 거예요. 오, 정말이지 그러시길 바라요."

방앗간 주인은 즉시 밝은 미소를 지으며 그녀를 내려다보았다.

"고마워요, 로즈 양."

그가 평소의 밝고 쾌활한 말투로 말했다.

"그러나 나는 이제 아글레이어를 찾을 수 있을 거란 기대를 버렸어요. 처음 몇 년 동안은 나도 아글레이어가 떠돌아다니는 부랑자들한테 납치되어서 어디에라도 살아 있기만을 바랐었지요. 그러나 그 희망도 이제는 사라졌어요. 내 생각에, 아마도 그 애는 물에 빠져 죽은 것 같아요."

"네, 저도 이해할 수 있을 것 같아요. 그런 끔찍한 생각을 하면서 그동안 얼마나 힘드셨을까요. 그런데도 이토록 기운을 잃지 않으시고 언제나 밝은 모습으로 오히려 다른 어려운 사람들을 도와주려 하시다니요. 정말 훌륭하세요, 에이브럼 신부님."

체스터 양이 말했다.

"로즈 양이야말로 훌륭하지요."

방앗간 주인이 미소를 지으며 체스터 양의 말투를 흉내 내어 말했다.

"로즈 양만큼 이렇게 다른 사람을 생각해 주는 사람이 또 있겠어요?"

그때 갑자기 체스터 양의 머리에 엉뚱한 생각이 떠올랐다.

"아, 에이브럼 신부님! 만약 제가 신부님의 딸인 걸로 밝혀진다면 정말 멋지지 않을까요? 낭만적이지 않아요? 그런데 그렇게 된다면, 신부님은 제가 따님으로 괜찮으시겠어요?"

"그렇고말고요. 아글레이어가 살아 있어서 아가씨 같이 훌륭한 숙녀로만 자라났다면 나는 더 이상 바랄 게 없을 거예요. 어쩌면 로즈 양이 진짜 아글레이어일지도……."

방앗간 주인이 진심 어린 말투로 답했다. 그러고는 조금 있다가 체스터 양의 장난기 어린 말투를 따라 하며 물었다.

"우리가 물레방앗간에 살았던 때가 기억나지 않나요?"

그러자 체스터 양은 골똘히 무슨 생각에 잠긴 것처럼 눈을 커다랗게 뜨고서 멀리 있는 무언가를 응시하기 시작했다. 에이브럼 신부는 그녀가 갑자기 심각해지는 모습을 보고 재미있어 했다. 체스터 양은 한참을 더 그렇게 앉아 있다가 마침내 입을 열었다.

"아니요."

체스터 양이 그렇게 말하고 길게 한숨을 내쉬었다.

"물레방앗간에 대해서는 아무것도 기억이 나질 않네요. 신부님의 그 작은 교회를 보기 전까지는 밀가루를 빻는 물레방아라는 것을 본 적도 없거든요. 제가 만약 정말 신부님의 딸이었다면 그런 건 기억이 나겠죠? 그렇지 않아요? 정말 유감이에요, 에이브럼 신부님."

"나도 그래요."

에이브럼 신부가 그녀를 달래듯 말했다.

"그렇지만 로즈 양, 내 딸이었던 건 기억 못 한다 해도 어쨌든 다른 누군가의 딸이었던 건 기억할 수 있잖아요? 물론 부모님은 기억하겠죠?"

"아, 그럼요. 매우 잘 기억하고말고요. 특히 제 아버지는요. 제 아버지는 조금도 신부님과 닮지 않았어요, 에이브럼 신부님. 아이, 저는 그냥 장난으로 한번 얘기해 본 거예요. 자, 신부님,

이제 휴식은 충분히 취하셨죠? 오늘 오후에 저를 송어가 뛰노는 물가에 데려가 주신다고 약속하셨잖아요. 전 아직까지 송어를 한 번도 본 적이 없답니다."

어느 늦은 오후, 에이브럼 신부가 오래된 방앗간을 찾아 혼자서 길을 나섰다. 그는 종종 그곳에 앉아 맞은편 오두막집에서 살았던 옛 시절을 회상하곤 했다. 시간이 꽤 흐른 만큼 슬픔도 많이 무디어져서 더 이상은 그때를 생각하는 것이 그렇게 고통스럽지만은 않았다. 그렇다고는 해도 9월의 우울한 오후에, 에이브럼 스트롱이 밖에 나와서 그 옛날 '덤스'가 노란 곱슬머리를 휘날리며 매일 달려왔던 그 자리에 앉아 있을 때면, 그의 얼굴에서 다른 때와 같은 미소는 찾아 볼 수 없었다.

방앗간 주인은 느린 걸음으로 구불구불하고 경사진 길을 따라 올라갔다. 길 가장자리 나무들이 너무도 무성하게 자라 있어서 그는 모자를 머리에 쓰는 대신 그냥 손에 들고 나무 그늘 밑으로 걸어갔다. 오른편으로는 다람쥐들이 낡은 철길 담장 위를 신 나게 놀며 뛰어다녔고, 밀밭 그루터기에서는 메추라기들이 새끼를 부르고 있었다. 나지막하게 기운 해는 서쪽에 펼쳐진 산골짜기 부근을 온통 연한 황금빛으로 물들였다. 그야말로 9월 초순의 풍경이었다. 그리고 며칠만 있으면 아글레이어가 사라진 바로 그날이 다가오고 있었다.

담쟁이 덩굴에 반쯤 뒤덮인 낡은 상사식 물레방아 바퀴가 나무들 사이로 비치는 따스한 햇볕을 받아 군데군데 그늘져 있었다. 길 맞은편의 오두막집은 아직까지 버티고 있긴 했으나, 다음 겨울에 거센 찬바람이 불어오면 필시 무너져 버릴 것 같아 보였다. 그 집은 나팔꽃과 야생 박 덩굴로 가득 덮여 있었으며, 현관문은 경첩 하나에 아슬아슬하게 매달려 있었다.

에이브럼 신부는 방앗간 문을 열고 조용히 안으로 들어섰다. 그리고 조금 놀라 멈칫했다. 어디서 누군가가 서글프게 흐느껴 우는 소리가 들렸기 때문이다. 주위를 살펴보니 체스터 양이 어두컴컴한 교회 의자에 앉아 어떤 편지를 들고 그 위에 머리를 파묻은 채 울고 있었다.

에이브럼 신부는 다가가서 한 손을 뻗어 그녀의 손을 꼭 잡아 주었다. 체스터 양이 고개를 들고 나직이 그의 이름을 부르고는 계속 무슨 얘기를 하려고 했다.

"아직요, 로즈 양. 아직은 아무 말도 하지 말아요. 마음이 슬플 때는 조용히 실컷 우는 것만큼 좋은 것도 없어요."

방앗간 주인이 다정하게 말했다.

그는 슬픔을 너무도 많이 겪어 본 나머지 다른 사람들의 슬픔을 쫓아주는 데 도통한 마법사가 된 것 같았다. 체스터 양의 흐느끼는 소리가 점차 잦아들었다. 그녀는 작은 손수건을 꺼내어 에이브럼 신부의 커다란 손등에 한두 방울 떨어진 자신의 눈물을 손수 닦아 주었다. 그러고는 아직도 눈물이 그렁그렁한 눈을 하고 그를 보며 미소를 지었다. 에이브럼 신부가 자신의 슬픔 속에서도 웃을 수 있는 것처럼, 체스터 양도 언제나 눈물이 채 마르기 전에 웃을 수 있는 사람이었다. 그런 면에서 그 둘은 매우 닮아 있었다.

방앗간 주인은 그녀에게 어떤 질문도 하지 않았다. 그러나 차츰 체스터 양이 자신의 이야기를 꺼내기 시작했다. 그건 젊은 사람들에게는 매우 간절하고 큰일처럼 여겨지지만, 나이 든 사람들에게는 회상의 미소를 안겨 주는 오래되고 흔한 이야기였다. 짐작할 수 있듯 연애에 관한 이야기였다. 애틀랜타에 품위 있고 훌륭한 젊은 남자가 하나 있었는데, 그 남자도 애틀랜타 안에서는 물론이고 그린란드부터 파타고니아까지 다 뒤져도 체스터 양만큼 훌륭한 여자가 없다는 사실을 잘 알고 있었다. 체스터 양은 에이브럼 신부에게 자신을 울게 만든 그 남자의 편지를 보여 주었다. 그것은 남자다우면서 약간 다급한 말투로 쓴 애정 어린 편지로, 품위 있고 훌륭한 성품을 지닌 젊은 남자에 어울리는 말투로 쓴 전형적인 연애편지였다. 그는 편지로 체스터 양에게 당장 결혼해 달라고 청혼을 했다. 그러면서 그녀가 3주 동안 휴가를 떠나느라 곁에 없어진 후부터 삶이 견디기 힘들 정도로 괴롭다고 말했다. 그는 즉시 답을 해 달라고 호소하며, 만약 '좋아요.'라고 대답해 준다면 좁은 기찻길도 마다 않고 단번에 레이크랜즈로 날아가겠다고 약속했다.

　"그런데 여기서 문제가 되는 부분이 뭔가요?"

　방앗간 주인이 편지를 다 읽고 나서 물었다.

　"저는 그 사람과 결혼할 수 없거든요."

　체스터 양이 대답했다.

　"로즈 양은 결혼을 하고 싶은데 말이에요?"

　에이브럼 신부가 물었다.

"오, 네. 저는 그 사람을 사랑해요. 하지만……."

체스터 양이 대답을 하면서 다시 고개를 숙이고 흐느껴 울기 시작했다.

"자, 로즈 양. 내게는 말해도 돼요. 아무것도 묻지 않을게요. 그렇지만 걱정 말고 믿어도 된답니다."

방앗간 주인이 말했다.

"저도 신부님을 믿어요. 저기, 제가 랠프의 청혼을 왜 거절해야 하는지 말씀 드릴게요. 저는 사실 보잘것없는 여자거든요. 저에게는 제대로 된 이름도 없어요. 제가 말씀드린 이름은 제가 지어낸 거예요. 그런데 랠프는 좋은 집안 출신이거든요. 저는 그이를 진심으로 사랑하지만 절대 그의 부인이 될 수는 없어요."

"그게 대체 무슨 말이에요?"

에이브럼 신부가 물었다.

"전에 분명 로즈 양이 부모님을 알고 있다고 했잖아요. 그런데 왜 이름이 없다는 거지요? 저는 도무지 이해가 안 되네요."

"아, 물론 기억은 해요. 너무도 잘 기억하는걸요. 처음으로 기억하는 건 어디 멀리 남쪽 지방에 살던 때예요. 저희는 항상 여기저기 여러 주와 마을로 이사를 다녔거든요. 저는 목화도 따고 공장에서 일도 해야 했는데, 그래도 음식과 옷이 부족할 때가 많았어요. 어머니는 저한테 잘해 주실 때도 가끔 있었는데, 아버지는 늘 저를 냉정하게 대하셨고 어떨 땐 때리기도 하셨어요. 제가 생각하기에 그분들은 둘 다 게을렀고, 한 곳에 오래 눌러

204

살지 못했던 것 같아요.

그런데 어느 날 밤, 우리가 애틀랜타 근처 강 옆에 있는 작은 마을에 살 때였어요. 그분들이 크게 싸운 적이 있었거든요. 두 분이 서로 막 험한 말을 하며 싸우는 중에 우연히 듣게 되었어요. 오, 에이브럼 신부님, 저는 이 세상에 존재할 권리도 없는 사람이었던 거예요. 이해하시겠어요? 저는 누구에게서 태어났는지도 모르고 이름도 없는 고아였어요.

저는 그날 밤 도망쳐 나왔어요. 그 길로 애틀랜타까지 걸어가서 일을 구했죠. 그리고 제 자신에게 로즈 체스터란 이름을 지어 주고, 그때부터 죽 스스로 벌어서 지금껏 살아왔어요. 이제 아시겠죠? 제가 왜 랠프랑 결혼을 할 수 없는지요. 그리고 아, 저는 그이에게 절대 그 이유를 말할 수 없어요."

그 어떤 동정보다 낫고 어떤 연민보다 마음의 힘이 되는 것은, 바로 에이브럼 신부가 그녀의 문제를 별로 대수롭지 않게 여겼다는 사실이었다.

"아니, 이런, 이런! 그게 다예요? 저런, 난 또 뭐라고! 무슨 큰 문제라도 있는 줄 알았잖아요. 만약 이 완벽한 친구가 제대로 된 남자라면 로즈 양의 가족사 같은 것은 눈곱만큼도 신경 쓰지 않을 거예요. 로즈 양, 내 말을 믿어요. 그 친구가 사랑하는 사람은 로즈 양 자신이에요. 나에게 얘기한 것처럼 그에게도 솔직하게 말해요. 그러면 내가 장담컨대 그 남자는 로즈 양의 고민을 별것 아닌 것으로 웃어넘기고 로즈 양을 오히려 더욱더 아껴 줄 거예요."

"아니요. 저는 절대 말할 수 없어요. 그리고 그이뿐만 아니라 누구하고도 결혼하지 않을 거예요. 저한테는 그럴 권리가 없어요."

체스터 양이 슬픈 목소리로 말했다.

그때 햇빛이 비치는 길 위로 기다란 그림자가 다가오는 것이 보였다. 그 옆에는 짧은 그림자가 붙어 따라왔다. 그리고 곧 교회 쪽으로 걸어오는 두 사람의 모습이 보였다. 긴 그림자는 교회의 오르간 연주자인 피비 서머스 양으로, 오르간 연습을 하러 오는 길이었다. 그리고 그 옆의 짧은 그림자는 열두 살 된 남자아이 토미 티그로였다. 오늘은 피비 양의 오르간 연습 시간에 토미가 펌프질을 해 줄 차례였는지, 맨발로 길바닥의 흙을 튀겨가며 의기양양하게 걸어오고 있었다.

라일락 꽃송이 무늬가 그려져 있는 면 원피스를 입고 자잘한 곱슬머리를 귀 위로 늘어뜨린 피비 양이 에이브럼 신부에게 예를 갖추어 몸을 숙여 인사했고, 체스터 양에게도 곱슬머리를 가볍게 흔들며 공손하게 인사를 건넸다. 그리고 나서 그녀는 조수와 함께 가파른 계단을 올라 오르간이 있는 위층으로 갔다.

에이브럼 신부와 체스터 양은 아래층 그늘에서 떠나지 않고 계속 남아 있었다. 조용히 아무 말도 하지 않는 것으로 보아 둘다 모두 옛 생각에 깊이 빠져 있는 듯했다. 체스터 양은 손에 머리를 받치고 멀리 허공을 응시하며 앉아 있었다. 에이브럼 신부는 생각에 잠긴 채 의자 곁에 서서 창문 밖 도로와 허물어져 가는 오두막을 바라보고 있었다.

갑자기 그의 앞에 펼쳐져 있는 풍경이 20년 전쯤의 옛날 모습으로 되돌아갔다. 토미가 한참 펌프로 바람을 넣어 주는 사이에 피비 양은 오르간의 낮은 음 건반을 누르며 공기가 얼마나 알맞게 들어갔는지 시험해 보고 있는 중이었다. 에이브럼 신부는 그곳이 이제는 교회가 되었다는 사실을 하얗게 잊어버렸다. 그 자그마한 목조 건물 안에 진동을 일으키며 울려 퍼지는 깊고 나지막한 소리는 오르간 소리가 아니라 방아 기계가 돌아가며 내는 소리처럼 들렸다. 정말 그 오래된 상사식 물레방아가 다시 돌아가고 있는 것 같았고, 자신은 다시 그 옛날의 밀가루를 뒤집어 쓴 즐거운 방아꾼으로 돌아간 것 같았다. 그리고 이제 저녁때가 되었으니, 금방이라도 아글레이어가 금발 머리를 휘날리며 저녁을 먹으러 가자고 소리치면서 맞은편 길에서 아장아장 걸어 올 것만 같았다. 에이브럼 신부의 시선은 고장 난 오두막집의 현관문에 꼼짝없이 고정되어 있었다.

그때 놀라운 일이 일어났다. 머리 위 2층 좌석에 밀가루 포대들이 길게 쌓여 있었는데, 아마도 쥐가 그 포대 자루를 갉아 먹은 모양이었다. 아무튼 오르간의 낮은 음 건반이 눌러지는 순간 그 진동으로 인해 2층 바닥의 갈라진 틈 사이로 밀가루가 우르르 흘러내렸다. 아래층에 있던 에이브럼 신부의 몸은 머리부터 발끝까지 새하얀 밀가루로 뒤덮였다. 그러자 옛 방앗간 주인은 반사적으로 통로로 한 발짝 나가서 손을 흔들며 옛날에 불렀던 '방아꾼의 노래'를 부르기 시작했다.

물레방아가 돌아가고,

곡식은 곱게 갈리고,

밀가루 범벅이 된 방아꾼은 흥이 절로 난다네.

그리고 바로 그 순간 나머지 기적이 일어났다. 의자에 앉아 몸을 앞으로 기대고 있던 체스터 양의 얼굴이 갑자기 밀가루처럼 새하얗게 질리더니 눈을 동그랗게 뜨고 마치 꿈을 꾸는 듯한 모습으로 에이브럼 신부를 바라보았다. 그리고 그가 노래를 부르기 시작하자, 그녀는 그에게로 팔을 뻗고 조용히 노래를 따라 불렀다. 그러더니 꿈을 꾸듯 몽롱한 목소리로 이렇게 말했다.

"아빠, 아빠, 어서 와서 덤스를 집에 데려다 줘요."

피비 양이 오르간의 건반에서 손을 뗐다. 그러나 피비 양은 임무를 훌륭히 완수했다. 그녀가 친 건반이 굳게 닫혀 있던 기억의 문을 허물어 버린 것이다. 에이브럼 신부는 잃어버렸던 딸 아글레이어를 품에 꼭 끌어안았다.

여러분이 레이크랜즈를 방문한다면 사람들이 이 이야기의 나머지 부분을 더 자세히 들려줄 것이다. 그런 식으로 부녀 상봉이 이루어지고 나서 일이 어떻게 흘러갔는지, 또 그 옛날 9월에 여기저기 떠돌아다니던 집시들이 아이의 귀여운 모습에 반해 아글레이어를 납치해 간 후 아이에게 어떤 일이 있었는지 등등. 그러나 우선은 이글하우스의 그늘진 현관에 편안한 마음으로 앉아 기다려야 할 것이다. 그러면 마음 놓고 여유롭게 그 이야기를 들을 수 있을 것이다. 어쨌든 우리의 이야기는 피비 양이 누른 오르간 건반 소리가 아직 부드럽게 남아 있는 동안 끝을 맺는 게 제일 좋을 듯하다.

그리고 내 생각에 이 이야기의 가장 멋진 부분은 에이브럼 신부와 그의 딸이 석양빛을 받으며 너무 기뻐 서로 할 말도 잊은 채 나란히 서서 이글하우스로 돌아가는 길에 일어났다.

"아버지. 아버지는 돈이 정말 많은가요?"

딸이 아직 믿기지 않는다는 듯 수줍은 말투로 물었다.

"많단다…… 글쎄, 그 기준에 따라 다르겠지만. 만약 달나라를 사 달라거나 그 정도로 비싼 것을 갖고 싶은 게 아니라면 뭐든 사 줄 정도는 있단다."

"그렇다면요, 애틀랜타로 전보를 치는 데는…… 돈이 아주 많이 들까요?"

늘 동전 한 푼까지 아끼는 습관이 있는 아글레이어가 물었다.

"아, 알겠다. 랠프에게 와 달라고 전보를 치고 싶은 거로구나."

에이브럼 신부가 짧게 한숨을 내쉬며 말했다.

그러자 아글레이어가 다정한 미소를 지으며 그를 올려다보았다.

"아니요. 기다려 달라고 말하려고요. 방금 아버지를 찾게 되어서, 얼마 동안은 아버지와 둘이서 시간을 보내고 싶다고 말하려고요. 그래서 랠프에게 저를 보려면 조금 더 기다려야 할 거라고 말할 거예요."

도시의 패배

로버트 웜슬리의 도시 진출은 치열한 사투 끝에 결실을 맺었다. 그 결과 그는 돈이나 명성 면에서는 큰 성공을 거두었지만, 한편으로는 그 자신이 도시에게 삼켜진 꼴이 되고 말았다. 도시는 그가 처음에 원했던 것을 모두 안겨 주었지만, 대신 그에게 도시라는 낙인을 찍어 버렸다. 도시는 그를 깎고 다듬고 새롭게 개조시켜, 그 이미지에 걸맞은 모습으로 재탄생시켰다. 사회는 문을 활짝 열어 그를 안으로 들인 다음, 다른 상류 사회 멤버들과 함께 그 안에 가두어 버렸다. 의복, 습관, 태도 그 밖에 옹졸하고 편협한 면이나 판에 박힌 일상생활 같은 면에 있어 그는 자만심이 넘쳤지만 그만큼 매력적인 모습을 갖추었고, 짜증 날 정도로 완벽한 매너를 익혔으며, 철저하게 계산된 어수룩한 모습을 앞세운 채 지나치다 싶을 정도로 침착하게 행동했다. 그 모습은 원조 맨해튼 출신 신사들마저 그의 위대한 모습 앞에 한없이 작아 보이게 만들었다.

이 성공한 젊은 변호사는 원래 뉴욕 북쪽에 있는 한 작은 마을 출신으로, 그 마을에서는 그를 매우 자랑스럽게 여겼다. 6년 전 웜슬리 가의 아들 '밥(로버트의 애칭)'이 그럭저럭 하루 세 끼 해결에 문제가 없는 작은 농장을 버리고, 밀물처럼 몰려드는 사람들 틈바구니 속에서 게 눈 감추듯 급히 식사를 해치워야 하는 도시에 나가 살겠다고 했을 때, 마을 사람들은 월귤나무 열매로 누렇게 된 이 사이에 물고 있던 지푸라기를 빼 들고 조롱하듯 껄 껄 웃어 댔다. 그러나 그로부터 6년이 지난 오늘날, 살인 사건 이든, 자동차 사고든, 사교계 파티든, 도시에서는 그 어디에서도 로버트 웜슬리의 이름이 빠지는 곳이 없게 되었다. 그가 길을 가고 있으면 재단사들이 그를 불러 세워 입고 있는 바지 주름을 재서 새 재단 선을 고안할 정도였고, 클럽의 외국계 멤버들이나 유서 깊은 가문 출신의 유명 인사들은 앞 다투어 그와 아는 척을 하며 기꺼이 서로 애칭을 부르는 사이로 가까이 지냈다.

그러나 로버트 웜슬리가 이룩한 성공의 정점을 마터호른 봉우리*에 비유한다면, 로버트는 알리샤 반더풀과 결혼을 함으로써 비로소 그 정점을 찍을 수 있었다. 여기서 마터호른을 인용한 이유는 그 귀족의 딸이 너무도 높고 고귀하며 순결하여 마터호른처럼 감히 쉽게 접근할 수 없는 존재였기 때문이다. 그녀의

---

*마터호른 봉우리 : 알프스 산맥의 한 봉우리로 스위스와 이탈리아의 국경을 가로지르며 서 있음. 매우 높고 험한 곳으로 알려져 있음.

주위를 둘러싸고 있는 사교계의 알프스 산맥에서는 자그마치 천 명의 도전자들이 아무리 위로 오르려 용을 써도 고작 그녀의 무릎 정도밖에 오를 수 없었다. 알리샤는 그 자태만으로도 누구보다 우월하고 도도하며 고귀하고 순결했으며, 그녀의 사전에 일반 사람들처럼 분수대를 첨벙거리며 걸어 다니거나 원숭이한테 먹이를 주거나 품평회에 내놓기 위해 애완견을 기르거나 하는 일은 전혀 있을 수 없었다. 그녀에게 분수는 별 볼일 없고 시시하기 그지없는 시설물에 불과했으며, 원숭이는 다른 보통 사람들의 선조일지는 몰라도 그녀와는 아무런 관계가 없었고, 강아지는 눈 먼 사람들이나 뼈끔뼈끔 담배를 피우고 다니는 불쾌한 사람들에게나 필요한 동무일 뿐이었다.

그리고 이것이 바로 로버트 웜슬리가 정복한 마터호른이었다. 그는 가짜 곱슬머리와 굳센 투지, 훌륭한 말솜씨에 힘입어 구름과 눈에 뒤덮여 있던 그 드높은 산봉우리를 정복했고, 그 반면에 다정한 미소와 남자다운 기개를 앞세워서 속으론 꽁꽁 얼어붙은 동상으로 인한 상처를 숨겨야 했다. 그는 운이 좋은 남자였고, 자신도 그 사실을 잘 알고 있었다. 비록 심장을 차갑게 유지하기 위해 꼭 끼는 상의 안에 아이스크림 냉동고를 지니고 다녔던 스파르타 청년처럼 살아야 했지만 말이다.

해외로 짧은 신혼여행을 다녀온 부부는 상류 사교계의 (너무도 차분하고 고요하며 서늘하게)고여 있는 물에 의도적으로 큰 물결을 일으켰다. 그들은 허물어져 버린 영광의 묘지와 같은 유서 깊은 동네에 있는, 고대 왕릉을 연상케 하는 붉은 벽돌 저택에 살며 사람들을 접대했다. 로버트 웜슬리는 비록 한 손으로는 손님들과 힘차게 악수를 하고 다른 한 손으로는 몰래 등산지팡이와 온도계를 부여잡고 있어야 한 데도, 자신의 아내를 매우 자랑스럽게 여겼다.

어느 날 알리샤가 로버트의 어머니가 보낸 편지를 발견했다. 그 편지는 매우 서툰 글씨로 쓰여 있어 알아보기가 쉽지는 않지만, 농작물이라든가 어머니의 사랑이라든가 농장에 관한 소식으로 가득 차 있었다. 어머니는 돼지의 건강이 어떤지로 시작해 최근에 태어난 붉은 송아지 이야기를 거쳐 마지막으로 로버트가 집에 언제쯤 돌아올 수 있는지 물었다. 흙냄새가 물씬 풍기는 그 편지에서는 가족의 끈끈한 정이 느껴졌으며, 벌들의 근황이나 무의 올해 작황, 새로 낳은 달걀 소식, 흉년인 말린 사과, 그리고 관심을 받지 못해 서운한 부모님의 이야기가 가득 차 있었다.

"어머님 편지를 저한테 왜 보여 주지 않았어요?"

알리샤가 물었다. 알리샤의 목소리에서는 늘 오페라 안경이나 티파니 보석, 혹은 도슨에서 포티마일로 뻗어 있는 길을 부드럽게 미끄러져 나가는 눈썰매, 할머니 집 거실 샹들리에 끝에 반짝거리며 달려 있는 프리즘, 아니면 수녀원 지붕에 내려앉은 눈송이, 보석 신청을 차갑게 기각해 버리는 경찰서장을 연상케 하는 무언가가 느껴졌다. 알리샤가 계속해서 말했다.

"어머님이 우리를 농장에 오라고 초대하셨네요. 저는 한 번도 농장을 본 적이 없어요. 로버트, 우리 거기 가서 한 일주일이나 이주일 정도 지내다 오면 어떨까요?"

"그러도록 하지요."

로버트는 마치 대법원 배석 판사가 어떤 의견에 동의하듯 위엄 있는 어투로 답했다.

"그 편지는 당신이 별로 가고 싶어 하지 않을 것 같아서 일부러 보여 주지 않았던 거예요. 그런데 당신이 먼저 가고 싶다고 하니 무척 기쁘네요."

"답장은 제가 직접 쓸게요."

알리샤가 어느 정도 적극적으로 관심을 보이며 말했다.

"펠리스에게 당장 내 짐을 싸라고 말해야겠어요. 트렁크는 일곱 개 정도면 충분하겠죠? 어머님이 집에 사람을 그리 많이 초대하지는 않으시는 것 같은데······. 어머님은 집에서 파티를 자주 하시나요?

로버트가 일어나서 시골 마을 출신 변호사로서 트렁크 일곱 개 중 여섯 개에 대한 이의를 제기했다. 그는 정의나 예시, 설명, 묘사 등의 방법을 두루두루 사용해서 알리샤에게 농장이 어떤 곳인지 최대한 자세히 알려 주었다. 설명을 하는 동안 로버트는 그렇게 말하고 있는 자신이 매우 어색하게 느껴졌다. 그때까지만 해도 그는 자신이 그렇게까지 도시에 동화되었는지를 미처 깨닫지 못했었다.

일주일이 지난 뒤 둘은 마침내 도시에서 다섯 시간 정도 떨어진 곳에 있는 한 작은 시골 역에 도착했다. 농사용 짐마차를 끌고 마중을 나와 있던 한 청년이 입가에 미소를 띠고 우렁찬 목소리와 비꼬는 투로 로버트를 반겼다.

"안녕하시오, 웜슬리 선생. 드디어 돌아오셨군요! 자동차로 마중을 나오지 못해서 그것 참 미안하게 됐습니다그려. 아버지가 오늘 10에이커나 되는 클로버 밭을 갈러 가는데 차를 써야 한다고 해서서요. 그리고 제가 미처 옷을 갈아입지 못하고 마중을 나온 것도 양해를 구할게요. 알다시피 아직 여섯 시가 안 되었거든요."

"이렇게 보니 반갑구나, 톰."

로버트가 동생의 손을 부여잡으며 말했다.

"그래, 드디어 돌아왔구나. 네 말대로 '드디어' 말이다. 그러고 보니 지난번 방문한 때로부터 벌써 2년이 넘게 지났구나. 하지만 이제는 더 자주 오게 될 거야."

그때 여름에도 북극의 유령처럼 서늘하고 노르웨이의 백설공주처럼 새하얀 모습의 알리샤가 얇은 모슬린 옷에 펄럭이는 레이스 양산을 쓰고 역 모퉁이를 돌아 나왔다. 톰은 그 모습을 보는 순간 급격히 자신감을 잃고, 자신의 궁색한 청바지 차림이 무척이나 신경 쓰이기 시작했다. 그리고 마차를 몰고 집으로 가는 내내 마음속에 품고 있는 생각을 당나귀에게만 털어놓았다.

마차는 집을 향해 달려갔다. 넘실대는 밀밭 위로 태양 빛이 눈부신 황금빛 물결을 만들어 내고 있었다. 도시는 아득히 먼 곳에 있었다. 집으로 가는 길은 마치 얇은 여름 원피스에서 떨어져 나온 리본처럼 짙은 숲과 계곡 사이로 구불거리며 나 있었다. 바람이 태양신이 끄는 말 뒤를 히힝거리며 쫓아오는 망아지처럼 불어왔다.

무성한 숲 사이로 조금씩 로버트의 시골집이 그 잿빛 자태를 드러냈다. 집으로 이어지는 길에는 호두나무가 의젓한 호송대처럼 길게 늘어서 있었다. 개울가에 심어진 버드나무의 축축하고 서늘한 입김과 들장미 덩굴의 향기가 코끝을 간질였다. 그리고 대지가 잠에서 깨어나 로버트 웜슬리의 영혼을 향해 일제히 노래를 부르기 시작했다. 길게 드리워진 나뭇가지 밑으로 보이는 서늘하고 어둑한 길은 널찍한 터널처럼 이어졌으며, 바삭 마른 잔디밭에서는 벌레와 곤충들이 울어 댔다. 얕은 개울물은 졸졸 명랑한 소리를 내며 흘렀고, 어둑어둑해지는 초원에서 들려오는 소리는 청아한 팬파이프 소리처럼 맑게 울려 퍼졌다. 쏙독새는 공중에서 먹이를 쫓아 여기저기서 모여들었고, 느릿느릿 발걸음을 옮기고 있는 암소의 방울 소리가 자연의 합주에 맞추어 정답게 울리고 있었다. 그리고 이 모든 소리가 로버트에게 이렇게 말하고 있었다.

　"드디어 다시 돌아왔군요!"

　친근한 대지의 목소리가 그에게 말을 건넸다. 나뭇잎과 꽃봉오리, 그리고 활짝 핀 꽃들도 합세해 평화롭던 젊은 시절의 언어로 그에게 말을 걸었다. 움직이지 않고 고요한 모든 것들, 눈에 익은 바위들과 울타리, 대문과 밭고랑, 지붕들, 구불구불한 길들도 모두 생명력을 가지고 큰 소리로 그에게 말을 걸어왔다. 고향이 그에게 미소 지었고, 그는 그 숨결을 또렷이 느낄 수 있었다. 잠시 감격적으로 옛사랑과 재회한 남자처럼 그는 마음이 두근거렸다. 도시는 아득히 먼 곳에 있었다.

그렇게 로버트 웜슬리의 마음은 고향으로 온전히 돌아와 있었다. 그러면서 이상한 기분이 들었다. 옆에 앉아 있는 알리샤가 갑자기 전혀 모르는 사람처럼 느껴졌던 것이다. 그녀는 되살아난 그의 옛 세계에 속하지 않는 사람이었다. 이제껏 그녀가 이토록 멀게 느껴진 적은 없었다. 너무나도 어렴풋이 그리고 높은 곳에 떨어져 있어서, 그녀는 마치 손에 잡히지 않는 비현실적인 존재인 것 같았다. 그러나 그와 동시에 금방이라도 부서질 것 같이 삐걱거리는 마차 속에서 자신의 곁에 앉아 있는 그녀가 지금처럼 우러러 보인 적도 없었다. 농사꾼의 소박한 양배추 밭에 고고한 마터호른이 전혀 어울리지 않듯이 그도 그녀의 분위기와 전혀 어울리지 않았다.

그날 밤 식구들끼리 서로 인사를 나누고 저녁 식사도 끝마친 뒤, 누렁이 개 버프도 포함해서 모든 식구들이 현관에 둘러앉았다. 알리샤는 옅은 회색빛의 우아한 연회복을 입고 오만해 보인다고 할 수는 없지만 입을 굳게 다문 채로 그늘에 앉아 있었다. 로버트의 어머니는 들뜬 표정으로 그녀에게 마멀레이드나 요통에 관한 이야기를 건넸다. 톰은 맨 꼭대기 계단에 앉았고, 여동생 밀리와 팸은 계단 맨 밑에 앉아서 반딧불을 잡았다. 어머니는 버드나무로 만든 흔들의자에, 아버지는 한쪽 팔걸이가 부서져 버린 큼지막한 안락의자에 앉아 있었다. 버프는 식구들의 발에 채이기 쉬운 현관 정중앙에 배를 깔고 드러누워 있었다. 황혼의 꼬마 요정과 장난꾸러기 요정들이 하늘에서 내려와 로버트의 마음속에서 가슴 저미는 옛 기억의 물꼬를 터뜨렸다. 시골의 흥분이 그의 영혼을 사로잡았다. 도시는 아득히 먼 곳에 있었다.

아버지는 예의를 차리느라 담배도 물지 않은 채 무거운 부츠를 신고 있었다. 로버트가 그 모습을 보자마자 "아니요, 그러지 마세요!" 하고 소리치더니, 담배에 불을 붙여 주면서 두 손으로 부츠를 부여잡고 잡아당겨서 벗겨내려 했다. 그런데 신발이 갑자기 쑥 벗겨지는 바람에 워싱턴 스퀘어에 사는 고귀한 로버트 웜슬리 선생께서 그만 뒤로 벌렁 나가떨어지며 현관에 누워 있던 버프 위에 자빠져 누웠다. 버프가 고통스러운 듯이 끙끙거렸다. 톰이 그 광경을 보고 놀리듯이 큰 소리로 껄껄대며 웃어 댔다.

로버트가 겉옷과 조끼를 벗어 라일락 덤불에 내던지며 톰에게 큰 소리로 말했다.

"어디 이리 와서 해 보시지, 풋내기 녀석 같으니라고! 아직 네 등에 풀씨를 가득 붙여 줄 힘은 있거든. 조금 전에는 나보고 잘난 척한다고 놀렸겠다. 자, 이리 나와서 계속 까불어 보시지."

톰은 그 초대의 의미를 단번에 알아차리고 기꺼이 도전을 받아들였다. 그들은 씨름하는 거인처럼 풀밭에서 서로 허리를 붙잡고 세 번이나 뒹굴었다. 세 번 중에 두 번은 톰이 명망 있는 변호사 형의 손에 의해 바닥에 내동댕이쳐졌다. 결국 둘 다 머리가 잔뜩 헝클어지고 숨에 차 헐떡거리면서도, 아직도 서로 자기가 더 세다고 우기며 현관 쪽으로 걸어 들어왔다. 밀리가 당돌하게도 도시 오빠를 향해 비아냥거리며 입바른 소리를 했다. 그 즉시 로버트는 어디선가 징그러운 여치 한 마리를 잡아와 손에 들고 밀리 앞에 내밀었다. 밀리는 소리를 꽥꽥 지르면서 저 멀리 도망치듯 달아났고, 복수심에 불탄 멀쑥한 도시 오빠가 그 뒤를 바짝 쫓아 뛰어갔다. 그들은 400미터쯤 갔다 다시 돌아왔고, 동생은 오빠에게 연신 미안하다는 말을 해야 했다. 시골의 흥분이 그렇게 계속 그를 사로잡고 있었다.

"너희 같은 풋내기 녀석들이라면 한꺼번에 무더기로 덤벼도 다 상대해 줄 수 있다니까. 불도그든, 하인이든, 통나무 굴리는 직원이든 다 데리고 나와 보라고."

그는 승리에 도취되어 떵떵거리며 말했다.

로버트는 풀밭에서 몸을 공중에 날려 재주를 넘었고, 톰은 속으로 내심 부러워하면서 형을 놀려 댔다. 그러더니 로버트는 함성을 지르며 집 뒤편으로 가서 나이 든 흑인 하인 엉클 손에 밴조를 들려 데리고 나타났다. 그런 다음 현관에 모래를 뿌려 놓고, '빵 쟁반에 놓인 닭고기'라는 노래 가락에 맞추어 춤을 추었다. 그러고서 또 한 삼십 분 동안은 빠르게 발을 놀려 탭댄스를 추었다. 그는 믿기 어려울 정도로 요란하고 시끌벅적하게 놀았다. 노래도 불렀고, 한 사람만 빼고 나머지 모두가 비명을 지를 정도로 무서운 이야기도 들려주었으며, 덜 떨어진 사람처럼 우스운 농담도 해 댔다. 그의 핏속에 예전 습관이 다시 돌아오기라도 한 듯 마치 무엇에 홀린 것 같았다.

한번은 그가 너무 도에 지나친 듯 싶자 어머니가 점잖게 그를 꾸짖기도 했다. 그때 알리샤가 무슨 말을 할 것처럼 입을 열었다가, 결국 그냥 입을 다물고 말았다. 그 모든 소란이 벌어지고 있는 내내 그녀는 아무런 기척 없이 누구도 읽을 수 없는 묘한 표정을 지으며 가냘프고 하얀 영혼처럼 가만히 앉아만 있었다.

잠시 후 그녀는 피곤하다고 양해를 구하며 방으로 올라가도 되냐고 물었다. 그리고 조용히 자리에서 일어나더니 로버트를 지나쳐 걸어갔다. 그때 로버트는 헝클어진 머리에 빨갛게 상기된 얼굴을 하고 마구 구겨진 옷을 입은 채 마치 저속한 코미디 쇼에 나오는 희극배우 같은 꼴을 하고 문가에 서 있었다. 그 모습에서는 인기 있는 클럽 회원이자 상류 사회 사교계의 자랑으로 꼽히며 흠잡을 데 없이 완벽한 로버트 웹슬리의 모습을 전혀 찾아볼 수 없었다. 그는 부엌 식기를 가져다가 식구들에게 마술을 보여 주고 있었고, 이제 식구들은 한 명도 예외 없이 모두 그에게 빠져 감탄사를 연발하며 그를 바라보고 있었다.

알리샤가 지나가는 순간 로버트는 깜짝 놀라 몸을 움찔했다. 한동안 그는 그녀가 그곳에 있다는 사실마저 잊어버리고 있었던 것이다. 그녀는 그에게 눈길 한번 주지 않고 그대로 지나쳐 위층으로 올라갔다.

그 후로 분위기는 조금씩 가라앉았고, 약 한 시간 정도 가족들끼리 차분히 이런저런 이야기를 나누다가 로버트도 위층으로 올라갔다.

그가 방 안에 들어갔을 때 그녀는 창문가에 서 있었다. 아직도 아까 거실에 있을 때와 똑같은 옷차림이었다. 창문 너머로 꽃송이가 풍성하게 피어난 사과나무의 울창한 나뭇가지가 눈에 들어왔다.

로버트는 한숨을 한번 내쉬고 창가로 다가갔다. 그는 다가올 운명을 맞이할 준비가 되어 있었다. 속물이라는 자신의 정체가 탄로 난 만큼, 이제는 하얀 옷을 입고 말없이 서 있는 알리샤가 내릴 정의의 심판만이 그를 기다리고 있었다. 그는 반더풀 가의 엄격한 기준을 잘 알고 있었다. 그는 결국 산골짝에서 상스럽게 뛰어다니던 시골뜨기에 불과했으니, 눈 덮인 마터호른 봉우리의 맑고 차가운 정상은 그를 향해 얼굴을 찌푸릴 수밖에 없을 터였다. 그는 행동으로 자신의 참모습을 가리고 있던 가면을 벗겨 낸 것이었다. 그동안 도시가 그에게 입혀 준 모든 광채와 세련된 매너는 시골에서 불어온 산들바람 한 번에 홀랑 벗겨져 버렸다. 그는 다가올 판결만을 멍하게 기다리고 있었다.

　"로버트."

　재판관이 침착하고 서늘한 목소리로 말을 꺼냈다.

　"저는 신사와 결혼했다고 생각했어요."

　그렇다. 올 것이 오고 있었다. 그러나 그런 상황에서도 로버트 웜슬리는 옛날에 자기가 창문을 통해 타고 올라가곤 했던 사과나무 가지를 그리운 눈으로 바라보고 있었다. 지금이라도 시도만 하면 거뜬히 해낼 수 있을 것 같았다. 그런가 하면 문득 나무에 있는 꽃송이가 몇 개나 되는지 궁금한 생각도 들었다. 한 천만 송이 정도 될까? 그러나 그때 다시 옆의 누군가가 입을 열었다.

　"저는 신사와 결혼했다고 생각했어요. 그런데……."

　그 목소리가 계속 말을 이어갔다. 그런데 그녀는 왜 이렇게

221

그의 옆에 바짝 다가와 있는 걸까?

"그런데 이제야 알았어요. 제가 결혼한 사람은……."

이것이 정말 알리샤의 입에서 나오고 있는 말일까?

"그보다 더 나은…… 진정한 남자라는 걸요. 여보, 저에게 키스해 줄래요?"

도시는 아득히 먼 곳에 있었다.

시계추

"81번가, 하차합니다!"

파란 옷을 입은 양치기 차장이 소리쳤다.

한 무리의 시민들이 양처럼 쏟아져 나오자 다른 한 무리가 또 우르르 올라탔다. 땡! 땡! 땡! 맨해튼 고가철도의 가축 열차는 덜컹거리며 역을 떠났고, 존 퍼킨스는 다른 양 떼 무리 틈에 끼어 떠밀리듯 역 계단을 내려왔다.

존은 자기가 사는 아파트를 향해 느릿느릿 걸어갔다. 더 이상 존의 생활에는 '혹시 어쩌면'이란 말은 존재하지 않았고, 집으로 향하는 발걸음은 그만큼 더뎠다. 결혼 2년 차에 아파트에 사는 남자에게 놀라운 일이 일어날 리는 만무한 법이다. 오늘도 여느 때와 다름없이 펼쳐질 단조로운 일상을 향해 존 퍼킨스는 침울하고 비루한 기분으로 터벅터벅 걸어 나갔다.

아파트 문을 열고 들어서면 우선 케이티가 콜드크림과 버터

스카치 향을 머금은 키스로 그를 맞아 줄 것이다. 그 다음엔 코트를 벗고 바닥을 머캐덤 공법*으로 깐 거실에 앉아 라이노타이프**로 인쇄된 석간신문을 펼쳐 인정사정없이 까이고 있는 러시아와 일본에 대한 기사를 읽을 것이다. 그리고 저녁 식사 시간이 되면 냄비에 찐 고기와 가죽 광택제 색깔의 드레싱을 얹은 샐러드, 불에 조린 루바브, 화학 성분을 전혀 첨가하지 않고 순수 자연 성분만 넣었다고 뽐내는 라벨이 붙은 딸기잼이 상에 놓일 것이다. 저녁을 먹고 나면 케이티는 오늘 얼음장수가 넥타이 끄트머리에서 잘라준 천으로 새로 짠 퀼트 쪼가리를 보여 줄 것이다.

일곱 시 반이 되면 윗집 남자가 그 육중한 몸으로 체조를 시작할 것이고, 그러면 으레 그렇듯 신문지를 펼치고 가구를 덮어 천장에서 떨어지는 페인트 부스러기를 받아야 할 것이다. 정각 여덟 시가 되면 복도 맞은편에 사는 (딱히 서는 무대가 없는)보더빌 극단 히키와 무니가 술기운에 얼근히 취한 나머지, 유명 극작가 해머스타인이 자신들에게 주당 500달러 계약을 하자고 쫓아올 거라는 터무니없는 환상에 빠져 의자를 뒤집고 난리 법석을 피울 것이다. 그러고 나면 이젠 벽 너머에 사는 신사가 창문가에 서서 플루트를 불기 시작할 것이고, 밤이면 큰 대로에 나가서 뛰어 놀아야 할 것처럼 건물의 가스가 스르르 새어 나갈 것이다. 요리 운반용 승강기에서는 쟁반이 떨어져 내리고, 수위는

---

*머캐덤 공법 : 영국인 머캐덤에 의해 고안된 도로 노반 공법의 하나. 머캐덤 롤러로 전압(轉壓)하면서 마감해 가는 공법.

**라이노타이프 : 과거 인쇄물의 기계 조판에 사용하던 식자기.

자노비츠키 부인의 다섯 아이들을 또다시 강 건너편으로 쫓아내고, 샴페인 색 구두를 신은 아가씨는 스카이테리어종 개를 데리고 아래층으로 내려가서 목요일에만 쓰는 자기 이름을 우체통과 초인종에 붙일 것이다. 이렇게 프로그모어 아파트의 저녁 일상은 평소처럼 진행될 것이다.

존 퍼킨스는 이런 뻔한 일과를 이미 불 보듯 훤히 내다보고 있었다. 그러다 여덟 시 십오 분이 되면 자신은 주섬주섬 일어서서 모자를 집어 들 것이고, 그러면 아내는 뾰로통한 목소리로 물을 것이다.

"어머, 존 퍼킨스 씨, 지금 또 어디를 가려는 거예요?"

그러면 그는 이렇게 대답할 것이다.

"맥클로스키네 잠깐 들러서 친구들하고 당구나 한두 게임 치고 올까 하고."

최근 이런 일과는 존 퍼킨스의 습관이 되어 버렸다. 그러고는 밤 열 시나 열한 시쯤이 되면 집에 돌아오는 것이다. 그 시간에 케이티는 잠들어 있기도 하고, 어떨 때는 씩씩거리며 가슴속에서 솟구쳐 오르는 분노의 도가니 속에다 결혼이라는 족쇄에 약간이나마 남아 있던 금박 장식을 녹여 없애며 존을 기다리고 있을 것이다. 이에 대해선 큐피드가 친히 나서서 프로그모어 아파트의 피해자들과 정의의 심판대에 함께 올라 답변해 주어야 하리라.

그런데 오늘 존 퍼킨스의 앞에 펼쳐진 집 안 풍경은 평범한 일상에 닥친 엄청난 변화였다. 우선 애정이 듬뿍 담긴 달콤한 키스를 퍼부어 줄 케이티가 그곳에 없었다. 세 개의 방은 모두 불길하게 어지럽혀져 있었고, 온갖 물건이 사방에 너저분하게 널브러져 있었다. 바닥 한가운데에는 구두가 대충 던져져 있었고, 머리 인두기와 머리핀, 목욕 가운, 화장품 보관함들도 서랍과 의자 위에 아무렇게나 놓여 있었다. 전혀 케이티답지 않은 행동이었다. 존은 케이티의 갈색 머리카락이 잔뜩 엉켜 있는 머리빗을 본 순간 가슴이 철렁 내려앉았다. 무슨 큰일이 일어나서 케이티가 정신없이 허겁지겁 준비하고 나간 것이 틀림없었다. 평소에 케이티는 머리빗이나 머리핀을 잘 모아 두면 언젠가 귀여운 '쥐'가 될 거라고 믿으며, 항상 신경 써서 벽난로 선반 위에 있는 자그마한 파란 화병에 담아 두곤 했던 것이다.

그때 가스버너 옆에 접힌 메모지가 달려 있는 것이 눈에 띄었다. 존은 손을 내밀어 종이를 집어 들었다. 아내가 써 놓고 간 메모였다.

존에게

방금 어머니가 위독하다는 전보를 받았어요. 4시 30분 기차를 타려고 해요. 동생 샘이 거기 정류장으로 나를 마중 나오기로 했어요. 냉장고에 보면 양고기 요리해 놓은 것이 있을 거예요. 제발 어머니의 편도선염이 재발된 것은 아니었으면 좋겠어요. 우유 배달원에게 50센트를 주세요. 지난봄에 한번 심하게 앓으셨거든요. 계량기 문제에 대해 가스 회사에 전화하기로 한 거 잊지 말고 꼭 해 주세요. 그리고 새 양말은 맨 위쪽 서랍에 있어요. 내일 또 편지할게요.

급하게 서두르며, 케이티.

지금까지 2년간 결혼 생활을 해 오면서 존은 하룻밤도 케이티와 떨어져 본 적이 없었다. 존은 망연자실한 표정으로 케이티의 메모를 읽고 또 읽었다. 늘 똑같이 돌아가던 일상에 갑작스레 생각지도 못한 변화가 찾아왔고, 그 변화 앞에서 존은 어쩔 줄 모르고 어리둥절하게 서 있을 뿐이었다.

그때 의자 등받이에 처량하게 힘없이 걸려 있는 까만 물방울 무늬가 박힌 빨간 앞치마가 보였다. 케이티가 식사 준비를 할 때 즐겨 입는 것이었다. 급히 서두르는 바람에 여기저기 내팽개쳐진 케이티의 평상복들도 보였다. 케이티가 가장 좋아하는 버터스카치가 담긴 조그만 쇼핑백도 포장이 안 풀린 채 놓여 있었다. 방바닥 한가운데에는 기차 시간표를 오려내 중간이 네모나게 뚫려 있는 신문지가 적나라하게 펼쳐져 있었다. 방 안의 모든 것이 상실의 흔적을, 본질이 사라졌음을, 생명이 떠나갔음을 드러내 놓고 있었다. 존 퍼킨스는 어색하게 느껴지는 커다란 상실감을 가슴에 안고 죽어 있는 사물들 사이에 우두커니 서 있었다.

그는 나름 최선을 다해 방 안을 정리하기 시작했다. 케이티의 옷에 손이 닿자 뭐라 말할 수 없는 당황스러운 느낌이 그를 휩쓸고 지나갔다. 존은 지금껏 한 번도 케이티가 없는 삶을 상상해 본 적이 없었다. 케이티는 어느새 그의 삶에 너무도 깊숙이 침투하여 그 안에 완전히 녹아 버린 나머지, 이제 숨 쉬는 공기와도 같은 존재가 되어 버렸다. 없어서는 안 되지만 그 중요성을 잘 인식할 수 없는 그런 존재. 그런데 아무런 예고도 없이 그런 케이티가 사라져 버렸다. 마치 그 전에도 존재한 적이 없었던 것처럼 완벽하게……. 물론 며칠, 길어도 기껏 한두 주만 있으면 다시 돌아올 것임을 존도 잘 알고 있었다. 그러나 그 시간이 존에게는 마치 죽음의 손길이 찾아와 마냥 평화롭고 안전했던 자신의 집을 겨냥하고 있는 것처럼 느껴졌다.

존은 힘없이 냉장고에서 차가운 양고기 요리를 꺼내고 커피를 끓이고, 순수 자연 성분 함유를 뽐내는 딸기잼을 꺼내 식탁에 올려놓고 홀로 앉았다. 존의 머릿속에 지금은 사라져 버린 행복 중에서 냄비에 찐 고기와 황갈색 광택제 같은 드레싱이 곁들어진 샐러드가 환영처럼 맴돌았다. 그의 보금자리가 무너져 버렸다. 편도선염에 걸린 장모님이 가정의 평화를 완전히 교란시킨 것이다. 존은 혼자 쓸쓸하게 저녁 식사를 마치고 창가에 걸터앉았다.

담배를 피울까 해 봤지만 그마저도 내키지 않았다. 바깥 도시는 어서 나와서 함께 즐기자고 그를 유혹했다. 그날 밤은 오로지 그의 것이었다. 원하기만 하면 나가서 여느 결혼 안 한 총각처럼 자유롭고 신 나게 실컷 여흥을 즐길 수 있을 터였다. 자기가 마음껏 즐긴다고 해서 집에서 앙심을 품고 씩씩거리며 자기를 기다리고 있을 케이티도 없었다. 원하기만 한다면 여명의 여신이 전구의 불빛을 희미하게 만들 때까지 맥클로스키네 집에서 야단스럽게 당구를 치며 흥청망청 놀 수도 있었다. 신물이 날 정도로 지겨워도 그를 늘 프로그모어 아파트 안에서 꼼짝할 수 없도록 결박해 왔던 결혼의 사슬이 풀린 것이다. 케이티는 없었다.

존 퍼킨스는 자신의 감정을 헤아리는 데 익숙지 않았다. 그러나 케이티가 없는 가로 10피트, 세로 12피트의 작은 거실에 앉아 있자니, 거부할 수 없는 어떤 극명한 감정이 찾아와 존을 심란하게 했다. 존은 자신의 행복에 케이티가 필수 조건임을 깨달았다. 단조롭게 되풀이되는 가정생활 속에서 깜박하고 있던 케이티에 대한 애정이 그녀의 부재로 인하여 다시금 맹렬이 피어올랐다. 안 그래도 지금까지 늘 속담이나 설교, 우화를 통하여 귀가 따갑게 들어오지 않았던가? 새가 날아가고 난 후에야 그 새소리가 얼마나 아름다웠는지 깨닫게 된다고. 아름답고 진실한 말도 그와 마찬가지이다.

'나는 정말 구제불능이었어. 지금까지 케이티를 그렇게 대했다니. 케이티랑 집에 같이 있어 주지 않고, 매일 밤 친구 놈들이랑 빈둥거리며 당구나 치러 다녔다니. 가엾은 케이티는 혼자 외롭게 맨날 집에 놔두고 나만 그렇게 싸돌아 다녔다니! 존 퍼킨스, 너는 정말 최악의 머저리야. 이제부터라도 케이티에게 지금까지 못한 걸 보상해 줘야겠어. 밖에 데리고 나가서 재미있는 것도 좀 보여 주고 해야지. 그리고 당장 이 순간부터 맥클로스키 녀석들과는 손을 끊겠어.'

존 퍼킨스는 머릿속으로 골똘히 생각했다.

정말이지, 바깥 도시는 연신 존 퍼킨스더러 나와서 다른 이들처럼 함께 놀고 즐기라고 소리 없는 아우성을 보내고 있었다. 그리고 맥클로스키네 집에서는 매일 밤마다 되풀이되는 당구 시합에 참가한 친구들이 한가로이 공을 치고 있었다. 그러나 어떠한 환락도, 기동차게 잘 쳐지는 그 어떤 당구채도, 상실감에 빠져 후회하고 있는 퍼킨스의 영혼을 꾀어낼 수는 없었다. 대수롭지 않게 여기고 반쯤은 업신여겨 오던 자신의 무언가가 사라져버리자, 이제는 그것이 더없이 절실하게 느껴졌다. 이렇게 참회하는 존 퍼킨스의 족보를 따라 올라가다 보면 아마도 케루빔*이 에덴동산에서 쫓아낸 아담이라는 한 남자에게로 거슬러 갈 수 있으리라.

존 퍼킨스의 오른편에 보이는 의자 등받이에는 케이티의 파란 블라우스가 걸려 있었다. 그 블라우스에는 아직도 케이티의 체취가 조금 남아 있었고, 소매 중간치에는 케이티가 존의 편안함과 안락함을 위해서 열심히 팔을 움직이느라 생긴 자잘한 주름이 잡혀 있었다. 섬세하면서도 강렬한 블루벨 꽃향기도 풍겼다. 존은 조용히 블라우스를 손에 들고 반응 없는 그 얇은 명주천을 한참 동안 자세히 들여다보았다. 케이티가 자신의 말에 반응하지 않았던 적은 한 번도 없었다는 생각이 들었다. 눈물, 그렇다, 눈물이 존 퍼킨스의 눈에서 뚝 하고 흘러내렸다. 케이티가 돌아오면 이제 모든 것이 달라지리라. 지금까지 무관심했던 자신의 잘못을 모두 만회하리라. 케이티가 없는 인생이 무슨 의

---

*케루빔 : 구약성서에 나오는 사람의 얼굴 또는 짐승의 날개를 가진 초인적 존재로 아담과 이브가 추방된 후의 에덴을 지켰음. 천상에 속하는 아홉 천사 중 두 번째 지위에 있는 천사로 숭고한 지혜를 가졌다고 함.

미가 있단 말인가?

그때 문이 열렸다. 손에 조그마한 가방을 들고 케이티가 걸어 들어왔다. 존은 멍하니 케이티를 바라보았다.

"어우! 집에 오니 좋네요."

케이티가 말했다.

"다행히 어머니의 병이 나빠지지 않았어요. 샘이 역에 마중 나와서 말해 주었어요. 아까는 엄마가 갑자기 몸이 안 좋아져서 전보를 부쳤는데, 그리고 나서 바로 괜찮아졌다더라고요. 그러기에 다음 기차를 타고 바로 돌아왔어요. 어휴, 커피 한잔 마셔야겠어요."

아무도 그 소리를 듣지는 못했지만, 그 순간 찰칵 하는 소리와 함께 프로그모어 아파트 3층이 다시 평소의 질서를 회복하면서 톱니바퀴가 달가닥거리며 돌아가기 시작했다. 묶였던 끈이 풀리고 스프링이 움직였으며 기어도 다시 걸렸다. 그러면서 바퀴가 예전처럼 다시 힘차게 돌기 시작했다.

존 퍼킨스가 시계를 보았다. 여덟 시 십오 분이었다. 그는 모자를 집어 들고 문으로 걸어갔다.

"여보, 지금 또 어디를 가는 거예요?"

케이티가 뾰로통한 목소리로 물었다.

"맥클로스키네 잠깐 들러서 친구들하고 당구나 한두 게임 치고 올까 하고."

존이 답했다.

삶의 애환과 진실을 그린 작가

오 헨리의 본명은 윌리엄 시드니 포터William Sydney Porter로, 1862년 9월 11일 미국 노스캐롤라이나 주 그린즈버러에서 출생했다. 세 살에 어머니를 잃고 친척 집에서 성장했으며 이후 텍사스와 오스틴, 휴스턴 등지에서 농장 일부터 시작해 약사, 점원, 교회 합창단원, 직공, 은행원, 기자 등 여러 직업을 전전했다. 오스틴에서 만난 애솔 에스테스와 결혼해 딸을 얻어 평범하게 사는 듯했으나, 얼마 후 근무하던 은행에서 공금 횡령 혐의로 기소되었다. 그리고 보석으로 석방되던 중 도주하여 뉴올리언스를 거쳐 온두라스로 피신했다. 아직도 이 혐의의 진의에 대해서는 의견이 분분하나 오 헨리는 살면서 한 번도 자신의 입으로 이 일을 거론한 적이 없다고 한다. 결국 아내가 위독하다는 소식에 돌아와 경찰에 체포된 그는 5년형을 받고 교도소에 수감되었고, 약제사로 복역하면서 딸의 양육비를 벌기 위해 처음으로 작품 활동을 시작했다. 그때 실명을 감추고 여러 필명을 사용했는데, 그중 하나가 '오 헨리'였다. 3년여 후 모범수로 석방된 그는 출소 후 뉴욕으로 이주하여 본격적으로 작품을 쓰기 시작했다. 그리고 한 잡지에 일주일에 단편을 한 편씩 기고할 정도로 왕성한 작품 활동을 했다. 차후 그의 작품은 대중의 큰 인기를 얻었으며, 그는 미국에서 가장 사랑받는 단편소설 작가가 되었다. 그러나 재혼에 실패하고 생활고에 시달리는 등 행복하지 못한 말년을 보냈다. 결국 알코올 중독 등으로 인해 건강이 급격히 악화되고 간경변증, 폐결핵, 당뇨병 등이 겹쳐 마흔여덟 살의 나이로 사망했다.

이것이 바로 러시아의 안톤 체호프, 프랑스의 기 드 모파상, 미국의 에드거 앨런 포와 더불어 세계적으로 널리 알려진 대표적인 단편작가 오 헨리의 일생이다. 위에서 알 수 있듯이 오 헨리의 삶은 그 누구보다도 파란만장했다. 그러나 아이러니하게도 이런 순탄치 않은 삶은 그의 작품 세계에 밑거름이 되어 주었고, 그를 세계적인 이야기꾼으로 발돋움하게 해 주었다. '불행한 어린 시절만큼 작가가 되기 위한 가장 좋은 훈련법도 없다.'고 한 어니스트 헤밍웨이의 말을 방증이라도 하듯, 오 헨리는 생애 총 600편 이상의 수많은 단편소설을 써내며 다른 작가들이 감히 따라올 수 없는 다양한 소재를 이야기 속에 펼쳐 보였다.

　당연한 결과겠지만 오 헨리의 작품에는 그의 인생 경험이 고스란히 녹아들어 있다. 교도소 복역 시절 동료 수감자의 이야기에 영감을 받아서 쓴 「개과천선」의 지미 발렌타인이나, 법 앞에서 매정하게 교도소로 내몰린 자신의 처지를 반영하는 듯한 「이십 년 후」의 '실키' 밥 등의 등장인물도 작가의 경험이 작품에 반영된 예라고 할 수 있다. 또한 「붉은 추장의 몸값」이나 「물레방아가 있는 교회」, 「도시의 패배」처럼 미국 방방곡곡과 시골에 대한 묘사가 생동감 있게 드러나는 것도 오 헨리가 텍사스나 온두라스 등 여러 지방을 다니며 쌓은 경험에 기반 했음을 알 수 있다.

　더불어 그의 작품에서는 평범한 소시민의 일상이라든가 힘들지만 하루하루 최선을 다해 살아가는 어려운 사람들의 이야기가 유난히 많다. 가난한 화가로 잡지에 삽화를 그려 힘겹게 살아가는 「마지막 잎새」의 수와 존시, 악착같이 물건 값을 깎아가며 빠듯한 생활을 이어가는 「크리스마스 선물」의 델라, 타자일을 하며 외롭게 살아가는 「메뉴판에 찾아온 봄」의 새라, 고급 호텔에서 휴가를 즐기려는 일념으로 일 년 동안 저축을 한 「낙원에 들른 손님」의 매미와 지미, 백화점에서 일하며 동전 한 푼까지 아껴 드디어 레이크랜즈로 휴가를 갈 수 있었던 「물레방아가 있는 교회」의 로즈 체스터 양까지…… 모두 그 당시 흔히 볼 수 있던 평범하게 열심히 살아가는 사람들이다. 실제로 오 헨리는 종종 호텔 로비라든가 사람들이 많이 모이는 곳에서 사람들의 대화를 엿들으며 소재를 구상했다고 한다. 그래서 그런지 사람들에 대한 깊은 애정을 바탕으로 그 속에서 직접 겪고 느끼며 쓴 그의 이야기들은 읽는 이의 마음을 따뜻하게 감싸 주며 힘든 일상에서도 희망을 가지고 힘을 내 살아갈 용기를 북돋아 준다.

여기서 짚고 넘어갈 오 헨리 작품의 또 다른 특성은 이런 이
야기들 속에서 그려지는 그 당시 미국의 모습이다. 오 헨리는
20세기 초 산업화된 도시의 사회상을 그 누구보다 생생하고 사
실적으로 묘사해 낸 것으로 유명한데, 그중에서도 뉴욕 시는
오 헨리의 작품에서 빠뜨릴 수 없는 중요한 장소였다. 「시계추」
를 비롯하여 「마지막 잎새」, 「크리스마스 선물」, 「경찰관과 찬
송가」, 「추수 감사절의 두 신사」, 「낙원에 들른 손님」 등 웬만한
유명 작품은 모두 뉴욕을 배경으로 하고 있다 해도 과언이 아
니다.

교도소 출소 후 오 헨리가 자리를 잡고 살기 시작한 때부터
뉴욕은 그에게 마음의 고향이 되었고, 오 헨리가 뉴욕에 품었던
애정만큼 그의 단편에 드러난 그 당시 뉴욕의 모습은 매우 생생
하다. 특히 맨해튼 섬에 위치한 센트럴 공원이나 워싱턴 광장,
브로드웨이 같은 곳의 묘사를 읽다 보면 뉴욕에 한 번도 가 보지
않았던 독자라도 도시의 거리거리를 눈앞에서 바라보고 있는 듯
한 기분에 사로잡힌다. 또한 그곳에 살았던 등장인물 하나하나

의 일상을 접하고 있다 보면, 마치 그 시절로 돌아가 함께 생활하고 있는 듯한 느낌도 든다.

한편, 오 헨리의 작품 속에서 그 무엇보다 가장 특출하게 돋보이는 매력은 바로 그가 이야기를 전개해 나간 구성 방식이었다. 대부분의 작품에서 그는 탄탄한 플롯을 바탕으로 이야기를 팽팽하게 끌고 나가다 마지막에 갑작스런 반전으로 결말을 맺는다. 그 결말로 나아가는 과정에서 보이는 독특한 필체와 가슴 따뜻한 유머나 위트, 페이소스는 독자의 허를 찌르는 반전으로 더욱 빛나게 되고, 문학 작품을 읽는 재미를 배가시킨다. 흔히 반전 결말(twist ending)이라고 불리는 이러한 기법은 그 당시 많은 독자의 사랑을 받았으며, 오 헨리를 문학사에서 독보적인 위치에 서게 해 주는 트레이드 마크가 되었다. 이 구성은 「추수 감사절의 두 신사」, 「운명의 충격」, 「경찰관과 찬송가」, 「개과천선」 등 여러 작품에서 전반적으로 드러나며, 오 헨리를 미국 단편소설의 대가이자 20세기 초 미국 독자들에게 가장 사랑받는 작가 중 하나가 되도록 해 주었다.

하나 오 헨리의 작품이 모든 이의 찬사만 받은 것은 아니다. 워낙 수많은 작품을 쓰다 보니(한때는 일주일에 한 편씩 일 년에 무려 60편이 넘는 작품을 쓰기도 했다.) 허술한 마무리로 완성도가 떨어지는 작품도 많았으며, 소재나 주제가 겹치거나 이야기의 전개나 반전이 뻔히 드러나는 작품도 많아 평론가들의 빈축을 사기도 했다. 게다가 「물레방아가 있는 교회」나 「메뉴판에 찾아온 봄」처럼 지나친 우연에 기댄 설정 때문에 문학성이 떨어진다는 비판도 숱하게 들어야 했다. 또한 몇몇 작품에서 작가가 직접 개입하여 해묵은 교훈을 늘어놓으며 독자를 가르치려고 한 점은 19세기 빅토리아 문학의 잔재에 머무르는 세련되지 못한 모습으로 뭇 독자의 반감을 사기도 했다.

그런 단점에도 불구하고 오 헨리의 작품이 100년이 지난 지금도 끊임없이 회자되며 전 세계적으로 사랑받는 이유는 무엇일까? 그건 무엇보다도 인간 본성에 어필하는 보편성이 아닌가 싶다. 그의 작품은 늘 멀리 있다고 생각했던 행복이 바로 우리 곁에 있다는 것, 사랑하는 이들과 함께하는 우리의 삶은 이미 그 자체로 아름답고 찬란하게 빛나고 있다는 것 등 소소해 보이지만 커다란 진실을 깨닫게 해 주기 때문이다. 바로 그 점이 몇 번을 읽어도 읽을 때마다 우리의 가슴을 뭉클하게 하며, 시공을 초월한 모든 이의 마음을 따뜻하게 적셔 주는 이유가 아닌가 한다.

－옮긴이 전하림

《오 헨리 연보》

1862년 9월 11일 미국 노스캐롤라이나 주의 그린즈버러에서 내과의사인 아버지 앨저넌 시드니 포터와 어머니 메리 제인 버지니아 스웨임의 셋째 아들로 태어남. 본명은 윌리엄 시드니 포터William Sydney Porter.

1865년 9월 어머니가 폐결핵으로 사망한 뒤 숙모 에블리나 마리아 포터의 집에서 양육됨. 어릴 때부터 독서를 즐겨함.

1867년 숙모가 경영하는 사립학교에 입학. 그곳에서 15세까지 교육 받음.

1877년 숙부 클라크 포터가 경영하는 그린즈버러 약국에서 견습 약제사로 일하기 시작함. 1881년에 약사 자격증 취득.

1882년 3월 폐결핵 증상으로 고생하던 중 제임스 홀 의사 부부와 함께 텍사스 주로 이주. 이곳에서 목동과 우편배달부 일을 함.

1884년 텍사스 주 오스틴으로 이주하여 약제사로 일함.

1887년 7월 오스틴에서 애솔 에스테스와 결혼함.

1888년 5월 첫아들이 태어나지만 곧 사망함. 9월 아버지가 사망함.

1889년 9월 딸 마거릿 워스 포터가 태어남. 아내 애솔이 폐결핵에 걸림.

1891년 2월 '오스틴 퍼스트 내셔널 은행'의 출납원으로 일하기 시작함.

1894년 3월 텍사스 주 휴스턴에서 주간지 〈우상 파괴자〉(훗날 〈뒹구는 돌〉로 제호 변경)를 창간하여 편집자가 됨. 이 잡지는 이듬해 4월에 폐간됨. 12월, 출납 결손 문제로 은행 사임.

1895년 7월 은행 공금 횡령 혐의로 기소됨. 〈휴스턴 포스트〉지의 기자 겸 칼럼니스트로 일함.

1896년 2월 휴스턴에서 은행 공금 횡령 혐의로 다시 기소됨. 7월 오스틴 법정으로 가던 중 루이지애나 주 뉴올리언스로 도피한 뒤 다시 중앙아메리카 온두라스로 피신함.

1897년 아내의 폐결핵이 악화되어 오스틴으로 돌아오나 아내 사망.

1898년 3월 은행 공금 횡령 혐의로 유죄 판결을 받고 5년 구금형을 언도받음. 4월 25일 오하이오 주 콜럼버스에 있는 연방 교도소에서 복역 시작. 교도소 약제사로 일하면서 글을 써 9월, 〈파이어니어 프레스〉지에 「레이버 캐년의 기적」이라는 단편소설이 실림.

1899년 '오 헨리O. Henry'라는 필명으로 여러 잡지에 단편소설을 발표.

1901년 7월 모범수로 감형되어 3년 3개월 만에 석방됨.

1902년 뉴욕 시로 이주한 뒤 본격적인 작품 활동을 시작함.

1903년 12월 매주 단편소설 한 편씩을 기고하기로 〈뉴욕 월드 선데이〉지와 계약함. 이후 왕성한 창작 활동을 함.

1904년 첫 단편집 『양배추와 임금님』 출간.

1906년 단편집 『4백만 명』을 출간해 세계적 명성과 인기를 얻음.

1907년 단편집 『준비된 등불』, 『서부의 마음』 출간. 고향 친구 사라 린지 코울먼과 재혼함.

1908년 단편집 『도시의 목소리』, 『점잖은 사기꾼』 출간.

1909년 단편집 『운명의 길』, 『선택』 출간. 뉴욕 호텔에서 혼자 생활하며 작품 활동에 전념함.

1910년 단편집 『철저한 사업』, 『회전목마』 출간. 6월 5일 폐결핵에 간경변증과 당뇨병이 겹쳐 뉴욕 시에서 사망함. 유해는 아내의 고향인 애시빌에 안장됨.

오 헨리 1862년 미국 노스캐롤라이나 주의 그린즈버러에서 태어났으며, 본명은 윌리엄 시드니 포터이다. 세 살 때 폐결핵으로 어머니를 잃은 뒤 할머니와 숙모 밑에서 자랐다. 숙부가 경영하던 약국에서 견습 약제사로 일하다가 1881년에는 약사 자격증을 취득하고, 텍사스 주로 이주해 목동과 우편배달부 등 다양한 직업을 전전하며 지내다가 1891년에 은행의 출납원으로 일하기 시작했다. 그러나 은행 공금 횡령 혐의로 기소되어 유죄 판결을 받고 오하이오 주 콜럼버스의 연방 교도소에 수감되었다. 교도소 약제사로 일하면서 글을 써 1898년 9월에 〈파이어니어 프레스〉지에 「레이버 캐년의 기적」이라는 단편소설을 발표했다. 1901년 석방된 이후 뉴욕 시로 이주하여 본격적인 작품 활동을 시작했다. 1904년 첫 단편집 『양배추와 임금님』을 시작으로 『4백만 명』, 『준비된 등불』 등 여러 권의 소설집을 출간하며 세계적인 명성과 인기를 얻었다. 1910년 6월 5일, 폐결핵에 간경변증과 당뇨병이 겹쳐 뉴욕 시에서 숨을 거두었다.

전하림 한국교원대학교 영어교육과와 호주 맥쿼리 통번역 대학원을 졸업한 뒤, 현재는 번역가로 활동하고 있다. 옮긴 책으로 『거인을 깨운 캐롤린다』, 『슐리만의 트로이 발굴기』, 『컷』, 『그리핀 선생 죽이기』, 『소공녀』, 『곰돌이 푸우 이야기』, 『오 헨리 단편선』 등이 있다.

클래식 보물창고에는
오랜 세월의 침식을 견뎌 낸
위대한 세계 문학 고전들이 총망라되어 있습니다.
세대와 시대를 초월하여 평생을 동반할 '내 인생의 책'을
〈클래식 보물창고〉에서 만나 보세요.

1. 이상한 나라의 앨리스   루이스 캐럴 지음 | 황윤영 옮김

특유의 유쾌한 상상력과 말놀이, 시적인 묘사와 개성적인 캐릭터, 재치 넘치는 패러디와 날카로운 사회 풍자로 아동·청소년문학사와 영문학사에 큰 획을 그은 루이스 캐럴의 환상동화.

★BBC 선정 영국인 애독서 100선   ★학교도서관사서협의회 추천도서

2. 키다리 아저씨   진 웹스터 지음 | 원지인 옮김

서간문이라는 독특한 형식과 소녀적 감성이 결합된 성장기이자 로맨스 소설! 20세기 초 사회의 모순을 고발하고 개혁을 주장했던 진보적인 사상은 페미니즘 문학으로서의 의미를 더한다.

★학교도서관사서협의회 추천도서

3. 보물섬   로버트 루이스 스티븐슨 지음 | 민예령 옮김

인간이 가진 절대적인 선과 악을 그린 세계 최초의 해양 모험 소설. 영국 빅토리아 시대의 꿈과 낭만을 대변하는 동시에 선악의 경계를 아슬아슬하게 줄타기하는 인간의 욕망을 고찰한다.

★BBC 선정 영국인 애독서 100선   ★미국대학위원회 SAT 권장도서

4. 노인과 바다   어니스트 헤밍웨이 지음 | 민예령 옮김

미국 현대문학의 중추로 일컬어지는 걸작. 생애의 모든 역경을 불굴의 투지로 부딪쳐 이겨 내는 인간의 모습을 하드보일드한 서사 기법과 절제미가 돋보이는 문체로 형상화했다.

★노벨 문학상 수상작가   ★퓰리처상 수상작   ★대학수학능력시험 출제 작품

5. 하늘과 바람과 별과 시   윤동주 지음 | 신형건 엮음

우리나라 사람들이 가장 많이 애송하는 '민족 시인' 윤동주의 문학 세계를 엿볼 수 있는 시와 산문을 한데 모았다. 시대의 아픔을 성찰하는 인간 윤동주의 맨얼굴을 만날 수 있다.

★연세대 필독도서 200선

6. 봄봄 동백꽃   김유정 지음

어려운 현실을 풍자와 해학으로 극복한 한국 근대 소설의 정수, 김유정의 대표작을 모았다. 원전을 충실하게 살려 아름다운 우리말을 풍요롭게 담고, 토속적 어휘는 풀이말을 달아 이해를 도왔다.

7. 거울 나라의 앨리스   루이스 캐럴 지음 | 황윤영 옮김

『이상한 나라의 앨리스』보다 한층 탄탄해진 구성과 논리적인 비유를 통해 깊고 넓어진 재미와 감동을 선사하는 후속작. 정상과 비정상, 논리와 비논리, 의미와 무의미의 경계를 고찰한다.

★BBC 선정 영국인 애독서 100선   ★명사 101명이 추천한 파워클래식   ★학교도서관사서협의회 추천도서

8. 변신   프란츠 카프카 지음 | 이옥용 옮김

현대인의 고독과 불안을 그림으로써 실존주의 문학의 발전에 커다란 영향을 끼치며 20세기 문학계에서 가장 난해한 '문제 작가'로 꼽히는 프란츠 카프카의 대표작을 모았다.

★서울대 권장도서 100선   ★연세대 필독도서 200선   ★미국대학위원회 SAT 권장도서

9. 오즈의 마법사   L. 프랭크 바움 지음 | 최지현 옮김

지금도 영화, 뮤지컬, 온라인 게임 등 다양한 장르로 재생산되는 세기의 고전. 짜릿한 모험담 속에 담긴 치유의 기운이 마법 같은 순간을 선물한다.

★학교도서관사서협의회 추천도서

10. 위대한 개츠비 F. 스콧 피츠제럴드 지음 | 민예령 옮김

미국에서만 한 해 30만 부 이상 팔리는 스테디셀러로, 재즈 시대를 살았던 젊은이들의 욕망과 물질문명의 싸늘한 이면을 담아 낸 명실공히 미국 현대 문학의 최고작.

★〈타임〉지 선정 100대 영문 소설   ★미국대학위원회 SAT 권장도서
★〈뉴스위크〉지 선정 100대 명저   ★BBC 선정 꼭 읽어야 할 책

11. 오 헨리 단편선 오 헨리 지음 | 전하림 옮김

평범한 소시민의 일상과 삶의 애환을 따뜻한 시선으로 그린 오 헨리 문학의 정수로 손꼽히는 작품을 모았다. 인도주의적 가치관 위에 부조된 작가적 개성의 특출함을 만끽할 수 있다.

12. 셜록 홈즈 걸작선 아서 코난 도일 지음 | 민예령 옮김

세기의 캐릭터와 함께 펼치는 짜릿한 두뇌 게임. 치밀한 구성과 개연성 있는 전개, 호기심을 자극하는 독특한 설정이 포진되어 있음은 물론, 추리의 과정부터 카타르시스가 느껴지는 결말이 펼쳐져 있는 매력적인 소설.

13. 소공자 프랜시스 호즈슨 버넷 지음 | 원지인 옮김

사랑의 입자를 뭉쳐 만들어 놓은 것 같은 캐릭터를 통해 사랑의 선순환을 형상화한 소설. 순수한 직관과 무한한 잠재력을 지닌 동심의 세계를 느낄 수 있다.

14. 왕자와 거지 마크 트웨인 지음 | 황윤영 옮김

대중성과 작품성을 겸비해 '미국 현대 문학의 아버지'로 평가받는 마크 트웨인의 대표작으로 '뒤바뀐 신분'이라는 숱한 드라마의 원조 격인 소설. 부조리하고 불합리한 사회상에 대한 날카로운 비판과 통쾌한 풍자 속에 역사적 지식과 상상력을 담아 냈다.

15. 데미안 헤르만 헤세 지음 | 이옥용 옮김

자신의 내면세계를 향해 고집스럽게 걸음을 옮긴 주인공 싱클레어의 성장을 그린 영원한 청춘의 성서. 철학, 종교, 인간을 끊임없이 탐구했던 작가의 깊이 있는 시선과 인간 내면의 양면성에 대한 치밀한 묘사가 시선을 사로잡는다.

★노벨 문학상 수상작가

16. 말괄량이와 철학자들 F. 스콧 피츠제럴드 지음 | 김율희 옮김

재즈 시대의 자유분방한 젊은이들의 풍속도를 그린 F. 스콧 피츠제럴드의 소설집. 1920년대 고동치는 젊은이의 맥박을 생생하게 전달했다는 평가를 받는 작품들을 모았다.

17. 벤자민 버튼의 시간은 거꾸로 간다 F. 스콧 피츠제럴드 지음 | 김율희 옮김

70세의 노인으로 태어나 결국 태아 상태가 되어 삶을 마감하는 벤자민 버튼의 일생을 그린 환상소설을 비롯해 『위대한 개츠비』의 전신이라고 할 수 있는 F. 스콧 피츠제럴드의 작품들을 모았다. 실험적이고 혁신적인 화법으로 생생하게 형상화한 재즈 시대를 만끽할 수 있다.

18. 이방인 알베르 카뮈 지음 | 이효숙 옮김

출간과 동시에 하나의 사회적 사건으로까지 이야기된 알베르 카뮈의 대표작. 부조리하고 기계적인 시스템 속에서 인간이 부딪치게 되는 절망적 상황을 짧고 거친 문장 속에 상징적으로 담아 낸, 작품 자체가 '이방인'인 소설.

★노벨 문학상 수상작가   ★노벨연구소 선정 세계문학 100선   ★미국대학위원회 SAT 권장도서

19. 크리스마스 캐럴 찰스 디킨스 지음 | 김율희 옮김

영국의 대문호 찰스 디킨스의 작가 정신과 개성이 고스란히 담긴 대표작. 19세기 영국 사회의 구조적 모순과 인간성 회복을 그린 영원한 고전이자 크리스마스의 상징이 되어 버린 소설.
★BBC 선정 영국인 애독서 100선 ★학교도서관사서협의회 추천도서

20. 이솝 우화 이솝 지음 | 민예령 옮김

2500년 동안 이어져 온 삶의 지혜와 철학을 담은 인생 지침서이자 최고(最古)의 고전! 오랜 세월 인류가 축적해 온 지식과 철학이 함축되어 있는 고전으로 남녀노소 누구나 읽을 수 있다.

21. 수레바퀴 아래서 헤르만 헤세 지음 | 함미라 옮김

헤르만 헤세의 자전적 경험이 녹아든 성장소설. 총명한 한 소년이 개인의 자유와 개성을 억압하는 권위적인 기성 사회의 벽에 부딪혀 비극으로 치닫는 이야기를 섬세하게 그리고 있다.
★노벨 문학상 수상작가 ★서울대 선정 고전 200선 ★국립중앙도서관 청소년 권장도서

22. 너새니얼 호손 단편선 너새니얼 호손 지음 | 한지윤 옮김

『주홍 글자』로 유명한 호손은 에드거 앨런 포, 허먼 멜빌과 더불어 미국 낭만주의 문학의 3대 거장으로 꼽는다. 이 책은 45년간 우리나라 교과서에 실리기도 했던 「큰 바위 얼굴」을 비롯해 호손 문학의 대표 단편소설 11편을 실었다.

23. 에드거 앨런 포 단편선 에드거 앨런 포 지음 | 황윤영 옮김

단편문학의 시조이며 추리 소설의 창시자로 불리는 에드거 앨런 포의 단편집으로, 기괴하고 환상적인 소재를 통해 인간 내면의 광기와 복잡한 심리를 치밀하게 형상화했다.
★미국대학위원회 SAT 권장도서 ★노벨연구소 선정 세계문학 100선

24. 필경사 바틀비 허먼 멜빌 지음 | 한지윤 옮김

장편소설 『모비 딕』의 작가 허먼 멜빌은 에드거 앨런 포, 너새니얼 호손과 함께 미국 낭만주의 문학의 3대 거장으로 꼽는다. 정체불명의 필경사 바틀비의 '선호하지 않는' 태도와 철학은 갑갑한 현실 속에서 우리에게 깊은 공감과 위로를 이끌어 낸다.
★미국대학위원회 SAT 권장도서

25. 1984 조지 오웰 지음 | 전하림 옮김

『멋진 신세계』, 『우리들』과 더불어 세계 3대 디스토피아 소설로 불리는 걸작. 가공의 국가 오세아니아의 전체주의 지배하에서 존엄을 지키고자 했던 한 인물이 파멸되어 가는 과정을 그렸다.
★〈뉴스위크〉지 선정 세계 100대 명저 ★〈타임〉지 선정 '20세기 최고의 책 100선'

26. 걸리버 여행기 조너선 스위프트 지음 | 김율희 옮김

풍자 문학의 거장 조너선 스위프트의 『걸리버 여행기』는 18세기 영국의 정치와 사회뿐만 아니라 인간의 본성을 신랄하게 풍자하고 있다.
★서울대 선정 고전 200선 ★미국대학위원회 SAT 권장도서

27. 헤르만 헤세 환상동화집 헤르만 헤세 지음 | 이옥용 옮김

헤세의 대표적인 동화 16편이 실린 작품집으로, 자기 발견과 자아실현을 위한 갈등과 모색을 독창적이면서도 환상적으로 표현했다.
★노벨 문학상 수상작가

28. 별 마지막 수업 알퐁스 도데 지음 | 이효숙 옮김

특유의 시적 서정성으로 19세기 말 프랑스의 정취를 그려 낸 작가 알퐁스 도데의 단편소설을 모았다. 그의 대표작 「별」, 「마지막 수업」 등을 비롯하여 주옥같은 작품 15편이 들어 있다.

29. 피터 팬 제임스 매튜 배리 지음 | 원지인 옮김

연극, 뮤지컬, 영화 등으로 재탄생되며 100년이 넘는 세월 동안 전 세계 사람들의 사랑을 받아 온 '영원히 늙지 않는' 고전! 어른이 되지 않는 '피터 팬'은 동심의 상징이 되었다.

30. 제인 에어 샬럿 브론테 지음 | 한지윤 옮김

『폭풍의 언덕』과 함께 '브론테 자매'의 걸작으로 손꼽히는 샬럿 브론테의 대표작. 어린 나이에 홀로 역경을 이겨 내고 사랑을 쟁취하는 여성, 제인 에어의 삶을 자서전 형식으로 그려 냈다.
★미국대학위원회 SAT 권장도서   ★BBC 선정 영국인 애독서 100선   ★연세대 필독도서 200선

31. 폭풍의 언덕 에밀리 브론테 지음 | 황윤영 옮김

에밀리 브론테가 남긴 유일한 소설로, 주인공의 광기 어린 사랑과 복수를 통해 인간 내면의 본질을 그려 내어 오늘날 영문학 3대 비극으로 꼽히며 세계 문학사의 걸작으로 남은 작품이다.
★미국대학위원회 SAT 권장도서   ★〈옵저버〉지 선정 '가장 위대한 소설 100'

32. 젊은 베르테르의 슬픔 요한 볼프강 폰 괴테 지음 | 함미라 옮김

세계적인 문호 요한 볼프강 폰 괴테가 젊은 시절의 체험을 바탕으로 써 내려간 자전적 소설. 찬란하지만 위태로운 젊음의 이면성을 격정적인 한 젊은이를 통해 그려 냈다.
★피터 박스올 〈죽기 전에 읽어야 할 1001권의 책〉 선정도서

33. 바스커빌가의 개 아서 코난 도일 지음 | 한지윤 옮김

〈셜록 홈즈〉 시리즈 사상 최악의 적수와 벌이는 사투가 팽팽한 긴장감을 자아내며 책을 덮는 순간까지 숨 쉬는 것도 잊게 만들 정도로 독자들을 사로잡는다. 독자들과 평론가 양쪽 모두에게 그 어떤 작품보다도 뛰어나다는 평가를 받아 온 아서 코난 도일의 대표작.

34. 헤르만 헤세 시집 헤르만 헤세 지음 | 이옥용 옮김

소설 『수레바퀴 아래서』와 『데미안』, 『유리알 유희』 등으로 꾸준한 사랑받고 있는 독일 문학의 거장 헤르만 헤세의 대표 시 105편을 묶었다.
★노벨 문학상 수상 작가

35. 인간 실격 다자이 오사무 지음 | 김아영 옮김

일본을 대표하는 작가 다자이 오사무의 대표작으로, 인간에 대한 불신과 그로 인한 소외감과 죄악감으로 몸부림치다 세상에서 연약하게 무너질 수밖에 없었던 한 사람의 고백서이다.
★〈뉴욕 타임스〉지 선정 일본문학

36. 월든 헨리 데이비드 소로 지음 | 김율희 옮김

인간과 자연에는 신성이 내재되어 있다고 보고 정신적 삶을 지향했던 미국 초월주의 사상가 소로의 정수가 담긴 『월든』은 지나친 물질주의 속에서 거칠고 가난해진 정신을 지닌 현대인들에게 삶을 자유롭고 충만하게 사는 방법을 깨우쳐 준다.
★미국대학위원회 SAT 권장도서

37. 싯다르타 헤르만 헤세 지음 | 이옥용 옮김

불교의 교리를 창시한 석가모니와 같은 시대를 살았던 브라만 계층의 청년 싯다르타의 자아실현 과정을 담은 성장소설이다. 제1차 세계 대전 이후 전쟁의 상처를 어루만진 헤르만 헤세만의 동양 사상은 오늘날까지 주체적이고 실존적인 길을 제시한다.

★노벨 문학상 수상 작가

38. 호두까기 인형 E.T.A.호프만 지음 | 함미라 옮김

카프카와 함께 '환상적 사실주의'의 대표적인 작가이자 독일 낭만주의 사조에서 중요한 위치를 차지하는 호프만의 동화소설로, 꿈과 환상의 세계를 평범한 일상과 뒤섞어 놓은 독특한 서술 기법은 마술적인 시공간으로 독자들을 인도한다.

39. 정글 북 러디어드 키플링 지음 | 원지인 옮김

영어권 문학의 최초이자 최연소 노벨 문학상 수상 작가 러디어드 키플링의 대표작으로, 인간 사회보다 더 인간미 넘치는 정글의 세계를 흥미진진하게 그려 낸다.

★노벨 문학상 수상 작가

40. 마음 나쓰메 소세키 지음 | 장현주 옮김

일본의 국민 작가 소세키가 말년에 쓴 대표작으로, 100년 전에 쓰였음에도 불구하고 인간 본성에 대한 통렬한 고찰을 통해 시대를 초월한 독창성을 보여 준다.

★서울대 권장도서 100선

41. 타임머신 허버트 조지 웰스 지음 | 황윤영 옮김

'SF의 창시자' 허버트 조지 웰스의 대표 작품이자 '타임머신'의 개념을 최초로 도입한 SF이다. 80만 년 뒤 인류의 모습을 그리며 미래에 대해 본능적으로 호기심과 두려움을 가지는 인간의 근원적인 욕망을 충족시킨다.

★피터 박스올 〈죽기 전에 읽어야 할 1001권의 책〉 선정도서

42. 운수 좋은 날 빈처 현진건 지음

근대 단편소설의 선구자이자 사실주의 문학을 대표하는 작가인 현진건의 단편소설 10편을 모았다. 일제 강점기라는 시대 상황 속에서 고뇌하는 지식인과 고통받는 민중들의 삶을 그린 작품들은 사실주의 묘사의 정점을 보여 준다.

★중학교, 고등학교 〈국어〉 교과서 수록

43. 어린 왕자 앙투안 드 생텍쥐페리 지음 | 이효숙 옮김

전 세계에서 가장 많은 언어로 번역되었고 1억 5천만 부 이상 판매되며 최고의 고전으로 자리매김한 걸작. 순수함을 잃어버린 채 권력과 물질을 숭배하며 살아가는 현 세태에 경종을 울린다.

★미국교사협회 추천도서 ★초등학교, 중학교 〈국어〉 교과서 수록

*'클래식 보물창고'는 끝없이 이어집니다.